世界经典文学名著

阅读能让你充满智慧·智慧将带你通向成功

世界经典神话与传说

廉东星 编

人民东方出版传媒
東方出版社

名师导读／新阅读

帮助学生了解文章内容，提高阅读兴趣。

辉夜姬

名师导航

无儿无女的竹鸟和妻子相互守望，渐渐衰老的两人还是未能有个孩子。某一天，竹鸟在山上捡到了一位小仙女，夫妻二人的遗憾能否因此弥补呢？一起来看看到底是怎么回事吧！

【叙述】介绍故事背景，交代故事人物的家庭状况。

很久很久以前，有一位老翁名叫竹鸟，和妻子住在山上的茅屋中，以伐竹为生。他们生活拮据，但为人善良，勤劳、诚实、正直。老两口唯一的遗憾，是一直未能有个孩子。

竹鸟每天起得很早，踏着清晨的浓雾上山伐竹，再把竹子运到远处的镇子上，换取生活费。

分析词句，引导孩子深入理解文章含义。

阅读笔记

这是一个夏天的清晨，他照常早起，攀着嶙峋的山石爬上山坡，进入竹林。他的体力早已不如年轻时，大口喘着气，不得不在竹林前停下休息。“唉，不服老不行咯！”他拿出毛巾，一边擦着额头上的汗水，一边感叹，无儿无女的悲伤刹那间又浮上心头，“我跟老伴一天天老去，膝下却没有一儿半女，这辈子怕是体会不了什么叫天伦之乐了，想想真是伤心呀。”直到开始伐竹，这股悲伤还是萦绕在竹鸟心头。

【解释说明】解释这里的环境特点，突出这种光不同寻常。

茂密的竹林中，一阵光突然闪过，吸引了竹鸟的注意。他感到疑惑，这竹林中常年无人，丛生的竹叶遮挡住了大部分的光照，形成一个幽暗的空间。“是什么？是阳光吗？”他很快否定了这个猜测，因为这光来自前方。

好句积累

文中精彩句子收集，以便写作借鉴。

怀着好奇心，竹鸟寻着光源前往查看。拨开错综的竹

名家导读，精心批注，扫除阅读障碍，提高阅读和写作能力。

拓展阅读

名师点拨

亲情是世界上最美好的情感之一，而故事中兄妹二人坚定的信念，使得他们终于再次相聚。希望同学们也珍惜亲情，因为亲情是陪伴我们一生的情感。

回味思考

1.妹妹凭借什么在海上的漂泊中躲过磨难？

2.哥哥到哪里去打探妹妹的消息？

3.哥哥和妹妹最后生活在哪里呢？

好词收藏

遥远　悲哀　搭救　想念　咒语　长矛　精疲力竭

好句积累

◈ 尽管她游泳游得很好，但是不论她如何挣扎，浪涛还是把她卷过峭壁脚下，冲到大海里。她被冲到离她的家、她的朋友们和她亲爱的哥哥很远很远的地方。

◈ 就这样她长时间地躺在这宽阔的海面上，慢慢地漂着，她身上都长上了小水草和藤壶这类贝壳。海浪把她忽高忽低、忽东忽西地抛着，最后一个拍岸浪把她卷到一座小岛的沙滩上。她躺在那里，精疲力竭，动弹不得。

◈ “那就跟我到最高一层的天上去吧！”鲁珀说，“那是雷胡安的住处。那里一切都是光辉明亮的，我们到那里可以快乐地生活。”

名师点拨
分析文章的深层含义，让学生掌握重点。

回味思考
提出针对性问题，让“读”与“想”紧密结合。

好词收藏
收集精彩词语，丰富写作知识，让写作得心应手。

作品导读

原始时代，生产力水平十分低下，科学不发达，人们对自然界的认识是极其有限的。面对变幻莫测、无法控制的自然界，人们显得无能为力，所以会对神秘的自然界心生敬畏。同时，人们又要认识自然，了解自然，对种种自然现象做出解释。于是，就把无法解释的一切都归于神的意志，幻想世界上存在着种种超自然的神灵和魔力。因而，自然界的一切都被拟人化了，被神化了，被赋予了灵性。神话也就由此产生了。

神话虽然出于幻想，但它是基于现实生活的，是远古人民在同自然做斗争的过程中创造出来的，而不是毫无根据的凭空推想。神话来源于远古人民的现实生活，但并非现实生活的科学反映。有些神话看起来有些荒诞、不可思议，但它们却以其特殊的表现方式，反映了这个民族在不同的历史时期认识自然、改造自然的过程，表现了远古人民对理想的追求。

本书精选了中外几十篇脍炙人口、广泛流传的精彩神话故事，这些故事热情讴歌了世界各国人民群众的勤劳善良和机智勇敢，无情鞭挞了卑鄙无耻、阴险狡诈的行径。阅读这些神话故事，可以从中吸取各民族的不断奋斗的精神，感受那多彩、瑰丽、奇特的神话世界，可以陶冶情操、丰富想象力，激发追求自由和幸福生活的热情。

文学特色

神话故事是在人类生活中逐渐形成的，由于不同地区的自然环境、民族风俗等的不同，所形成的神话也存在着一定的差异。

中国神话故事的特点主要表现在以下几个方面：

一、对劳动精神的赞美，对劳动创造的生动记录

中国古代人民所创造的神话故事中的人物，大多都是与劳动有关的。比如女娲炼石补天，不过她是凭借某种神力，与平常的劳动不同；比如后羿射日，他凭借的是天地赐予的神弓神箭；比如鲧窃帝之息壤治水，他使用的就是某种法宝……这些故事中的人物行为都与劳动有关，并反映了当时人们不屈服命运的积极的生活态度，想要征服大自然的想法。通过幻想，劳动人民创造出了神话英雄，并通过他们的行为展现劳动的热情和征服自然的勇气。

二、充满爱民意识

从中国的神话故事中，可以看到故事中的英雄人物为了实现理想，不断地斗争，并且勇于牺牲，他们有着大无畏的舍己为人的精神，这是符合中华传统风格的。比如中国神话中的精卫，为了填海一直坚持不放弃；夸父为了追逐太阳，一直坚持不懈。他们的行为都是为了摆脱自然灾害的困扰或是帮助人们，充满了爱民意识。

西方神话故事的特点主要表现在以下几个方面：

一、崇尚自由、民主、乐观

西方的文明起源于古希腊和古罗马半岛，西方人所处的环境相对来说比较开放。人们习惯进行海上贸易，习惯冒险，这也使他们养成了热爱冒险、崇尚自由的性格。西方人在与自然的对立和冲突上能够占到主导地位，自然往往是他们征服、利用的对象。在处理人与自然的关系的过程中，他们形成了乐观、坚强、崇尚武力的性格，这样的性格在西方的神话故事中有所体现。

二、神、人相通

在西方神话中，神是以人为基础的，他不仅有着人的形态和肉体，还有着人的情感，甚至比人类更加发达、丰富。诸神形象不仅接近于人，而且拥有漂亮的外表，神实际上是人类美质的集中体现者。

目录

Contents

阅读能让你充满智慧·智慧将带你通向成功

目录

奥丁与众神拜访命运女神

名师导航

两只乌鸦为奥丁带回了各个世界的消息，它们听到了什么消息，以至于让奥丁都坐不住了呢？为了验证两只乌鸦带回来的消息，奥丁要做些什么呢？

奥丁有两只乌鸦，一只叫莫宁，一只叫尤金。它们经常在九个国度之间飞来飞去，收集见闻，再把消息带回阿萨神国，绘声绘色地讲给奥丁听。

本来，这两只乌鸦每天傍晚就会飞回来，然而，有一次，它们一连出去两天也不见踪影。奥丁特别担心，一直坐在至尊王座上，焦灼地等着它们的归来。

【埋伏笔】奥丁的两只乌鸦反常，为下文埋下伏笔。

平时，他就是坐在那里俯视这九个王国的。

第二天晚上，莫宁和尤金终于回来了。它们特别疲惫，一回来就落到奥丁的肩膀上，看起来无精打采的。奥丁一边安抚它们，一边带它们走进大厅，想听一听它们这两天的见闻。

果然，见闻里没有什么好事情。奥丁听完后，忧心忡忡，但他并没有公开这些消息。尽管如此，王后弗丽嘉还是觉察到了什么。于是，等他们单独相处的时候，她就开始问奥丁。

【设置悬念】奥丁听到了什么消息呢？引起读者兴趣。

奥丁把莫宁和尤金带回来的消息告诉了弗丽嘉。她想了想，提出了理智的建议：“如果这些事真是命运的安排，就算抗争，也肯定没什么效果。可是，我们现在还没法确定它们到底是不是真的，我觉得，你应该去命运泉拜访一下三位女神。她们掌管命运，从她们的眼睛里，你大概可以看出一些东西，明白一些什么。”

奥丁听从弗丽嘉的建议，摘下金头盔，放下长矛，披上深蓝色的长袍，带着提尔、巴德尔和托尔，动身前往命运泉。提尔是象征勇气和英雄的神，是奥丁和女巨人的孩子。巴德尔是奥丁和王后弗丽嘉的孩子，是春神，也是光神。托尔则是雷神，骁勇善战，力大无穷，以雷神之锤作为武器。

【叙述】

对关键人物进行简单介绍，为后文做铺垫。

前面已经说过，人间和阿萨神国之间隔着彩虹桥。其实，想要从阿萨神国去命运泉，也要走过一座彩虹桥。不过，这座桥比另外一座更加危险，摇摇晃晃的，一不小心就会掉下去。当然，它也更加美丽，鲜为人知。看守这座桥的神叫海姆达尔。他也是奥丁的儿子，他的母亲是海神的女儿。他的眼睛和耳朵都特别灵敏，一口牙齿金光闪闪的。

“打开门，海姆达尔，让我们过去，我们要去命运泉。”奥丁对海姆达尔说。

海姆达尔什么都没说，顺从地开了门。

门一开，七彩的光芒顿时照亮了众神。那是怎样美丽的彩虹啊！每一种颜色都是那么鲜艳，远远超过人间的任何彩虹。奥丁和他的两个儿子先后走上桥，托尔在最后面，然而，还没等他上桥，就被海姆达尔拦住了。

【做比较】

相比起来远胜人间的彩虹，引人遐想。

“不行，他们都能过去，但你不能过去。”海姆达尔对托尔说。

“为什么？你不会是故意为难我吧？”托尔疑惑地问。

“不，我怎么可能那么做呢。我之所以拦住你，是因为你手里的雷神之锤。它太重了，如果你带着它上桥，桥马上就会被压塌的。”海姆达尔说。

“这可怎么办？我是一定要和他们一起去拜访命运女神的。”托尔说。

“你当然可以去，既然这是奥丁的意思。可是，如果你带着雷神之锤，桥真的会被压塌的。我的职责就是守护这座桥，不能眼睁睁地看着这种事发生。不过，想要过去，也不是没有别的办法。你可以暂时把雷神之锤留在这里，空手上桥，问题就解决了。”

“不行。绝对不行。”托尔一口回绝，“无论是谁劝说，我都不会同意的。雷神之锤是用来守护阿萨神国的，我不会让它离开我一步。如果我听信了你的话，我们四个在路上遇到危险，我的能力会被大大削弱的。”

【语言描写】不知变通，一口咬定，表现出托尔鲁莽的性格特征。

“既然你这么坚持，就只好走另一条路了。”海姆达尔指着彩虹桥的下面对托尔说，“这两条大河是由云彩汇集而成的。一条叫欧莫特，一条叫科莫特，蹚过它们，也可以到达命运泉。你可以试一试。不过，河水实在太凉，水流也很急，你不一定受得了。”

【语言描写】海姆达尔给出了选择，托尔会怎么选呢？引出下文。

托尔低头看着这两条云河，一时间陷入纠结当中。确实，只凭借一个人的力量蹚过这两条河，不是一件容易的事情。那么湍急的水流，只是往下看一看，就足以让人心惊胆战了。但是，如果成功了，他就可以一直带着雷神之锤。想来想去，托尔最终决定试一试。于是，他毅然决然地扛着雷神之锤走进河水中，艰难地前行着。

【行为描写】表现出托尔勇猛的人物形象。

海姆达尔果然没有说假话，托尔走得很不容易。不过，他最终还是成功了，尽管身上被河水弄得湿透了，也耗费了很多力气。

托尔走上河岸的时候，奥丁他们已经到达命运泉。掌管命运的三位女神，乌尔德、贝璐丹迪和斯古尔特并排坐在泉边。两只优雅的天鹅分别卧在她们的两边。关于过去、现在和未来的一切事情，她们都一清二楚。乌尔德是个老妇人，头发差不多全白了；贝璐丹迪是个年轻的小姑娘，长得很漂亮；斯古尔特有一头长发，它们垂下来，把她的脸和眼睛都挡住了，因此看不出她到底长什么样子。

【外貌描写】刻画三位命运女神的外在形象。

清亮的泉水不停地从树根边的洞穴里冒出来。英俊的提尔把长刀插在地上，放松地靠在上面。刀身上刻着漂亮的铭文。和善的巴德尔走到天鹅旁边，弯下腰，细心地打量它们。奥丁则站在不远处，目不转睛地看着三位女神，尤其是斯古尔特——她更擅长预测未来。

奥丁看了很久，其间，提尔、巴德尔和托尔不是在专心打量天鹅，就是在聆听树叶飘落在泉水里的声音。

尤金和莫宁是对的，从三位女神的眼中，它们嘴里的坏消息不仅得到了印证，一些细节甚至还得到了完善和补充。就在这时，王后弗丽嘉、巴德尔的妻子南娜、托尔的妻子西芙也赶了过来。弗丽嘉像奥丁一样，看了三位女神一会儿，把目光落在巴德尔身上，一只手放在南娜的头上，轻轻地抚摸着，眼睛里是说不出的慈爱和哀伤。

【神态描写】弗丽嘉看到了什么？为后文埋下伏笔！

“我恐怕必须离开我们的王国，我亲爱的妻子。”奥丁收回目光，看向弗丽嘉说，“虽然我不知道什么时候可以回来，但这是一定要做的事情。”

“确实如此。”弗丽嘉说，“你应该去人间走一走，那里有很多事等着你处理。”

“现在已经可以明确，那些不好的事情是一定会发生的。不过，我觉得如果我能获得智慧，也许就可以扭转情势。”

【语言描写】显然奥丁看到了无法接受的画面，想要改变命运。

“这样说来，你应该去智慧泉。”弗丽嘉说。

“没错，我正要去那里。”奥丁说。

“那就去吧。我亲爱的丈夫。”弗丽嘉说。

众神告别命运女神，再次踏上彩虹桥，除了托尔——他又跳进云河，艰难地在里面前行。

他们再次见到海姆达尔的时候，赫诺丝也在那里。她是阿萨神国年龄最小的神。众神踏上归程之时，她听到奥丁这样说：“明天我就去人间，当然，去巨人国一趟，也是很有必要的。但在那些地方，我不再叫奥丁，而将拥有一个新名字——威格坦姆。”

【语言描写】交代奥丁的新身份，为后文做铺垫。

名师点拨

奥丁的两只乌鸦带回了不幸的消息，以至于让奥丁慌忙地前去寻找命运女神，但他们到底从命运女神眼中看到了什么呢？作者在本章中没有解开读者的疑惑，引人遐想。

回味思考

1.奥丁的两只乌鸦为什么没有如往常一样回来？

2.奥丁为什么要去找命运女神？

好词收藏

绘声绘色　无精打采　骁勇善战　鲜为人知　目不转睛

好句积累

◈ 门一开，七彩的光芒顿时照亮了众神。那是怎样美丽的彩虹啊！每一种颜色都是那么鲜艳，远远超过人间的任何彩虹。

◈ 清亮的泉水不停地从树根边的洞穴里冒出来。英俊的提尔把长刀插在地上，放松地靠在上面。刀身上刻着漂亮的铭文。和善的巴德尔走到天鹅旁边，弯下腰，细心地打量它们。

辉夜姬

名师导航

无儿无女的竹鸟和妻子相互守望，渐渐衰老的两人还是未能有个孩子。某一天，竹鸟在山上捡到了一位小仙女，夫妻二人的遗憾能否因此弥补呢？一起来看看到底是怎么回事吧！

【叙述】介绍故事背景，交代故事人物的家庭状况。

阅读笔记

【解释说明】解释这里的环境特点，突出这种光不同寻常。

很久很久以前，有一位老翁名叫竹鸟，和妻子住在山上的茅屋中，以伐竹为生。他们生活拮据，但为人善良，勤劳、诚实、正直。老两口唯一的遗憾，是一直未能有个孩子。

竹鸟每天起得很早，踏着清晨的浓雾上山伐竹，再把竹子运到远处的镇子上，换取生活费。

这是一个夏天的清晨，他照常早起，攀着嶙峋的山石爬上山坡，进入竹林。他的体力早已不如年轻时，大口喘着气，不得不在竹林前停下休息。“唉，不服老不行咯！”他拿出毛巾，一边擦着额头上的汗水，一边感叹，无儿无女的悲伤刹那间又浮上心头，“我跟老伴一天天老去，膝下却没有一儿半女，这辈子怕是体会不了什么叫天伦之乐了，想想真是伤心呀。”直到开始伐竹，这股悲伤还是萦绕在竹鸟心头。

茂密的竹林中，一阵光突然闪过，吸引了竹鸟的注意。他感到疑惑，这竹林中常年无人，丛生的竹叶遮挡住了大部分的光照，形成一个幽暗的空间。“是什么？是阳光吗？”他很快否定了这个猜测，因为这光来自前方。

怀着好奇心，竹鸟寻着光源前往查看。拨开错综的竹叶，光越来越亮，最后，他终于发现了出处——一棵巨大绿竹的根部。花费了好一番力气，竹鸟用斧子伐倒了这棵粗壮的竹子。随之出现令人惊叹的一幕，一颗硕大的绿色宝石，静静躺在竹筒中，光芒四射，美丽耀眼。

砍了三十五年竹子的竹鸟，第一次碰到这样惊奇的事情，“天哪，太神奇了！我还从未在竹子里发现过绿宝石！还是这样美丽的一颗。”他弯腰拾起宝石，刹那间，天地间一声巨响，宝石从中间裂开。竹鸟吓得紧闭双眼，再睁开时，手掌上多了一个纤细美丽的小女孩儿。这简直难以置信！

【语言描写】借竹鸟的话突出这颗宝石的不凡，引出下文。

她笑盈盈地跟竹鸟打招呼：“竹鸟先生，您好呀。”

这女孩极其漂亮，绿色的丝绸裙子随风摇曳，竹鸟不敢相信自己的眼睛：“请问，你是仙女吗？”

“没错，您说得很对。我知道您膝下无子，未来的一段日子里，我将陪着您和老婆婆一起生活。”仙女回答道。

竹鸟不敢相信自己的耳朵，大吃一惊：“恕我冒昧，我们家非常贫穷，仅在山上有一间小房子，我和老伴住着还不错，但对于你这样的仙女来说，实在过于寒酸了。”

【语言描写】可见竹鸟很不自信，觉得自己的破屋子配不上这样的仙女。

“别急，那颗绿宝石在哪儿呢？”仙女低头寻找。

那颗巨大的绿宝石，裂成了两半掉在地上。竹鸟定睛一看，宝石中间竟然满满都是黄金！“太不可思议了！”他忍不住惊呼。

“这下不用担心了吧，足够以后的生活了。”仙女招呼竹鸟，“走吧，带我回家看看。”

他们刚到家门口，竹鸟就忍不住激动喊道：“快出来看看，老伴儿！快出来！我碰到了一位仙女，她说要跟我们一起生活。快来看，她还给我们带来了一颗比鹅蛋还要大的宝石！你肯定不敢相信，里面全是黄金！”

竹鸟的妻子闻声赶紧过去开门，“怎么啦？怎么啦？”

阅读笔记

她从未见到竹鸟激动成这样，一头雾水，“什么鹅蛋？什么宝石？鹅蛋咱们家还有好几个，黄金我可连见都没见过。”

【语言描写】 竹鸟已经激动到无以言表了！

竹鸟一时不知怎么解释，赶紧先把仙女领进家中，“不说废话了，老太婆，你自己看吧！”

【做比较】 将小仙女与世间的美好事物做比较，突出小仙女的优秀。

只见，刚才还小巧玲珑的仙女，一下子变成了一位身材颀长的少女。她亲切和煦，如初晨的露珠一般清新，又似第一道阳光照亮清晨，落落大方，恬静如夜晚的星空，万千涌动。竹鸟脑中闪过一个美丽的名字——辉夜姬，意思是照亮夜间的女子。仙女是从闪闪发光的宝石中诞生的，这个名字十分适合她。

阅读笔记

宝石给竹鸟一家带来源源不断的黄金，他们逐渐摆脱了往日贫穷的生活，成为一户富人。竹鸟重新盖了一座房子，富丽堂皇，雇了几位仆人，伺候起居。辉夜姬也如真正的公主一般，过着富裕、备受宠爱的生活。镇子很小，不久之后，所有人都知道这里有一位美丽非凡、倾国倾城的少女，许多男子仰慕她的美貌，前来求亲。

辉夜姬却一一拒绝，她坚持陪伴在竹鸟夫妇的身边，“我不会离开我亲爱的家人，我会一直陪着竹鸟和老婆婆，做一个好女儿，同他们一起生活。”

【侧面描写】 连天皇都亲自来求亲了，从侧面衬托出辉夜姬的魅力。

辉夜姬和竹鸟夫妇幸福快乐地生活了三年。这天，一位特别的爱慕者打破了这份平静。天皇亲自拜访，真诚又勇敢地向辉夜姬求亲。

“美丽的姑娘，我怀着挚爱、炙热的心情，请求你做我的皇后。”

辉夜姬被深深打动了，但她还是狠心拒绝了天皇，“抱歉，我不能答应你，陛下。”她泪水盈盈，偏头抬起袖子遮住半张脸。

“为什么？告诉我原因。”天皇追问道。

“原谅我，我不能说。”

天皇失落地离开了，辉夜姬也陷入悲伤，茶不思饭不想，七个月后，虚弱到连外出行走都困难，只能长卧家中。竹鸟家的庭院里，常常能看到辉夜姬发呆的身影，她有时坐在长廊上静思，有时候出神地望着月亮和星星，忘记了时间。

【设置悬念】
辉夜姬为什么要望着月亮发呆呢？引出下文。

一天，天皇来到竹鸟家，同他们一起赏月。那天恰逢满月，四人同坐庭院中，各怀心事。

“好亮的月亮啊！”竹鸟说道。

“又圆又亮，像家中那口擦得锃亮、能反光的黄铜锅。”老婆婆接过话茬。

【语言描写】
老婆婆的比喻质朴，表现出老婆婆朴实的品格。

“可在我眼中，它如飘散在风中的相思之情一样，苍白无力，独自悲伤。”天皇说道。

竹鸟觉得今晚的月亮格外耀眼，“它的光芒好像能够穿透云层，一直射向我们的庭院长廊。如此清晰的月光，好像架起了一架天梯。”

辉夜姬听闻，叹了口气，“您说得没错，我的养父。这就是一条月光铺就的天路，就在今晚，将有天兵天将来到这里，将我接回。其实，我是月王的女儿，三年前犯错被贬谪人间。一眨眼三年已经过去了，也到了我回月宫的时候，即便我心中是多么舍不得你们！”

【语言描写】
解开上文的悬念，指出了辉夜姬的真正身份。

“看这雾气！”竹鸟惊讶道，“雾气正在下沉。”

天皇率先反应过来，“正如辉夜姬所说，那是月王的兵马。”

沉寂的夜空被上千个举着火把的天兵照亮，他们一言不发，庄严肃穆，四下将竹鸟的庭院团团围住。为首的将军气质不凡，阔步走到辉夜姬面前，将她扶起，为她披上一件上等的羽衣，一看就是不属于人间的不俗之物。

辉夜姬挥泪向竹鸟夫妇道别，“珍重，我的养父，我的

阅读笔记

【语言描写】辉夜姬的话中满含遗憾和不舍的情绪。

阅读笔记

养母，我将宝石留给你们，希望能缓解你们对我的思念……”她转向天皇，“陛下，如果你能同我一起回到月宫该有多好，可惜羽衣只有一件。这里有一瓶长生药水，喝下你就可以长生不老了。”

说完，辉夜姬挥动羽衣，化作一对翅膀，飞向天空，渐行渐远。一众天兵紧跟其后，顺着天路，消失在通往月亮的夜色中。

天皇悲伤不已，他爬上山峰，站在帝国的最高处，将辉夜姬给他的长生药水一把火烧了。“如果没有辉夜姬，我长生不老又有什么意义呢？”熊熊的火焰中，飘出一丝蓝色的烟雾，天皇目送它飘向远空，“愿这雾气能飘到天宫，把我的思念带给我的辉夜姬。”

名师点拨

辉夜姬的出现为老夫妻带来了幸福的晚年，说明这位仙女心地善良。她没有贸然和人结成伴侣，甚至遇到中意之人也没有答应对方，表现出辉夜姬的责任心，她不想给天皇一段有头无尾的婚姻。

回味思考

1.仙女的真实身份是什么？

2.天皇为什么不珍惜长生药水？

好词收藏

光芒四射　难以置信　不可思议　小巧玲珑　源源不断

八仙女

名师导航

为了拯救生命垂危的老母亲，小伙子踏上了寻找仙草的路。不幸的是这棵仙草被一条九头蛇霸占了。为了救母，小伙子不得不直面九头蛇。他最终能战胜九头蛇吗？

从前有一对母子，生活在一座烟囱峰的洞穴中。这山峰靠海，汹涌的海浪不时拍打着山脚，海浪声声。

靠山吃山，靠海吃海，勤劳的儿子每天去山头打猎，晚上到海里捕鱼，带回一家人的口粮。他又高又壮，高九尺，力气大得好像使不完。即便家中拮据，儿子也保持着一颗善良、真诚的心，总是把好吃的留给母亲。邻居们很尊敬他，夸他是个孝顺孩子。

【行为描写】儿子日夜操劳，反映出了窘迫的家庭环境。

日子一天天过去，某天，母亲突发重病，疼得下不了床，一个劲儿地呻吟。看着年迈的母亲饱受折磨，儿子心头焦急，跑去询问村子里的老人该怎么办。可惜，没有一个人知道答案，谁也不知道这病该如何治好。唯有一位老人指点道："可怜的孩子，我有一个办法。在天池神灵洞中长着一种长寿草，或许可以救你的母亲。只是你要走上千里的山路才能到那儿，这一路上恐怕少不了吃苦。"

【语言描写】借老人的话引出接下来的故事主线。

为了救母亲，儿子下定决心，马上出发寻找长寿草，临行前他跪在床榻前向母亲告别："妈妈，我马上出发前往天池神灵洞为您寻找良药，我一定尽快带着长寿草回来，为您治病。”

母亲又感动又心疼，泪流不止，她舍不得儿子受苦，劝阻道：“我年纪大了，本来就没几天时间了，不用为了我这么辛苦。”

儿子说服母亲执意要去，把母亲安顿在家中，拜托邻居多前去照顾，之后，他胸口揣着一把猎刀，毅然向北朝着天池的方向上路了。漫漫千里之途，他风餐露宿，饿了就吃野果子，渴了就喝河水，脚下不敢耽误赶路，只想快些找到天池。

【景物描写】描写雪山上壮阔美丽的景象，突出这里的威严神圣。

终于，在一个清晨，他远远看到了一座雪山，陡峭的山峰被茫茫白雪覆盖，威严神圣。山坡上布满了青松，坡下有一片郁郁葱葱的草地。他裹着衣服在草地上睡了一晚，第二天一大早，便一脚踏进了森林之中。

这片森林久无人烟，长得十分茂盛，林中大树参天，树藤缠绕。风一吹，树叶摩擦发出沙沙的响声。白天还好，一到晚上，狂风大作，加上林中各个角落不时传来野兽的叫声，十分吓人。要是普通人早就打退堂鼓了，但他救母心切，也顾不了这么多，只想着快点找到长寿草，硬着头皮往上攀登，早把自己的生命危险抛到了脑后。

爬了一天又一天，在不知道第几个白天的时候，他终于从森林中穿出来，直面白雪皑皑的山顶。当他站上山顶的一刻，神秘美丽的天池出现在他眼前。这是一个四周被峭壁环绕的巨大池塘，水波碧绿，分不清是天池的水雾，还是天上的白云，缠绕在山峰的周围。

【环境描写】描绘出一幅人间仙境般的美丽画卷。

看着眼前的美景，他有一瞬间的失神。不知怎的，突然感觉到口渴，他便顺着山峰下到天池边，捧起天池水大口地饮用。正喝着，他忽闻一阵异响，前去一看，竟发现一条瀑布悬挂崖边，清澈的天池水如从天上倾倒下来，蔚为壮观。

他仔细观察着周围，发现这天池水瀑布还别有洞天——

围在瀑布两边陡峭的山崖树木交织，有一个黑色的洞穴隐藏在几株树木后面，不仔细看还发现不了。难道这就是神灵洞？脑袋里诞生了这个念头，他便迫切地想去验证。历经艰险，穿过树木，他终于攀着岩石进入了洞穴中。黑漆漆的洞穴中，一点深红色的光闪过，他定睛一看，是一株扇形的草药，摇曳着，光芒四射。

【设问】吸引读者的注意力，引出下文。

"长寿草！"

他激动极了，攀着岩石的双手都忍不住微微颤抖。他伸出手臂努力去够那株仙草，双脚用力向上蹬。指尖快要碰到的时候，洞穴里突然传出一阵嘶嘶声，紧接着，一个奇怪的声音说道："谁？是谁在打我仙草的主意？原来是一个不自量力的臭小子，你可知这长寿草是我等着升天成龙用的。我苦等十几年，只差一天，就能吃了它，飞升上天，了我毕生心愿。你胆敢阻挠我？"

【语言描写】山洞内是谁在说话呢？引人遐想！

他循声望去，被眼前的景象惊呆了！一条巨大的毒蛇盘在石壁上，足足有九个头，身体有一棵大树那样粗，正气势汹汹地盯着他。毒蛇用自己的尾巴将长寿草缠住，占为己有，摇晃的尾巴发出沙沙的声音，口中呼呼作响，十分瘆人。若是寻常人，恐怕早已被吓得灵魂出窍，但救母心切的他，下定决心要拿到长寿草。他的手摸到胸口的猎刀上，双目勇敢地与毒蛇硕大的黑色眼睛对峙着，说道："你凭什么说长寿草是你的？我为了给母亲治病，到这里来找仙草，长寿草我志在必得，快快给我！"

【动作描写】为了老母亲敢和九头蛇对峙，充分表现出主人公英勇无畏的品格。

毒蛇被惹怒了，九个头刷地齐齐抬了起来，口吐红色的信子，像流水一般迅速滑下绝壁，张开血盆大口，直直地朝他扑来。他抽出猎刀，看准毒蛇扑来的方向，闪过身子，看准机会扬起猎刀插入毒蛇的嘴。他用尽了双臂的力气，万万没想到，除了刮下几片手掌大小的鳞片，没对毒蛇造成更多伤害。这真是一个怪物！

吃了亏后，毒蛇进攻更加凶猛，扬起粗壮的尾巴，想将他像猎物一样缠绕致死。他被迫转攻为守，在挥动的蛇尾间不停闪躲，不时用猎刀予以还击。从清晨到傍晚，神灵洞里都充斥着他们打斗的声音，战况十分激烈！

【叙述】能和九头蛇打斗这么久，可见主人公本领高强。

他身受重伤，浑身是血，而毒蛇仅仅被砍伤五六处。最后，在黄昏时分，他踉跄着逃出神灵洞，拼命跑到天池边上，确认毒蛇没再追来后，便昏厥了过去。

不久，天界有名的八仙女前来天池沐浴，发现了晕倒在地的他。善良的仙女们赶忙扶起他。小仙女是八仙女中最小的，她亲自用手捧来天池水，一点点喂进小伙子口中。他喝下天池水，渐渐恢复力气，苏醒过来，睁眼看到小仙女的脸庞。小仙女眨着眼问他："你是谁？怎么晕倒在这里呢？"

【动作描写】表现出小仙女善良、富有同情心的美好品格。

这八位仙女耐心地倾听小伙子讲述他的故事，从寻药救母到与蛇搏斗。不知不觉，太阳都落山了，八仙女必须回去了。但小伙子怎么办呢？他还这么虚弱。

"听我说，姐妹们。这样一个孝顺勇敢的孩子，我们不能不管他。"小仙女说道。

"你说得对。如果我们就这样回到仙界，心中也不会安稳，帮人帮到底，不如我们先帮他把事情办妥，再回天界。"大姐一锤定音道。

【对话描写】因没有帮助他人而感到良心不安，表现出八仙女纯朴的内心。

另外七个仙女纷纷认可，不再急着回程，留下商量如何帮助小伙子。八仙女没有武器，便在路上捡了些石头，和小伙子一起来到神灵洞，同毒蛇再一次展开搏斗。

八仙女不停地把石头砸向毒蛇的要害，毒蛇痛苦万分。它硕大的身体扭来扭去，黑色的毒液不断从它口中喷出，把神灵洞搅得狂风大作，洞中石块纷纷落下。

局势发生了改变！在众人躲避石块的空隙，毒蛇紧抓时机，不时用有力的尾巴卷住仙女，拖到嘴边咬死，或是甩到外面千丈高的瀑布中，没多久就被淹死。仙女们一个接一个倒下，最后只剩下最小的小仙女和小伙子并肩作战。他们悲痛不已，不再恋战，快速撤出了这个血流成河的神灵洞。

【动作描写】刻画出九头蛇凶猛、残忍的形象。

踉跄走到天池边，回忆刚才发生的事情，两人哭得上气不接下气，用尽了身上所有的力气，最后疲倦地昏睡过去。过了不知多久，小伙子似醒非醒地抬眼，看到一位气质非凡的老人，拄着拐杖站在不远处的山峰上。白云缭绕，细风吹拂着老人飘逸的白发。

“小伙子，听好了！”老人一开口，洪亮的声音直抵小伙子的耳旁，“你的孝心令人感动，连上天都不忍心不帮你，特派我前来，赐你一把宝剑。你带着它，再去神灵洞与那妖怪搏斗吧！”说罢老人将手中宝剑抛出。

【语言描写】借老人的话赞美孝敬父母之人。

宝剑飞下山峰，小伙子伸手接住，抽出一看，剑身闪烁着耀眼的光芒，果然是把锋芒毕露的好剑！他刚想致谢，便一个机灵从梦中醒来。小伙子低头一看，手中真的多了一把宝剑，原来不是做梦！他激动地叫醒了一旁的小仙女，告诉她战胜毒蛇有望了！

此刻正是第二天清晨，毒蛇原定要吃长寿草的日子。它拖着战后疲惫的身子，九个头齐齐露出渴望的眼神，向长寿草爬去。正要张口，被赶来的小伙子和小仙女连声喝止：“你这条贪婪的毒蛇，妄想做什么飞升上天的美梦！今天就让你死在这宝剑下，替我姐姐们报仇雪恨！”

“我当是谁，原来是我的手下败将。逃走了还要回来送死，你们人类就是这样做万物之灵的吗？依我看，实在是愚蠢。那我就再陪你们玩玩吧！”

【语言描写】九头蛇接连胜了两场，已经不将主人公放在眼里了。

毒蛇面露挑衅，说时迟那时快，从绝壁上跐溜滑下来，硕大的身体一下子把小仙女缠住了。小仙女被卷得喘不过气，尖叫着昏了过去。接着，毒蛇朝着小伙子露出獠牙，凶猛地扑了过去。小伙子瞅准时机，拔出宝剑。亮光闪过，将黑漆漆的洞穴映照得如同白昼。毒蛇被宝剑闪了眼睛，顿了一下，失去方向，它辨不清这是什么，本能地卷起身子躲闪。就是现在！小伙子毫不犹豫地扬起宝剑，用尽全力朝着毒蛇的蛇头重重刺去。他使出全身的力气，将毒蛇的八颗头依次砍下。宝剑所到之处，削铁如泥，毒蛇厚厚的鳞片再也派不上用场，脑袋一个接一个地滚落在地。

【情景描写】描写主人公砍杀九头蛇的情景，刻画出主人公无畏的形象。

毒蛇惊诧不已，但小伙子连让它喘息的机会都不给，接着朝着最后一个蛇头，再次扬起了宝剑。毒蛇痛苦地挣扎，壮实的尾巴不停抽打在岩石上，砸出了一个个窟窿。短短几秒的时间，神灵洞中的情势发生巨变，毒蛇再也没了反抗的能力，终于死去。

一切归为平静，被毒蛇卷住的小仙女失去了束缚，瘫倒在地上，过了一会儿逐渐苏醒过来。小伙子经历了一场恶战，赶忙前去割下长寿草护在胸前，这才松了一口气。

历经磨难，终于求得了治疗母亲重病的仙草，他心中喜悦万分，小心翼翼地从石壁上爬下。回头想寻找小仙女，却再找不到那个美丽的身影。“你在哪儿呢？小仙女！”洞穴中只剩他一个人的声音回荡着。

【行为描写】主人公第一时间想到的是仙草，然后才是寻找小仙女，足见母亲在他心目中无可替代的地位。

小伙子竭力奔出洞穴，继续向天空喊着小仙女的名字。小仙女此时早已驾云飞上天空，只留给他一个小小的远去的身影。无奈，小伙子带着长寿草独自归程。

小仙女回到天宫后，立马求见玉皇大帝，请求前往人间生活。玉皇大帝早已知悉了一切，他怒道：“私自与凡人来往，你可知自己违反了天条？按照规矩，本应把你处死，但念在你本心善良，为了帮助世人才留下，那么，便如你所愿，

【行为描写】小仙女为什么不想继续在天宫中生活了呢？引出下文。

放你下凡去吧。但若你忘记了本心，朝三暮四，那依旧要回天宫受罚。”

天上一天，人间一年。小仙女回天上短短一阵，人间已经过了一月有余。在这期间，小伙子的母亲吃了仙草，病已痊愈。

小仙女于一个清晨下凡，披着罗衣，从天而降，整个海面都被她照得金光闪闪。小伙子的母亲赶忙和村里的老人准备祭天的物品，他们特意爬到烟囱峰上，取来神圣的泉水，等待着仙女的到来。

【行为描写】
表现出人们知恩图报的品德，以及他们对神仙的敬畏之心。

小伙子站在人群中，抬眼望去，那个似曾相识的身影飘然而至。小仙女朝着烟囱峰落下，径直来到小伙子身边，投入他的怀里。大家都听闻了小伙子寻草的经过，小伙子的母亲更是感激，将小仙女迎入了简陋的家中，真诚接待她。

小伙子问起那七位死去的仙女，原来，她们勇敢、善良的品质感动了阎罗王，阎罗王破例让她们还魂，重新回到天界。玉皇大帝同样念在她们救人心切，网开一面，没有过多惩罚，格外开恩让她们驻守北天门以赎罪。从此，天上多了七颗星星，人们都说这就是那七位仙女的灵魂，常年在天上逡巡，每天转动一圈，防止像九头蛇那样的妖怪继续作恶，影响世间的安宁和天界的秩序。闪烁的星光好似仙女们清澈的眼睛，于天空中注视着小仙女和小伙子，见证他们幸福的生活。

【叙述】
将天上的七颗星星和七仙女联系在一起，寄托了人们的美好祝愿。

小仙女坚守自己的信念，和小伙子过上了安稳的生活。在她的帮助下，这家人生活得越来越好，住上了结实的瓦片房，吃上了仙女从天界带来的五谷。村里人也学会了五谷的种植方法。在小仙女的带领下，人们春天播种，秋天收割，再也不用为口粮发愁。

【叙述】
叙述小仙女帮助村民的事，塑造小仙女善良、无私的形象。

小仙女在烟囱峰上沐浴，汲取泉水精华，十月时，顺利产下三胞胎。她为这个村子和整个国家带来了无限的好运。从此，民族兴旺，子孙繁荣，邻里之间互帮互助，和睦相处，孝顺、善良的美好品质代代相传，培育了整个民族的良好风气。

名师点拨

通过对主人公面对九头蛇时的语言和动作描写，将主人公英勇无畏的性格特征展现了出来。可惜光有勇气还不够，好在有仙女出手相助。在接下来一系列的行为表现中，八位仙女身上的美好品格让人一目了然。

回味思考

1.小伙子为什么要前往天池？

2.小伙子是怎么打败九头蛇的？

好词收藏

风餐露宿　郁郁葱葱　白雪皑皑　气势汹汹　锋芒毕露

好句积累

◈ 漫漫千里之途，他风餐露宿，饿了就吃野果子，渴了就喝河水，脚下不敢耽误赶路，只想快些找到天池。

◈ 他仔细观察着周围，发现这天池水瀑布还别有洞天——围在瀑布两边陡峭的山崖树木交织，有一个黑色的洞穴隐藏在几株树木后面，不仔细看还发现不了。

◈ 小伙子瞅准时机，拔出宝剑，亮光闪过，将黑漆漆的洞穴映照得如同白昼。毒蛇被宝剑闪了眼睛，顿了一下，失去方向，它辨不清这是什么，本能地卷起身子躲闪。

善良的海公

名师导航

三位勤劳、善良的渔夫做了一个相同的梦，因此都相信这是要走好运的兆头；然而事不如人愿，他们在海上遇到了风暴，别说是好运，就连性命都难保。他们接下来该怎么办呢？他们的好运又在哪里？

位于海边的小渔村中，住着三位渔夫。他们互为邻居，从小一起长大，从未吵过架、红过脸，心地都十分善良，村里人都夸赞他们。时至今日，他们都已经年过半百，依旧和睦。

【叙述】介绍故事背景及关键人物的性格特征。

他们都以捕鱼为生，三人共用一条渔船，从未闹过矛盾。这天，他们像往常一样出海捕鱼，经验丰富的他们仅凭涛声和水鸟叫声，就能准确判断今天是否是个捕鱼的好天。

名叫三德的渔夫赞叹道："今天天气可太好了，是个大晴天！"他整理着渔网，哼着渔歌，心情十分舒畅。这赞叹却没得到另外两位渔夫的回应，他们都低头干着自己的活儿。

"告诉你们一件事儿，昨晚我做梦梦到了神仙。一定是好运要降临了，保佑我今天捕到大鱼。"三德继续说道。

【对话描写】借三人的对话为下文埋下伏笔。

另一位渔夫浩七不禁打断他："你这臭小子，又在说没边的话了，一大早的，梦也能当真？"

宝光是三人中相对老实话少的一个，他闻言也感到惊奇："神仙？你梦到什么神仙了，三德？"

浩七埋汰道："梦里的事，还是少说为妙。说不定说多了，好运就跑了。"

"其实，我昨晚也梦到了神仙。这才想问问三德。"宝光说道。

三德顿时来劲了："什么？你也梦到了神仙，快跟我说说，宝光。"

眼看三德和宝光要热烈地讨论起来，浩七开始催促道："好了好了，别说些有的没的了。看看，眼前我们还有不少事儿要准备呢，可别耽误了出船。赶紧干活儿吧。"

【设置悬念】 他们会有怎样的好运呢？引出下文。

三德吐了吐舌头："今天可是有好运的，不着急。"

收拾妥当，扬起风帆，一行三人终于驾着渔船出海了。宽阔的海面倒映着阳光，波光粼粼，他们情不自禁地哼起祖上传下的船歌，熟悉的歌声在海面飘荡。

半天的时间很快过去，早上还声称有好运的三德很快便蔫了，哪有什么鱼的影子呀？他像个泄了气的皮球，靠在船的一角，嘟嘟囔囔："太奇怪了。别说好运了，今天怎么连一条鱼都捕不到呢？"从他们学会出海到现在，这种情况还从未发生过，整整半天，毫无收获。

"问问你们梦里那个神仙，是不是个没用的废物。"浩七忍不住调侃了两句。

【对话描写】 借人物对话引出意外情节，营造紧张氛围。

"快看那边，看天边那云！这是要变天呀！"三德一抬头，发现了天空南面出现了异常，急忙招呼他俩来看。

"太倒霉了。以为是个好天气才把船开这么远的。"

这云彩像是一场暴风骤雨的前兆。这下三人都有些慌了，在这茫茫的海面上，他们的渔船好似一片落叶漂浮在水上。

果不其然，大风骤起，海面也不再平静，浪头一下比一下高。远处的乌云逐渐压迫到头顶，遮挡住了阳光。

"天哪，我还是第一次遇见这情况。乌云怎么来得这么快，这么多！"

"阳光都被遮住了，黑漆漆的像晚上一样。近处的地方也什么都看不清。"

"要出事呀！"

【对话描写】借人物之口描述恶劣无比的天气状况，增强读者的代入感。

渔夫们慌乱极了，这下不仅是捕不到鱼，怕是自己的小命也有危险。

"风太大了，快把帆放下！"狂风之间，浩七大喊道。

【语言描写】暴雨天气下如果不放下船帆，很容易翻船！

刹那间，骤雨铺天盖地而来。雨水夹杂着溅起的海水，毫不留情地扑打着这艘小小的渔船。船身晃荡不已，三位渔夫已经失去了方向，船头被海浪拍打得不知朝向了哪里。即使能分辨哪里才是回家的方向，目前的情况，也无法准确地调转船头，他们的命运完全被这突如其来的暴雨捏在手里，任凭风浪操纵。

这哪是什么神仙的好运，简直是恶魔的劫数。他们暗自埋怨起昨晚梦中的神仙，如今连能不能安全回到家里都是未知数。

这场暴雨足足持续了四天，他们在海上飘荡了四天，满身疲惫。几天没吃东西，三位渔夫连挂帆的力气都没有了，身心都倍受折磨，只能垂头丧气地坐着。

【神态描写】指出三位渔夫困窘的处境，引出下文的转折。

三德困得眼皮快要睁不开了，"太困了，想好好睡一觉。"

"我饿得肚子都瘪了。"宝光抱怨道。

又困又饿的三人被困在船上，不知开了多久，才感受到阳光重新回到头顶。天空渐渐明朗，雾气散去，浩七兴奋地发现不远处有一座岛屿。

"快看，有一座岛！"

"没看错吧！在哪儿呢？"

另外两人起初还有些不信，直到船越开越近，那座郁郁葱葱的海岛才完全展现真容。

对他们来说，这就是希望！

【叙述】

柳暗花明，难道又是一场空！情节跌宕。

他们费尽最后的力气扬帆抵达岛上。岛上长满了竹子，竹林间却没有一丝人烟。他们找遍了，都没看到一户人家。刚燃起的希望，瞬间又落空了。

三人绝望地坐在草地上，尽管又困又饿，但睡意全无。死寂般的沉默在三人间蔓延。

一丝微弱的烟雾，从竹林中升起，三人沉浸在失落中，没人注意到。直到这烟雾越来越大，化作一个庞然大物，出现在三人的眼前，他们才终于精神一振，赶忙前去查看。

阅读笔记

那竟然是一座瓦房！

三人正疑惑，房门忽然向外打开了，一位老人缓缓地从里面走出来。他满头白发，步履从容，面目慈祥，捋着长长的胡须对三人露出笑容，十分亲切。

“远道而来的客人，快进来坐坐吧。”老人做出邀请的手势，迎接着他们。

【埋伏笔】

老人说没有人吃的东西，而不是没有吃的，为下文埋下伏笔。

渔夫们闻言激动万分，“老人家，快救救我们！我们已经整整五天没吃过饭了，给我们点东西吃吧。”浩七率先说道。

“不巧，这里没有人吃的东西，水倒是足够。”

“我们已经饿得前胸贴后背，请可怜可怜我们吧。”

“是真的，我们饿了五天了。”

渔夫们把老人当作最后的希望，苦苦哀求道。

“这里有些果子，你们要是实在饿，就拿去吃吧。”

渔夫们迫不及待地接过了老人拿出的果子，连连道谢，“谢谢您！”

果子散发着诱人的香味，但饿极了的三人只管往嘴里塞，压根儿没有工夫管味道。他们吃了不知多少果子，却依旧没有吃饱。

“怎么会这样，这果子吃一个就可以活一年，你们吃了这么多，竟然还不饱？”老人不解，“究竟是怎么回事儿？”

【语言描写】神奇的果子，预示了老人超凡的身份。

“没错，确实还没吃饱。”他们顾不上什么面子，诚恳地请老人帮忙。

“没办法，我去弄点吃的给你们吧，暂时先忍忍，等我回来。”

老人顺着一条路出去，没多久，带回了热气腾腾的米饭。盛米饭的是寺庙里祭祀用的大碗，三位渔夫顾不上许多，接过饭就是一顿狼吞虎咽，不一会儿就全部吃光了。吃饱喝足的渔夫们此刻才有些羞赧，他们垂着头不去看老人。

“你们休息会儿吧，天都黑了，明天一早再把饭碗还到梁山通度寺，你们回程的时候顺便带过去。”

渔夫们跪在地上向老人道谢，他们惊觉，老人和梦中的神仙长得一模一样。

【叙述】将梦和现实联系在一起，引人遐想。

第二天一早，养足精神的渔夫们便前去向老人辞行，他们准备好，即刻就出发回家。老人露出慈祥的笑容，像刚见时那样亲切地扶起他们，上下打量一番，从袖子里又掏出三个果子，分给他们每人一个。

他们昨天吃的就是这种果子，老人交代道：“收好果子，不要让它晒到太阳。数着日子，等三个月零七天以后，再拿出来吃，到时候你们一眼就能找到这个岛。记得和家人一起来岛上生活，会有很好的生活等着你们。不要以为我在开玩笑，千万要记得照做，好了，现在沿着我指的这条路回家吧。”

【语言描写】表现出老人善良、大方的品格。

说完这些话，老人和瓦房像来时一样，化作一阵烟雾，很快消失了。渔夫们留在原地，将老人给的果子收好在怀里，郑重地跪拜几次，踏上了归程。

他们带着寺庙的大饭碗，按照老人指的路行驶三天，抵达了梁山。他们停好渔船便前去寻找寺庙，把碗归还给了庙里的一位师父。

“您好，前两天你们庙里是否借出过一只饭碗？如今原物归还。”

“是有这么一回事儿，大概三天前，借给了一位仙气飘飘的老人。老人允诺说今天会有人前来归还。”

完成了最后一件事，渔夫们终于朝着家的方向扬起风帆。靠岸时，距离他们离家已经三个月零七天了，他们谨记老人的话，将果子在第一百天拿出来吃掉了。香气扑鼻的果子，给他们带来了明显的变化——他们的眼睛变得格外明亮，看世上的任何东西都比以前清楚透彻。

【叙述】印证了老人的话，进一步突出老人不凡的身份。

后来，他们准备妥当，带着家人齐齐离开家乡，前往海岛。他们惊讶地发现，海岛已经变成了并排的三座，正巧三位渔夫一人能分得一座。

老人着实没有骗他们，渔夫们在岛上生活得无忧无虑，全家都度过幸福的一生。

世人猜测那位老人是传说中的海神，为了奖赏乐观、善良、勤劳的三位渔夫，为他们每人建造了一座海岛，供他们全家快乐生活。三位渔夫的故事流传至今，他们被世人亲切地称为“海公”。

【叙述】借三位渔夫的例子，弘扬勤劳、善良的品德。

名师点拨

故事情节跌宕起伏，意外频发：第一次意外是事不如人愿；

第二次是渔夫们找到了岛屿；第三次是希望落空；第四次是老人凭空出现。本故事通过接连制造意外的方式，给读者们带来了紧张刺激的阅读体验。

回味思考

1.三位渔夫为什么觉得他们要走好运了？

2.渔夫们用什么填补了肚子？

好词收藏

波光粼粼　铺天盖地　毫不留情　突如其来　垂头丧气

庞然大物　迫不及待　狼吞虎咽　仙气飘飘　无忧无虑

好句积累

◈刹那间，骤雨铺天盖地而来。雨水夹杂着溅起的海水，毫不留情地扑打着这艘小小的渔船。船身晃荡不已，三位渔夫已经失去了方向，船头被海浪拍打得不知朝向了哪里。

◈一丝微弱的烟雾，从竹林中升起，三人沉浸在失落中，没人注意到。直到这烟雾越来越大，化作一个庞然大物，出现在三人的眼前，他们才终于精神一振，赶忙前去查看。

◈他满头白发，步履从容，面目慈祥，捋着长长的胡须对三人露出笑容，十分亲切。

◈盛米饭的是寺庙里祭祀用的大碗，三位渔夫顾不上许多，接过饭就是一顿狼吞虎咽，不一会儿就全部吃光了。吃饱喝足的渔夫们此刻才有些不好意思，他们垂着头不好意思看老人。

◈果子散发着诱人的香味，但饿极了的三人只管往嘴里塞，压根儿没有工夫管味道。他们吃了不知多少果子，却依旧没有吃饱。

不畏惧北风的辛格比

名师导航

北风将至，寒冬将笼罩这片大地！村民们畏惧于北风的威胁纷纷逃走，唯独不畏惧北风的辛格比留了下来。为了应对酷寒的环境，辛格比会做哪些准备呢？

【对比】对比双方的居住环境，突出了冰之国恶劣的生活环境。

在许多年以前，地球上的环境还十分恶劣，人也没有多少。北方有个以捕鱼为生的部落，他们在夏天的时候，总能够在河里捕捉到最鲜嫩肥美的鱼儿。但是他们的美好生活一直受到冰之国威胁。冰之国在部落的北方，那里异常寒冷，大雪纷飞，很多人都因无法忍受严寒而丧失生命。这个国家的国王是个十分容易暴怒的老头子，他的名字在印第安语中是“北风”的意思，叫作卡比昂欧卡。

虽然卡比昂欧卡的王国占领了世界最北边的地方，但是他一点也不满足，他野心勃勃，要把世界上每一片土地都变得寸草不生，到处都是白茫茫一片，除了雪花的白色不能有另外的颜色，他要让整个世界都变成冰雪的王国。

【对比】通过对比塑造形象鲜明的两个人物。

幸运的是，卡比昂欧卡虽然有野心，但他并不具备相应的能力。他虽然强壮有力，勇猛壮实，但还是比不过南风沙文达斯。南风沙文达斯的王国遍地都生长着向日葵，那里每一天都艳阳高照。南风沙文达斯只要吹一口气，万物都会在他的神奇能力之下茁壮成长。在他的王国里，树林里生长着娇嫩欲滴的紫罗兰；空旷的原野上生长着五颜六色的野玫瑰；可爱的鸽子们在天空中翱翔，唱着动听的歌曲；瓜果都茁壮地生长着，散发着迷人的香气；玉米地里的玉米穿上了挂满穗子的新衣，在阳光的温暖照射下，茁壮地生长着。沙文达斯每天的生活都非常惬意，他会爬上山顶，在精美的烟斗里放上上好的烟叶，一边晒着太阳，一边抽着烟，无忧无虑地度过漫长的时间。烟雾从他口中吐出，变成梦幻的雾气，萦绕在山林湖泊上方，使得整个王国如同仙境一般美丽。没有一丝的风吹过，也没有一片云朵在天空中飘过，四周都静悄悄的，十分静谧，印第安夏天的景色真是世界上最迷人的风景。

【环境描写】描绘出一幅静谧、绝美的画卷，引人入胜。

与此同时，在北方的渔村里面，渔民们都在为即将到来的冬天忙碌地准备着。他们齐心协力，忙碌地向水中撒网收网，一刻也不停歇。一旦夏天结束，南风沙文达斯就会进入沉睡，这时候北风卡比昂欧卡就会带着寒冷和风雪来到渔村，到时候如果村民们没有做好充足的准备，后果将不堪设想。没过几天，当他们早早地起床准备撒网捕鱼的时候，发现湖面上已经结了一层薄薄的冰，屋顶上的树皮变成了白色，厚厚的霜花在阳光的照射下闪着光，异常刺眼。

【景物描写】描写景物出现的变化，暗示北风即将到来。

这种种的迹象都是北风即将到来的警告。随着时间一天天地过去，湖面上的冰越来越厚，天上飘着的雪花也变得越来越多。呼呼的北风从北方吹来，变得越来越清晰。

渔民们都害怕极了，“北风卡比昂欧卡就要来啦！大家赶紧去逃命吧！”

但是有一个渔民却毫不惊慌，他就是“潜水高手”辛格比。

辛格比从来都不会流露出伤心的情绪，他的脸上每天都挂满笑容，无论是抓到了大鱼，还是什么收获也没有，他都是笑嘻嘻的。

他告诉其他村民：“大家不用害怕，即使北风来了，我

【语言描写】表现出辛格比聪明、勇敢的品格。

们还是可以一如既往地捕鱼，只要在冰面上凿出一个洞，就可以把洞里的鱼钓上来。北风卡比昂欧卡这个老头子有什么可怕的？”

渔民们听到他的话都非常吃惊。他们也知道辛格比有着神奇的魔法，他能够变成一只鸭子潜入水中，这就是大家叫他“潜水高手”的原因。但是辛格比这样微不足道的魔法怎么可能战胜那样凶残的北风，简直是异想天开。

【语言描写】通过对村民的语言描写，刻画村民们淳朴、善良的形象。

渔民们劝说辛格比：“算了吧，仅凭你的能力根本不能够做什么，谈何要去打败北风卡比昂欧卡？他太厉害了，森林里最粗壮的大树或是最汹涌的河流都不是他的对手，更何况是你？你还是和我们一起离开吧。你要是真有办法，也只能变成熊或鱼，还能有什么其他办法？”

辛格比听了渔民们的话，哈哈大笑起来。

他说：“我一点都不怕北风，在白天，河狸借给我的毛皮大衣，还有麝鼠借给我的连指手套都能够让我保持温暖，就算到了晚上，我还可以点燃我屋子里面的木柴，燃烧的木柴散发着温暖，我又怎么会被卡比昂欧卡打败呢？”

【心理活动】通过旁人的心理活动，进一步塑造主人公正直、善良的形象。

渔民们见辛格比如此执迷不悟，只好无奈地丢下他离开了渔村。他们多么希望能够带上辛格比，他的脸上总是挂着笑容，他是多么好的一个人啊，然而等到他们再回来，就再也看不到辛格比了，想到这儿，他们伤心极了。

【细节描写】表现出辛格比谨慎、细心的一面。

等到其他渔民都离开了，辛格比立即行动起来。他在树林里面收集了大量的干树皮、松针和树枝，把它们都搬到自己的小木屋里。等到夜幕降临，他就点燃这些树枝，屋子里面立刻变得温暖起来。白天，屋外的积雪特别厚，因为气温又低，雪都被冻得硬邦邦的，辛格比就能够在雪上走动，也不用担心会陷进去。他来到湖边，用铁锹凿出一个窟窿，再把钓鱼线放进去，不一会儿，鱼儿就上钩了，这样，一天下来，他总是能够满载而归。每天下午他都哼着小曲，拖着长长的一串鱼走在回家的路上：

北风卡比昂欧卡，
没本领来将我打。
凶猛残暴气凌人，
看你还能怎么横！

一天傍晚，北风卡比昂欧卡看到了在雪地里一边走一边哼着歌的辛格比。

北风向辛格比咆哮着："呼——呼！你这个放肆的无知的人类，还敢在我的地盘这样悠闲？我劝你赶紧和那些野鹅、苍鹭一样逃到南方去吧。我才是这冰天雪地的真正主人。今晚我就要掀翻你的屋子，吹灭你的篝火，让灰烬飘满你整个屋子。"

【语言描写】表现出北风狂妄、霸道的性格特征。

等到夜晚来临，辛格比像往常一样点燃了木柴，看着熊熊燃烧的木柴，辛格比想着这最底下的木柴如此粗大，就是烧上足足一个月亮也不会熄灭的。因为印第安人没有钟表，所以他们计算时间的时候便用"一个月亮"之类的来表示星期和月份，"一个月亮"就是月亮由圆到缺再到圆所经历的时间。

辛格比拿出他当天钓的最肥美鲜嫩的一条鱼，放在篝火上烤。经过炭火烧烤之后的鱼异常鲜美，外酥里嫩。辛格比吃完鱼，意犹未尽地擦了擦嘴。他舒舒服服地坐在篝火旁，白天走了许久路的小腿这时候也暖洋洋的，舒服极了。那些渔民真是傻，留在这里照样能够每天捕许多的鱼，晚上也很暖和，用不着费那么大力气逃到南方去。

【神态描写】描绘出辛格比优哉、舒适的神态，这是他辛勤努力的结果。

他对着篝火自言自语："北风卡比昂欧卡有什么可怕的，我也会魔法啊，他根本就是和我们普通人一样的存在，我怕冷，但是他怕热啊，这没什么了不起的。"

想到这儿，辛格比开心极了，大声地唱起歌来：

卡比昂欧卡雪之民，

有胆来将我冻成冰。

无论你怎样吹寒气，

我有篝火怎会怕你！

【叙述】 北风发威了！可见辛格比激怒了北风。

辛格比开心极了，以至于连屋外的呼号声都没有听见。屋外的雪下得越来越大，风刮得非常凶猛，将飘落的雪花像面粉一样卷起，吹向辛格比的小屋，不一会儿，辛格比的小屋便被埋在了厚厚的雪里。但是让卡比昂欧卡没有想到的是，埋住小屋的雪并没有让屋子里面变冷，而是像厚厚的被子一样把温暖围在里面，把寒风挡在了外面。

【对比】 对比北风和辛格比的状态，突出了辛格比的智慧。

但是，卡比昂欧卡很快就发现了自己的失误，这让他更加愤怒。他对着小屋的烟囱怒吼，辛格比并没有对他可怕的声音感到害怕，而是哈哈大笑起来。他一个人在小屋中太安静了，经卡比昂欧卡一吼，屋里反而热闹起来。

同时，小屋被凶猛的风吹得左摇右晃起来，门帘也被吹得哗啦啦地响。

辛格比一点也不害怕，他对卡比昂欧卡说："北风啊，你要不要也来我的小屋里坐一坐，取取暖？别在外面冻坏了身子。"

卡比昂欧卡听到辛格比的嘲笑生气极了，他猛地撞向门帘，用来系住门帘的鹿皮绳子也被北风撞断了，北风顺利地进入了辛格比的屋子。北风吹出异常寒冷的风，本来还温暖的小屋瞬间被一层浓雾笼罩着。

【神态描写】 辛格比不想露怯，所以他装模作样，以此继续打击北风的信心。

辛格比依旧还是欢乐地唱着歌，假装什么也没有发生。他又从柴火堆里捡了一根粗大的松木放进火堆里面，于是篝火烧得更旺盛了，熊熊的火焰让辛格比不得不往后挪一挪。他不经意地用眼角的余光看了一下卡比昂欧卡，这一看让他笑得更大声了。熊熊的火焰让卡比昂欧卡热急了，大滴大滴的汗水不停地从他的额头上流下，他就像一个雪人一样，那些白雪和冰凌很快就融化了，消失得无影无踪。看起来高大无比又十分凶猛的卡比昂欧卡一点一点地变小，他的耳朵、鼻子，甚至身高慢慢地缩短，要是再这样待下去，卡比昂欧卡快要变成一摊雪水了。

辛格比又说："怎么不靠近一点？外面实在太冷了，你不要拘谨，靠近一点才能让手和脚也感受到温暖。"

【语言描写】故作客气，实则是在继续挑衅北风。

卡比昂欧卡实在受不了屋子里面的温暖，逃似的从屋子里面溜出去了，比进屋子里时的速度还要快。

外面的寒冷瞬间让他又恢复成原来的样子，辛格比的狡猾让他气急败坏，但是他又拿辛格比没有办法。卡比昂欧卡的怒气都被撒在他身边无辜的事物上。他生气地四处踩踏，更加用力地吹气，地上的雪变得更加坚硬，树枝因为承受不住他的摧残纷纷被折断了，狐狸都不敢出来觅食，纷纷藏回自己的洞里，就连郊狼也连忙躲了起来。

【侧面描写】描写狐狸和郊狼的表现，突出北风鲁莽、可怕的形象。

北风实在咽不下这口气，重新来到辛格比的小屋前，朝着烟囱大喊："辛格比，有本事你就出来，躲在屋子里算什么本事！你要是有胆量就和我在这雪地里面摔跤，我倒要看看是我厉害还是你厉害。"

辛格比犹豫了一下："既然篝火已经将他的力量削弱了不少，而且我的身体也很暖和，应该有能力和他决斗一番，要是我打败了他，他就不会再回来了，到时候，我就可以毫无顾忌地生活在这里了。"

【语言描写】冷静分析后才行动，表现出辛格比聪明、果决的性格特征。

他信心十足地走出小屋来到卡比昂欧卡的面前。他们激烈地决斗着，在冰冷的雪地上纠缠着滚来滚去。

他们打斗了整整一夜都没有结束。狐狸们都从洞里面出来，在他们周围远远地围成一圈，看着这场比试到底最后谁会胜出。辛格比整整一夜都在用力地动着，所以一点儿也感觉不到寒冷；相反，北风的力气却一点点变小，呼吸声也没有一开始那么有力了。

等到太阳升了起来，他们才放开彼此，喘着粗气看着对方。毫无疑问，卡比昂欧卡最终输了，他羞愧地一边哀号一边逃回了北方。辛格比的笑声一直在北风的脑海中回响，卡比昂欧卡就一直逃到了“白兔之国”。辛格比能够战胜如此强大的北风，主要归功于他的乐观和勇敢。

【叙述】主人公刻意保持着从容不迫的表情，北风的信心因此被严重打击到了！

拓展阅读

名师点拨

主人公辛格比在与北风的争斗过程中，表现出来的不仅仅是智慧。他在北风到来之前的准备工作表现出了他谨慎的一面；而之后正面面对北风的过程则表现出了主人公冷静、智勇双全的品质。

回味思考

1.村民们为什么逃走？

2.辛格比做了哪些准备？

好词收藏

野心勃勃　寸草不生　齐心协力　不堪设想　气急败坏

好句积累

◈没过几天，当他们早早地起床准备撒网捕鱼的时候，发现湖面上已经结了一层薄薄的冰，屋顶上的树皮变成了白色，厚厚的霜花在阳光的照射下闪着光，异常刺眼。

云端的孩子

名师导航

那是一个人与动物和谐相处的美好世界，那时候的人与动物会相互帮助。有一天，村里的孩子失踪了，大人们在动物的帮助下找到了孩子。面对高不可攀的山峰，他们是怎么救下孩子的呢？

1

很久以前，有一位叫作亚古的老爷爷，他十分擅长绘声绘色地讲各种各样的故事。有一天，他像往常一样坐在角落里，在他的眼前是刚刚熄灭的火堆。他一动也不动，似乎在梦境中徘徊。

孩子们一句话都不敢说，因为这个时候亚古爷爷一定在构思着前所未闻的新奇故事，他能够从燃烧殆尽的炭火和散发着滚滚热浪的木炭上得到奇异怪诞的画面，孩子们担心要是打扰到亚古爷爷，这个故事也就没了。

【行为描写】孩子们的行为表现出他们对好故事的期待。

然而，和往常不一样的是，这一次孩子们等了好久好久，一句话也不说，生怕打扰了亚古爷爷，然而他还是在角落里一动也不动，像是被永久固定住了似的。孩子们终于等得有点不耐烦了，他们想亚古爷爷是不是忘记要给他们讲睡前故事了。过了许久，终于，最喜欢提问题的小晨曦说话了。

【侧面衬托】孩子们的强烈渴望，从侧面衬托出了亚古爷爷的故事有吸引力。

她说：“亚古爷爷！”刚刚张口，她又不敢继续说下去了，生怕惹得亚古爷爷生气。

小晨曦的话音刚落，角落里的亚古爷爷终于动了动身子，仿佛要把他的灵魂从遥远的过去拉回来。

亚古爷爷说："怎么了，小晨曦？"

小晨曦回答道："亚古爷爷，我有一个问题，那些高耸的山脉是不是从很久之前就一直在那里呀？"

【叙述】说明亚古十分尊重孩子们。

亚古爷爷沉默着思考了很久。对于孩子们问的每一个问题，不管多么稀奇古怪、异想天开，亚古爷爷都会非常认真地回答。他从来不会用"太忙了"或者"下次再说"之类的借口糊弄孩子们。聪明的亚古爷爷认真思考了小晨曦的问题许久，点了点头说道："小晨曦，你这个问题，其实我也常常问自己，那些大山到底是不是一直以来都在那里。"

【语言描写】通过孩子们的问题联想到了故事，表现出亚古丰富的想象力。

他又沉默了，久久地盯着眼前的火苗，似乎想从这火焰中寻找答案。过了一会儿，他又缓缓地说道："我想，那些山脉，无论它们多高或是多矮，从很久很久以前就应该是在那里的。就如同那些创世纪的神话故事里面所说的一样，在世界被创造出来的时候，那些山脉也就一起被创造出来了。但是这些山脉之中有一个却是例外，它在一开始的时候只是一块岩石，忽然有一天像被施了魔法一般，瞬间就长成了一座高耸的大山。这座大山可以一直不停地长高，小孩子坐在这座山上就能够被带到云端。这座山有个名字叫大石山，我和你们讲过这个故事吗？"

孩子们急忙大声说："没有，没有！我们没有听说过这个故事，快给我们讲讲吧！"

亚古爷爷从他的爷爷那里听说了大石山的故事，而他的爷爷又是从自己的爸爸那里听来的。亚古爷爷的爸爸的年代离现在有好多好多年了，所以大石山的故事很有可能就是亚古爷爷的爸爸亲眼看到的。

2

在亚古爷爷的爸爸那个时候，人们都和各种动物友好地生活在一起。像一些我们现在觉得非常凶猛的野兽也并没有我们想象的那么可怕，就算是郊狼或者山狮（即美洲狮）都能和人类和谐地生活在一起。有一个小男孩和一个小女孩住在当时的一个山谷里面。

这个山谷冬暖夏凉，生活在这里非常舒适。山谷里面绿意盎然，绿油油的小草一直蔓延到山谷外，就如同一张巨大的地毯一般。风从山谷里面吹过，小草们就像海浪一般随风波动。在春天的时候，山谷里面开满了五颜六色的野花。到了夏天，树上的浆果散发着迷人的香气，鸟儿们在树上唱着欢乐的歌曲。

【比喻】将草地比喻成地毯，写出了这里美好的环境。

孩子们可以在这个山谷中自由自在地玩耍而不用担心遇到什么危险，他们可以在花丛中追逐翩翩起舞的蝴蝶，和蹦蹦跳跳的松鼠、兔子一起玩耍，或者爬上树枝去蜜蜂的家里做客。

【情景描写】描绘出人与自然和谐相处的美好画面，生动传神，引人入胜。

那时候人们之所以能够和动物们和谐相处，是因为动物们可以在大自然中无忧无虑地玩耍，比如，熊可以在夏天吃它喜爱的浆果和蜂蜜，在冬天的时候懒洋洋地在岩石洞穴中做一个漫长的美梦；优雅的小鹿性情温和，它们经常到山谷中悠闲地吃草。然而现在呢，动物们都被人类囚禁在笼子里面，只能在一块小小的地方活动。人类这样的举动让动物们丧失了对人类的信任，也就无法像从前一样生活在一起了。

【对比】对比过去和现在，突出人们恶劣的行为。

孩子和动物们都互相爱着对方，友善地对待对方。孩子们最喜欢和长耳大野兔、羚羊一起玩耍。长耳大野兔的耳朵特别长，几乎和骡子的耳朵差不多长，它还能跳得很高，当然这要归功于它长长的腿。虽然长耳大野兔跳得很高，但是长耳大野兔的体型毕竟很小，跳得再高，也没有羚羊跳得高。羚羊的腿又细又长，却能跑得飞快，它短短的犄角显得非常可爱。

山谷中宜居的秘密还在于有一条小河从山谷中流过。这条小河清澈见底，周围的小动物们都喜欢来这里喝水，夏天的时候就在河里洗澡解热。在孩子们刚刚学会走路的时候，河狸就教会了他们游泳。河狸非常擅长游泳，它的尾巴像一支船桨一样在身后摆动，它的脚有蹼，就像鸭子一样，非常适合在水中划动。小河的中央有一处浅潭，简直是专门为了孩子们准备的。每到天气晴朗的时候，他们便会到浅潭中玩水。

【行为描写】刻画动物们善良、纯真的形象。

在一个夏天的午后，小男孩和小女孩在浅潭中玩耍，一时忘了时间，在浅潭中玩的时间太久了，等到上岸的时候，他们都累坏了，离开了温暖的河水，两个人觉得有些寒冷，便想找个地方歇一歇。

【语言描写】表现出小男孩活泼、贪玩的性格特征。

小男孩说："你还记得我们以前看到的那块又大又平坦的岩石吗？上面长满了苔藓，我们从来没爬上去过，我们去试试看吧，一定很有意思。"

岩石并不高，小男孩很快便爬了上去，他回头把妹妹也拉了上去。他们一起躺在岩石上，悠闲地晒着太阳，不知不觉睡着了。

不知道过了多久，也不知道怎么回事，岩石竟然一点一点地升高变大，一直变到和现在一样的大小，从原来小小的一块岩石变成了一座高耸陡峭、光秃秃的大山。等到孩子们醒过来，岩石已经变成了山谷里最高的一座山。

3

到了傍晚，孩子们还没有回来，他们的父母着急地四处寻找，然而找遍了整个山谷也没有找到他们的身影。

【叙述】为故事情节营造紧张氛围，引出下文。

大人们都在忙碌地做着各自的事情，没有人注意到孩子们去了哪里，也没有注意到这块岩石的变化。他们问山谷里的动物："羚羊，你看见我们的孩子了吗？""长耳大野兔，你知不知道我们的孩子去哪里了？"然而没有哪个动物知道孩子们去了哪里。

他们又询问了最聪明的郊狼，郊狼常常在山谷里面散步，用它灵敏的鼻子嗅着空气中不同的气味，也许郊狼看见过孩子们。

然而郊狼说："我已经很长一段时间没有看见过他们两人了。不过，你们也不用担心，我可以用我灵敏的鼻子和聪明的脑袋帮你们找到孩子们。"

【语言描写】郊狼主动提出帮忙，体现出人与动物之间和谐友好的关系。

于是郊狼加入了孩子父母的队伍，沿着小河一路寻找着，很快他们便来到了那个浅潭边。郊狼灵敏的鼻子似乎嗅到了孩子们的气息，它把鼻子贴近地面四处搜寻了一会儿，沿着气味的方向来到了岩石的旁边。它用前爪攀上了岩石往上嗅了嗅。

它嘀咕道："尽管我不能像老鹰一样在天空中翱翔，也不能像河狸一样在水中自如地游泳，但是我有着聪明的脑袋，而且我的鼻子这样灵敏，一定不会出错，孩子们肯定在这块岩石上面。"

【语言描写】郊狼的话充分表现出它对自己的嗅觉十分自信。

听了郊狼的话，孩子父母感到十分惊讶："这块岩石这样高，他们怎么可能爬得上去？"

郊狼也不清楚，但是它不愿意承认这点，便说："这不是你们应该考虑担心的问题，你们应该想的是怎么把孩子们从岩石上救下来，不是吗？”

他们召唤了所有的动物，大家一起出主意商讨怎么才能把孩子们救下来。熊说：“要是我能够抱住岩石爬上去就好了，但是这块岩石太大了，我连抱都抱不住。”狐狸又说：“如果是个深洞，我还有办法，可眼前是座高山，我也无能为力。”河狸接着说：“我只能在水里面帮你们，这高山我也一点办法也没有。”

【设置悬念】
这么高的山，他们要怎么跳上去呢？引人遐想。

他们讨论了很久也没有讨论出一个办法，最终，他们决定尝试一下看看能不能跳上去。大家看着眼前的高山都不敢轻易上前尝试，最后大家都决定让个子小的动物先尝试。老鼠第一个上去尝试，跳起来却只能碰到人的手。接着，松鼠第二个尝试，却也只比老鼠高了一点点。长耳大野兔用尽全身的力气也没有成功，反而差点受了伤。羚羊用力一跳，也只是险险地落地，以失败告终。最后，到了山狮，它先向后退了好远，奋力奔向岩石，然后向上跳起，但是他不但没能跳上岩石，反而摔得够惨。山狮是动物里面跳得最高的，却还是没能跳上岩石。

【行为描写】
动物们都在努力帮忙，刻画动物们天真、善良的形象。

4

大家一时不知道怎么办才好，难道要让孩子们永远被困在岩石上面吗？这时，大家听到了一个细小的声音：“我或许可以试一试，看看能不能爬上岩石。”

【设置悬念】
调动读者阅读兴趣，引出下文。

大家正一筹莫展，朝周围看看，却没找到是谁在说话。大家正疑惑着，还在怀疑是不是郊狼的鬼把戏，然而郊狼也一样惊讶。

那个细小的声音又响了起来：“大家等一等，我马上就要到了。”一条尺蠖正滑稽地一扭一扭地爬过来。

山狮感觉受到了冒犯，说：“嗬！嗬！真是无知，连我都失败了,你这样一条小得不能再小的虫子能够干什么?”

长耳大野兔也附和道:“我真没见过像你这样又傻又自负的虫子。”

大家吵吵嚷嚷地争论了一番,最后还是同意让尺蠖试一下,毕竟这没什么坏处。就这样,尺蠖来到岩石前,一点一点地向上爬去。没过多久,它就超过了长耳大野兔的高度;又过了几分钟,它已经超过了山狮跳起的高度;又过了一会儿,尺蠖已经爬到大家看不到的高度了。

就这样,过了整整一个月,尺蠖每天日夜不间断地往上爬,最终来到了岩石的顶部。它赶紧来到小男孩和小女孩的身边,叫醒了他们。孩子们看了看周围,感到惊讶又十分不解。孩子们跟着尺蠖从一条安全但没有人知道的小路来到山下。

所以,如果你没有足够的耐心,即使你十分强壮也不会取得成功,但是只要你有足够的耐心和持之以恒的毅力,那么,即使是弱小的生物也能够成功。这都是很久之前的事情了,现在山谷里面已经找不到山狮和熊的身影,也没有人关心它们去了哪里。但是所有的人都无比怀念那条尺蠖,那块大岩石也一直在那里,于是印第安人为了纪念尺蠖,用它的名字给岩石命名,叫作“图托克阿努拉”,在印第安语里面就是尺蠖的意思。你可能会觉得这样高大的山却用如此渺小的生物的名字命名实在是有点别扭,然而,只要你了解尺蠖救了孩子们的伟大故事,就会觉得这是最合适的名字。

【语言描写】 表现出山狮的轻蔑之心,它显然对这条小虫子没有什么好印象。

【动作描写】 日复一日地攀爬,表现出它顽强的毅力。

【突出中心】 交代故事的中心,强调耐心和毅力的重要性。

阅读笔记

名师点拨

在作者的笔下，故事中的人与动物们和谐友好地生活在一起。在动物们的帮助下，大人们来到了孩子们失踪的地点，看似不起眼的小虫子却成为英雄。故事中小虫子的例子正好说明了人不可貌相的道理，引人深思。

回味思考

1.大人们是怎么找到孩子们失踪的位置的？

2.最后是谁救了孩子们？

好词收藏

前所未闻　冬暖夏凉　翩翩起舞　清澈见底　持之以恒

好句积累

◈ 这个山谷冬暖夏凉，生活在这里非常舒适。山谷里面绿意盎然，绿油油的小草一直蔓延到山谷外，就如同一张巨大的地毯一般。

◈ 孩子们最喜欢和长耳大野兔、羚羊一起玩耍。长耳大野兔的耳朵特别长，几乎和骡子的耳朵差不多长，它还能跳得很高，当然这要归功于它长长的腿。

◈ 在孩子们刚刚学会走路的时候，河狸就教会了他们游泳。河狸非常擅长游泳，它的尾巴像一支船桨一样在身后摆动，它的脚有蹼，就像鸭子一样，非常适合在水中划动。

◈ 所以，如果你没有足够的耐心，即使你十分强壮也不会取得成功，但是只要你有足够的耐心和持之以恒的毅力，那么，即使是弱小的生物也能够成功。

辛巴达航海历险记

名师导航

受生活所迫，辛巴达做起了海上的生意人。海上并不平静，海上的生意人常常会面临风险。辛巴达就不幸地遭遇了劫难，意外的是这正好开启了他的一段冒险之旅。让我们一起看看这到底是一个什么样的冒险故事吧！

很久以前，有个商人叫辛巴达。

辛巴达年轻时从父亲那里继承了一大笔遗产，他以为这些遗产够他用一辈子了，所以每天大吃大喝，花起钱来大手大脚，一点都不节约。结果没过多久，他就将父亲留下的钱全挥霍光了，亲朋好友见他落魄了，都纷纷离他而去。

【叙述】交代主人公开始时的性格特征，以及他落魄的处境，引出下文的改变。

没有了钱，也没有了朋友，辛巴达感到很痛苦。他把家里的家具、衣物全部拿到市场上卖掉，用卖东西的钱作路费，然后和几个商人结伴，一起出海做生意。

辛巴达的第一次航海就这样开始了。

他们在海上航行了几天几夜，途经了许许多多的岛屿。每到一个地方，他们就到岛上去做买卖，把自己带来的货物卖给岛上的人，有时也用带来的东西跟岛上的人交换自己想要的东西。海上生活对辛巴达来说真是又快乐又自由。

【叙述】讲述辛巴达的海上经商生活，丰富文章内容。

一天，他们途经一座小岛，岛上风景十分美丽，于是船长吩咐在此靠岸休息。船一靠岸，大家就纷纷跳下船，跑到岛上去玩。他们有的找来树枝生火，烧烤野味；有的在岛上四处乱逛，观赏风景。但就在大家玩得正高兴时，船长忽然喊道：“天哪！大家快上船！这根本不是什么海岛，而是一条漂在海面上的大鱼呀！它在这儿待的日子久了，身上堆满了沙土，还长出了树木，所以看起来才像一座小岛。现在我们一船的人在它背上走来走去，还生火烤肉，它感觉到了热气，已经开始动了。倘若它一会儿沉到海底，我们大家就没命了！”

【语言描写】借船长的话指出问题的严重性。

大家听了船长的话，都急忙扔掉东西，争先恐后地向船上奔去。可是大鱼已经晃动了起来，接着迅速沉了下去。没来得及登船的人全部淹没在了大海里，只有少数几个人逃脱了劫难。

不过辛巴达在海面上抓到了一块大木板，他赶紧爬到木板上面，总算没有被海浪打到水里去。可这时，船长因为害怕大鱼追上来，启动轮船离开了。辛巴达心想：“这下完了，我就算不被大鱼吃掉，也要被饿死在海里了。”他无计可施，只能抱着木板随着海浪漂流。

【心理描写】表现出辛巴达此刻内心的失望和恐慌。

辛巴达在海上整整漂了一夜。第二天，他被风浪推到了一座小岛上。他躺在海滩上一动也不动，一点儿力气也没有了。辛巴达很快昏睡了过去，过了很久才慢慢苏醒。醒来后，他开始试着摘野果充饥，喝泉水解渴，逐渐恢复了精神和体力。

一天，他在海滩上边走边琢磨，怎样才能离开这里？忽然，远处出现了一些人影，辛巴达迎上去。那些人看见他，立刻围过来问道：“你是谁？你从哪里来？”

【设问】吸引读者的注意力，引发读者思考。

辛巴达照实把自己在海上的遭遇告诉了他们。他们听了都很同情辛巴达，于是领着辛巴达去见他们的国王。国王听了辛巴达的故事，觉得他很勇敢，就把他留了下来，还让他做起了管理港口的工作，负责登记从这里经过的船只。

虽然辛巴达在这里生活得很好，但他还是很想念家乡。每次有船只靠岸，辛巴达都要去打听，看看那是不是从自己家乡来的船只，以便他可以顺路搭船回家。

【行为描写】表现出辛巴达对家乡的思念。

有一天，一只大船在这里靠岸，船长叫水手从船上搬出货物，让辛巴达登记。辛巴达登记完后，随口问道："船上还有其他货物吗？"船长答道："还有一批货物，不过它们的主人辛巴达已经不幸在海上遇难了，我们正打算把这批货物卖掉，把卖货的钱带给辛巴达的家人呢。"辛巴达听完，感到又惊喜又意外，他端详船长，立刻认出这就是他遇险时搭乘的那条船的船长。辛巴达失声大喊起来："船长，我就是辛巴达呀！"船长一听，有点儿怀疑地说："你没遇难吗？怎么……这是真的吗？"辛巴达见船长有所怀疑，就对他讲起了自己当时的经历。

船长听完后相信了他，并立刻让水手把船舱里的货物归还给了他。辛巴达卖掉货物，赚了一大笔钱，又买了一些当地的特产装到了船上。国王得知这一切后，明白辛巴达没有骗他，于是更加信任辛巴达了，他同意了辛巴达乘船回乡的请求。辛巴达回到家乡后，卖掉了他从海上带回来的东西，又赚了很多钱。

【行为描写】立刻归还了货物，可见船长为人十分诚信。

这时，他拥有的财产已经比他父亲留下来的还要多了。他喜欢上了海上航行的生活。没过多久，他又准备好了货物，与商人和旅客一同出发，再次远航。

这一次出海很顺利，辛巴达不仅卖掉了自己准备的货物，还购进了不少当地的东西。有一天，他们的船经过一座非常美丽的热带小岛。岛上的景色美极了，有绿色的草地、数不尽的奇珍异果、五颜六色的花，小鸟在树林里唱歌，清澈见底的小溪缓缓地流淌。船靠岸后，大家兴高采烈地上岸，到岛上观光。辛巴达正好带了吃的东西，于是他独自坐

【环境描写】描写小岛上美丽的环境，展现这里的美好。

在小溪边，一边吃东西一边看风景。此时此刻，周围一点儿声音也没有，他不知不觉睡着了。

【设置悬念】人都去哪儿了呢？引人遐想。

等辛巴达一觉醒来，天已经黑了，周围一片寂静，没有一个人。辛巴达有些慌了，他心想："他们不会把我一个人扔在岛上了吧？"他赶紧跑到海边，想看看大家还在不在岛上，可是他找遍了整座小岛，也没有看到一个人影。原来，粗心的船长并没有清点人数就开船离开了。不幸的辛巴达被孤零零地遗落在了这座小岛上。

辛巴达在岛上找了几圈，没有找到任何食物，他只好跑到溪边喝了几口溪水，再爬到树上向远处眺望，想看看有没有船只经过这里，好搭船离开。突然，他看到在很远的地方有一座大大的、圆圆的、白色的建筑物。他心想："那应该是座宫殿吧！"他立即爬下树，兴奋地向那座白色的建筑物跑去，跑了很久才跑到那里。可这座白色的建筑物没有门窗，他无法进入，只能在外面徘徊。

【外形描写】描写建筑物的外形特征，引人遐想。

正当辛巴达费尽心思想进入这座建筑物的时候，突然间，大地变得一片昏暗。他抬起头，发现一只身躯庞大的鸟正在天空盘旋，原来是它巨大的身躯遮住了阳光。

辛巴达突然想起某个旅行家曾经给他讲过的故事：据说，在一些海岛上生活着一种特别大的鸟，人们把这种鸟叫作神鹰。现在看来，这只大鸟很可能就是神鹰了。神鹰从辛巴达的头顶飞过，它拍拍翅膀，辛巴达就觉得好像刮起了大风，大风刮得他连站都站不稳，一下子跌坐在地上。

【叙述】传说中的生物登场，增添了本故事的传奇色彩。

只见神鹰越飞越慢，越飞越低，最后竟然在白色建筑物的上方落了下来，然后它收起翅膀，伏在上面。"哦，我明白了。"辛巴达自言自语道。

原来这座没有门窗的白色建筑物是神鹰下的蛋。

辛巴达感到惊恐万分，好在神鹰并没有发现蛋的旁边还有一个人。神鹰很快安静了下来，它闭上眼睛，将双爪伸在地上，睡着了。辛巴达突然灵机一动："如果我把自己牢牢地拴在它粗壮的腿上，那么它起飞的时候，不就可以带我离开这座孤岛了吗？不管把我带到哪里，只要到了有人的地方，我就一定能回到家乡。"

【心理描写】表现出辛巴达充满美好幻想的内心世界。

想到这里，辛巴达立即解下缠头的布，把它搓成绳子，然后他把绳子的一头拴在腰间，另一头拴在了神鹰的腿上。

阅读笔记

第二天天蒙蒙亮，神鹰就醒了。它伸了伸脖子，大叫几声，然后拍拍翅膀，飞上了天空。过了好久，辛巴达才感到神鹰正在向下滑翔，它最终落在了一片高原上。辛巴达的双脚刚着地，便飞快地把绳子从神鹰的腿上解了下来，他刚把绳子解开，神鹰就向什么东西扑去。当它再次飞上天空时，它的双爪紧紧抓着一条巨蟒。

等神鹰飞走，辛巴达才发现自己落在了一个高高的地方，这里一边是深深的山谷，一边是陡峭的悬崖。辛巴达小心翼翼地下到山谷里，他惊奇地发现，这里的地上散布的不是石头，而是一颗颗亮闪闪的钻石，钻石的光芒晃得人眼睛都快睁不开了。但他还没来得及高兴，就发现山谷间盘踞着许多蟒蛇，这些蟒蛇白天潜伏在山谷里躲避神鹰的猎杀，到了晚上才出来活动。

【设置悬念】辛巴达要怎么弄到这些钻石呢？引出下文的解决办法。

黄昏时分，辛巴达发现了一个山洞，洞口很窄，但足够他通过了。他钻进洞中，用一块大石头堵住了洞口。辛巴达本想在这里休息一夜，等天亮了再寻找离开的办法，但当他环视一圈，竟发现洞里还有一条大蟒蛇，此刻，它正匍匐在它的蛋上睡觉。辛巴达吓得浑身发抖，就这样提心吊胆地过了一夜。

【心理活动】浑身发抖，表现出辛巴达内心的忐忑不安。

第二天，当一丝亮光刚从石缝间射入洞内，辛巴达就急忙搬开石头，逃了出去。由于整夜都没有合眼，加上又饿又渴，辛巴达觉得头重脚轻，走起路来一晃一晃的。这时，一个东西突然从天上落到了他的面前，辛巴达一看，竟是一只被宰了的羊。他感到十分奇怪，望了望四周，却不见一个人影，越发感到惊奇。忽然，他想起一个钻石商人曾经对他讲过的故事。据说，钻石都产自极深的山谷，人们根本无法采到它。于是，人们就想了一个办法：他们将刚剥了皮的、血淋淋的山羊扔进山谷中，被剥了皮的山羊身上会沾满钻石，前来寻找食物的神鹰看到山羊，便会将它当作食物带到山上。这时，人们呐喊着一拥而上，吓跑神鹰，就可以收集到山羊身上沾满的钻石了。想到这些，辛巴达又想到了一个逃离这里的办法。

【心理活动】 表现出辛巴达敏捷的思维。

辛巴达急忙捡了些碎钻石，将钻石装满衣服口袋后，他又拿出了那条用缠头的布搓成的绳子，用绳子把自己的身体和那只羊牢牢地捆在一起，等待神鹰飞来，把他带出这个可怕的山谷。

果然，没多久，一只神鹰向这只羊飞了过来，它用双爪抓起羊向空中飞去。辛巴达悬在羊的下面，害怕得闭上了眼睛。神鹰飞到山顶，放下了那只羊，正准备啄食。突然，一阵夹杂着木棍打击声的吼声从不远处传来，神鹰只得慌忙丢下羊飞走了。

【叙述】 一切都在照计划发展，衬托出了辛巴达的聪慧。

人们跑过来准备收集钻石时，突然看见浑身沾满血的辛巴达从羊的身下钻了出来，大家都吓了一跳。辛巴达看到大家吃惊的样子，说："大家不要怕，我是一个好人，一个生意人。"

有人问他："那你怎么会出现在这里？"

于是，辛巴达就把自己是怎样被船长留在小岛上，又是怎样遇到神鹰，被神鹰带到山谷并发现钻石和空中落下来的羊，然后设计让神鹰把他带到这里来的过程讲述了一遍。

人们听了，都觉得很惊奇。辛巴达从衣袋里取出了一些大钻石送给这些人，他们都十分高兴。

【行为描写】既是报恩，也是主人公性格大方的表现。

当晚，辛巴达在这些人的陪同下安安稳稳地睡了一觉。第二天一早，辛巴达和他们一同踏上了归程。

他们每到一处，都会用钻石换些货物，再把货物带到别处去卖。辛巴达就这样边做生意边向家乡走，没过多久就回到了家乡。他这次回来，满载金银财宝和各种货物，收获比第一次出海还多。

这两次航海的经历深深吸引了辛巴达。在这之后，辛巴达又先后五次出海航行。他一生出海航行了七次，每次都很惊险。辛巴达靠自己的勇气和智慧战胜了种种困难，最终成了一个很富有的商人。

【叙述】强调了智慧和勇气起到的关键作用。

拓展阅读

名师点拨

故事中最初的辛巴达是个安于享乐的年轻人，这样的性格导致了接下来困窘的生活。辛巴达不得不踏上一段冒险之旅，这段旅程正是对辛巴达最好的考验，同时也是最好的磨炼。丰收归来的辛巴达已经不再是过去的纨绔富二代，而是能直面困难的强者。

回味思考

1.辛巴达在白色的建筑物外遇到了什么？

2.辛巴达是如何收获钻石的？

阿里巴巴和四十大盗

名师导航

一个穷苦的樵夫——阿里巴巴，因为一次意外，发现了一群强盗的宝藏，却因此招来重重危机，先是哥哥被杀，然后是自己一次又一次陷入险境。且看阿里巴巴与四十大盗之间的斗智斗勇。

很久以前，在波斯国的某座城市里住着兄弟俩，哥哥叫戈西母，弟弟叫阿里巴巴。

【叙述说明】介绍阿里巴巴和哥哥的基本情况，二人继承了有限的家产，生活非常贫困。

父亲去世后，他俩各自分得了有限的一点财产，分家自立，各谋生路。不久钱财便花光了，生活日益艰难。为了解决吃穿，糊口度日，兄弟俩不得不日夜奔波，吃苦耐劳。

后来戈西母幸运地与一个富商的女儿结了婚，他继承了岳父的产业，开始走上做生意的道路。由于生意兴隆，发展迅速，戈西母很快就成为远近闻名的大富商了。

阿里巴巴娶了一个穷苦人家的女儿，夫妻俩过着贫苦的生活。全部家当除了一间破屋外，就只有三头毛驴。阿里巴巴靠卖柴火为生，每天赶着毛驴去丛林中砍柴，再驮到集市上去卖，以此维持生活。

【情景描写】烟尘飞扬上天，可见动静很大，来人不少。

有一天，阿里巴巴赶着三头毛驴，上山砍柴。他将砍下的枯树和干木柴收集起来，捆绑成驮子，让毛驴驮着。砍好柴准备下山的时候，远处突然出现一股烟尘，弥漫着直向上空飞扬，并朝他这儿卷过来，而且越来越近。靠近以后，他才看清原来是一支马队，正急速向这个方向冲来。

阿里巴巴心里害怕，因为若是碰到一伙歹徒，那么毛驴会被抢走，而且自身也性命难保。他心里充满恐惧，想拔腿逃跑，但是由于那帮人马越来越近，要想逃出森林已是不可能的了，他只得把驮着柴火的毛驴赶到丛林的小道里，自己爬到一棵大树上躲避起来。

那棵大树生长在一块巨大险峭的石头旁边。他把身体藏在茂密的枝叶间，从上面可以看清楚下面的一切，而下面的人却看不见他。

这时候，那帮人马已经跑到那棵树旁，勒马停步，在大石头前站定。他们共有四十人，一个个年轻力壮，行动敏捷。阿里巴巴仔细打量，看起来，这是一伙拦路抢劫的强盗，显然是刚刚抢劫了满载货物的商队，到这里来分赃的，或者准备将抢来之物隐藏起来。

【场景描写】阿里巴巴躲在树上，看到马队的具体情况，他们果然是一群强盗，带着赃物回巢。

阿里巴巴心里这样想着，决心探个究竟。

匪徒们在树下拴好马，取下沉甸甸的鞍袋，里面显然装着金银珠宝。

这时，一个首领模样的人背负沉重的鞍袋，从丛林中一直来到那个大石头跟前，嘴里念念有词："芝麻，开门吧！"随着那个头目的喊声，大石头突然打开，出现一道宽阔的门，于是强盗们鱼贯而入。那个首领走在最后。

首领刚进入洞内，那道大门便自动关上了。

由于洞中有强盗，阿里巴巴躲在树上窥探，不敢下树，他怕他们突然从洞中出来，自己落到他们手中，会遭到杀害。最后，他决心偷一匹马并赶着自己的毛驴溜回城去。就在他刚要下树的时候，山洞的门突然开了，强盗头目首先走出洞来，他站在门前，清点他的喽啰，见人已出完，便开始念咒语，说道："芝麻，关门吧！"

【场景描写】在阿里巴巴准备下树逃走的时候，意外听到强盗的秘密：山洞的咒语。这是一道神奇的石门。

随着他的喊声，洞门自动关了起来。

阅读笔记

经过首领的清点、检查后，没有发现问题，喽啰们便各自走到自己的马前，把空的鞍袋提上马鞍，接着纵身上马，跟随首领，扬长而去。

阿里巴巴躲在树上观察，直到他们走得无影无踪，才从树上下来。刚刚他不敢贸然从树上下来，是害怕强盗当中会有人突然返回。

此刻，他暗自道："我要试验一下这句咒语，看我是否也能将这个洞门打开。"于是他大声喊道："芝麻，开门吧！"他的喊声刚落，洞门立刻打开了。

他小心翼翼地走了进去，举目一看，那是一个有穹顶的大洞，从洞顶的通气孔透进的光线，犹如点着一盏灯一样。开始，他以为既然是一个强盗穴，除了一片阴暗外，不会有其他的东西。可是事实出乎他的意料。洞中堆满了财物，让人目瞪口呆。一堆堆的丝绸、锦缎和绣花衣服，一堆堆彩色毡毯，还有多得无法计数的金币银币。有的散堆在地上，有的盛在皮袋中。猛一下看见这么多的金银财宝，阿里巴巴深信这肯定是一个强盗们数代经营、掠夺所积累起来的宝窟。

【场景描写】强盗穴里的景象让阿里巴巴大吃一惊，这里面装满了各种金银财宝，完全是一个宝藏。

阿里巴巴进入山洞后，洞门又自动关闭了。

他无所顾虑，满不在乎，因为他已掌握了这道门的开启咒语，不怕出不了洞。

他对洞里的财宝并不感兴趣，他迫切需要金币。因此，考虑到毛驴的运载能力，他想好，只弄几袋金币，捆在柴火里面，让驴子运走。这样，人们不会看见钱袋，只会仍然将他视作砍柴度日子的樵夫。

想好了这一切，阿里巴巴才大声说道："芝麻，开门吧！"

随着声音，洞门打开了，阿里巴巴把装好的金币带出洞，随即说道："芝麻，关门吧！"

【场景描写】阿里巴巴并不是贪心之人，在洞里看到如此多的金银财宝并没有迷失自己，也没有起贪念带走大量财宝。

洞门应声关闭。

阿里巴巴驮着金钱，赶着毛驴很快返回城中。到家后，他急忙卸下驮子，解开柴捆，把装着金币的袋子搬进房内，摆在老婆面前。他老婆看见袋中装的全是金币，便以为阿里巴巴铤而走险抢了人，所以开口便骂，责怪他不该见利忘义，不该去做坏事。

“难道我是强盗？你应该知道我的品性。我从不做坏事。”阿里巴巴申辩几句，把山中的遭遇和这些金币的来历告诉了老婆之后，把金币倒了出来，一股脑儿堆在她面前。

阿里巴巴的老婆听了，惊喜万分，光灿灿的金币使她眼花缭乱。她一屁股坐下来，忙着去数那些金币。阿里巴巴说：“瞧你！这么数下去，什么时候才数得完呢？若是有人闯进来见到这种情况，那就糟糕了。这样吧，我们先把这些金币埋藏起来吧。”

【语言描写】体现了阿里巴巴的镇定与聪明。

“好吧，说干就干。但是我还是要量一量这些金币到底有多少，心里也好有个数。”

“这件事是值得高兴，但你千万要注意，别对任何人说，否则会引来麻烦的。”

阿里巴巴的老婆急忙到戈西母家中借量器。戈西母不在家，她便对他老婆说：“嫂嫂，能把你家的量器借我用一下吗？”

“行呀，不过你要借什么量器呢？”

“借给我小升就行了。”

【对话描写】阿里巴巴家里贫困，连一个量器都要去哥哥家借，但是这个举动引起了嫂子的好奇心。

“你稍微等一下，我这就去给你拿。”戈西母的老婆答应了。

戈西母的老婆是个好奇心特别重的人，一心想知道阿里巴巴的老婆借升量什么。于是她在升内的底部，刷上一点蜜蜡，因为她相信无论量什么，总会黏一点在蜜蜡上。她想用这样的方法满足自己的好奇心。

阿里巴巴的老婆不懂这种技巧，她拿着升急忙回到家中，立刻开始用升量起金币来。

阿里巴巴只管挖洞，待他老婆量完金币，他的地洞也挖好了。他们两人一起动手，把金币搬进地洞里，小心翼翼地盖上土，埋藏了起来。

【叙述说明】阿里巴巴的妻子是一个没有什么心机的女人，就这样暴露了秘密，于是引起了嫂子的嫉妒。

升底的蜜蜡上黏着一枚金币，他们却一点也没有察觉。于是，当这个好心肠的女人把升送还她嫂子时，戈西母的老婆马上就发现了升内竟黏着一枚金币，顿生羡慕、嫉妒之心。她自言自语地说："啊呀！原来他们借我的升是去量金币啊。"

她心想："阿里巴巴这样一个穷光蛋，怎么会用升去量金币呢？"

阅读笔记

这里面一定有什么秘密。

戈西母的老婆左思右想，不得其解。直到日暮，戈西母游罢归来时，她立即迫不及待地对他说："你这个人呀！你一向以为自己是富商巨贾，是最有钱的人了。现在你睁眼看一看吧，你兄弟阿里巴巴表面上穷得叮当响，暗地里却富得如同王公贵族。我敢说他的财富比你多得多，他积蓄的金币多到需要升量的程度。而你的金币，只是过目一看，便知其数目了。"

【行为描写】戈西母从妻子那里得知阿里巴巴有大量古老金币的事情，他会对弟弟的发迹做何反应呢？

"你是从哪儿听说的？"戈西母将信将疑地反问一句。

戈西母的老婆立刻把阿里巴巴的老婆前来借升还升的经过，以及自己发现黏在升内的一枚金币等事一五一十地说了一遍，然后把那枚铸有古帝王姓名、年号等标识的金币拿给他看。

戈西母知道这事后，顿觉惊奇，同时也生出了羡慕和猜疑。这一夜，由于贪婪的念头一直萦绕着他，他整夜辗转不眠。次日天刚亮，他就急忙起床前去找阿里巴巴，说道："兄弟啊！你表面装得很穷，很可怜，其实你真人不露相。我知道你积蓄了无数的金币，数目之多，已经达到要用升量才能数清的地步了。"

【行为描写】戈西母是一个贪婪无比又阴险虚伪的人，得知弟弟有大量金币，他嫉妒、愤怒，想去弟弟那里行骗。

"你能把话说清楚些吗？我一点也不明白你在说些什么。"

"你别装糊涂！你非常清楚我在说什么。"戈西母怒气冲冲地把那枚金币拿给他看，"像这样的金币，你有成千上万，这不过是你量金币时，黏在升底被我老婆发现的一枚罢了。"

阿里巴巴恍然大悟，此事已被戈西母和他的老婆知道了，暗想："此事已无法再保守秘密了。既然这样，索性将它全盘托出。"虽然明知这会招来不幸和灾难，但处在这样的情况下，他也实在是没有办法，只得把发现强盗们在山洞中收藏财宝的事，毫无保留地告诉了哥哥。

戈西母听了，声色俱厉地说："你必须把你看见的一切告诉我，尤其是那个储存金币的山洞的确切位置，还有开、关洞门的那两句魔咒暗语。现在我要警告你，如果你不肯把这一切全部告诉我，我就上官府告发你，他们会没收你的金币，抓你去坐牢，你会落得人财两空的。"

【语言描写】这段话完完全全地暴露了戈西母的品行，他不但贪婪，而且心肠歹毒，竟然对弟弟说出这种恶毒的威胁之语。

阿里巴巴在哥哥的威逼下，只好把山洞的所在地和开、关洞门的暗语，一字不漏地讲了一遍。戈西母仔细听着，把一切细节都牢记在心头。

第二天一大早，戈西母赶着雇来的十头骡子，来到山中。他按照阿里巴巴的讲述，首先找到阿里巴巴藏身的那棵大树，并顺利地找到了那个神秘的洞口。眼前的情景和阿里巴巴所说的差不多，他相信自己已经到达目的地，于是高声喊道："芝麻，开门吧！"

【叙述说明】

戈西母如愿以偿，进入到强盗的洞中。看到令人眼花缭乱的金银财宝，他一下子丧失了理智。

随着戈西母的喊声，洞门豁然打开了，戈西母走进山洞，刚站定，洞门便自动关起来。对此，他没有在意，因为他的注意力完全被堆积如山的财宝吸引住了。面对这么多的金银财宝，他激动万分，有些不知所措。待平静了一下自己的情绪后，才急忙大肆收集金币，并把它们一一装在袋中，然后一袋一袋挪到门口，预备搬运出洞外，驮回家去。待一切准备妥当后，他才来到那紧闭的洞门前。但由于先前他兴奋过度，竟忘记了那句开门的暗语，却大喊："大麦，开门吧！"洞门依然紧闭。

【场景描写】

忘记咒语的戈西母，对着洞口试验各种名称，却都是徒劳，这让他慌乱无比。

这一来，他慌了神。一口气喊出属于豆麦谷物的各种名称，唯独"芝麻"这个名称，他怎么也想不起来了。他顿感恐惧，坐立不安，不停地在洞中打转，对摆在门后预备带走的金币也失去了兴趣。

戈西母过度的贪婪和嫉妒，招致了意想不到的灾难，致使他已步入上天无路、入地无门的绝望境地。如今性命都难保，当然就更不可能圆他的发财梦了。

这天半夜，强盗们抢劫归来，在月光下，老远便看见成群的牲口在洞口前，他们感到奇怪：这些牲口是怎么到这里来的？

【场景描写】

抱着侥幸心理的戈西母最后还是失败了，门口的强盗数量太多，也太凶残，他最后惨死于强盗的剑下。

强盗首领带着喽啰来到山洞前，大家从马上下来，说了那句暗语，洞门便应声而开。戈西母在洞中早已听到马蹄的嘚嘚声由远而近，知道强盗们回来了。他感到性命难保，一下子吓瘫了。但他还抱着侥幸的心理，鼓足勇气，趁洞门开启的时候，猛冲出去，期望死里逃生。但强盗们的刀剑把他挡了回来。强盗首领不管三七二十一，一剑把戈西母刺伤。戈西母拔刀拼命砍倒了两名喽啰。他身边的一个喽啰立刻抽出宝剑，把戈西母拦腰一截，砍为两段，结束了他的性命。

强盗们拥入山洞，急忙进行检查。

他们把戈西母的尸首装在袋中，把他预备带走的一袋袋金币放回老地方，并仔细清点了所有物品。强盗们不在乎被阿里巴巴拿走的金币，可是对于外人能闯进山洞这件事，他们都感到震惊、迷惑。因为这是个天险地绝、山高路远、地势峻峭的地方，人很难越过重重险阻攀缘到这里，尤其是若不知道开、关洞门那句暗语，谁也休想闯进来。

想到这里，他们把怒气都出在戈西母的身上，大家七手八脚地肢解了他的尸体，分别挂在门内左右两侧，以此作为警告，让敢于来这里的人，知道其下场。

【场景描写】

这个场景看得我们心惊胆战，可怜的戈西母被残忍地杀掉还不够，现在又被分尸了。

做完了这一切，他们走出洞来，关闭好洞门，骑马而去。

这天晚上，戈西母没有回家，他老婆预感到事情有些不妙，焦急万分地跑到阿里巴巴家去询问："兄弟，你哥哥从早上出去，到现在还没有回家。他的行踪你是知道的，现在我非常担心，只怕他发生什么不测，若真是这样，那我可怎么办呀？"

阿里巴巴也预感到发生了什么不幸的事，不然，戈西母不可能到现在还不回家。

他越想越觉不安，但他稳住自己的情绪，仍然平静地安慰她，说："嫂嫂，哥哥大概害怕外人知道他的行踪，因而绕道回城，以至于到现在还没有回到家吧。我想等会儿他会回来的。"

【语言描写】

阿里巴巴是一个很稳重的人，猜测哥哥有意外，但是为了不让嫂子担心还是好心安慰。

戈西母的老婆听了后，才稍感慰藉，抱着一线希望回到了家中，耐心地等待丈夫归来。

时至夜半三更，仍不见人影。她终于坐卧不安起来，最终由于紧张、恐惧而忍不住失声痛哭了起来。她悔恨地自语道："我把阿里巴巴的秘密泄露给了他，引起他的羡慕和嫉妒，这才给他招来了杀身之祸呀。"

戈西母的老婆心烦意乱，如坐针毡，好不容易才熬到天亮，便急急忙忙跑到阿里巴巴家中，恳求他立即出去寻找他哥哥。

【行为描写】阿里巴巴不放心戈西母，只得出门寻找，却发现地上的血迹。他知道哥哥戈西母一定是遭遇不测了。

阿里巴巴安慰了嫂子一番，然后赶着三头毛驴前往山洞。来到那个洞口附近，一眼就看到了洒在地上的斑斑血迹，他哥哥和十头骡子却不见踪影，显然凶多吉少。想到此，他不禁不寒而栗。他战战兢兢地来到洞口，说道："芝麻，开门吧！"洞门应声而开。

他急忙跨进山洞，一进洞门就看见戈西母的尸首被分成了若干块，两块挂在左侧，两块挂在右侧。阿里巴巴惊恐万状，但是不得不硬着头皮收拾哥哥的尸首，并用一头毛驴来驮运。然后他又装了几袋金币，用柴棒小心掩盖起来，绑成两个驮子，用另外两头毛驴驮运。做好这一切后，他念着暗语把洞门关上，赶着毛驴下山了。一路上他拼命克制住紧张的心情，集中精力，把尸首和金币安全地运回了家。

【行为描写】哥哥戈西母被杀害，阿里巴巴却只能秘密地办理后事，不然会为自己招来杀身之祸。

回家后，他把驮着金币的两头毛驴牵到自己家，交给老婆，吩咐她藏好，关于戈西母遇害的事，他却只字不提。接着，他把运载尸首的那头毛驴牵往戈西母的家。

戈西母的侍女马尔基娜前来开门，让阿里巴巴把毛驴赶进庭院。

【语言描写】阿里巴巴将戈西母的尸首运回他自己的家后，将这件事情告诉了侍女马尔基娜，马尔基娜将会成为他的得力助手。

阿里巴巴从驴背上卸下戈西母的尸首，然后对侍女说："马尔基娜，赶快为你的老爷准备善后吧。现在我先去给嫂子报告噩耗，然后就来帮你的忙。"这时，戈西母的老婆从窗户里看见阿里巴巴，说道：

"阿里巴巴，情况怎么样？有你哥哥的消息吗？看你愁眉苦脸的样子，莫非他遭遇了灾难？"

阿里巴巴忙把戈西母的遭遇和怎样把他的尸首偷运回来的经过，从头到尾对嫂子说了一遍。

阿里巴巴详细叙述完事情的经过后，接着对嫂嫂说道：

“嫂子，事情已经发生了，要想改变这一切已是不可能的了。这件事固然惨痛，但是我们应该引以为戒，保守秘密，不然我们的身家性命将没有保障。”

戈西母的老婆知道丈夫已惨遭杀害，现在埋怨也无济于事，因此她泪流满面地对阿里巴巴说：“我丈夫的命是前生注定的，我现在也只好认命了。只是为了你的安全和我的将来，我答应为你严格保守秘密，决不向外泄露半点。”

【语言描写】戈西母的妻子虽然贪婪，但是却也明事理，丈夫死了，她分外悲伤，但是绝对不会无理取闹。

“安拉的惩罚是无法抗拒的，现在你安心休息吧。待丧期一过，我便会娶你为妾，一辈子供养你，你会生活得愉快幸福的。至于我的夫人，她心地善良，决不会嫉妒你，这一点你尽管放心好了。”

“既然你认为这样做较为妥当，就照你的意思办吧。”她说着又忍不住痛哭起来。

阿里巴巴因为哥哥的死感到很伤心，他离开嫂嫂，回到女仆马尔基娜身边，与她商量哥哥的后事，做完这一切后，才牵着毛驴回家了。

阿里巴巴一走，马尔基娜立刻来到一家药店，装出若无其事的样子，跟老板交谈起来，打听给垂死的病人吃什么药才有效。

“是谁病入膏肓，要服这种药呢？”老板向马尔基娜反问。

“我家老爷戈西母病得厉害，快要死了。这几天，他既不能说话，也不能吃东西，所以我们对他的生死已不抱什么希望了。”

【语言描写】为了制造戈西母是自然死亡的假象，聪明的女仆马尔基娜去药店买药，这样就不会有对他们不利的流言了。

说完，她带着买来的药回家了。

第二天，马尔基娜再上药店去买药，她装着忧愁苦闷的样子，唉声叹气地说：“我担心他连药都吃不下去了，这会儿怕是已经咽气了。”

就在马尔基娜买药的同时，阿里巴巴也做好了一切准

【叙述说明】

马尔基娜和阿里巴巴配合完美，制造了戈西母病死被家人发现的假象。

备。他待在家中，耐心地等待着戈西母家发出悲哀、哭泣的声音，以便装着悲痛的样子去帮忙治丧。

第三天一大早，马尔基娜便戴上面纱，去找高明的老裁缝巴巴穆司塔。她给了裁缝一枚金币，说道："你愿意用一块布蒙住眼睛，然后跟我上我家去一趟吗？"

巴巴穆司塔不愿这样做。马尔基娜又拿出一枚金币塞在他的手里，并再三恳求他去一趟。

巴巴穆司塔是一个贪图小恩小惠的财迷鬼，见到金币，立即答应了这个要求，拿手帕蒙住自己的眼睛，让马尔基娜牵着他，走进了停着戈西母尸体的那间黑房。这时马尔基娜才解掉蒙在巴巴穆司塔眼睛上的手帕，告诉他："你把这具尸首按原样拼在一起，缝合起来，然后再比着死人身材的长短，给他缝一套寿衣。做完这些事后，我会给你一份丰厚的工钱的。"

【场景描写】

技术高超的裁缝巴巴穆司塔按照马尔基娜的话将戈西母的尸体缝合好，因为他是闭着眼睛来的，所以根本不知道这是哪里。

巴巴穆司塔按照马尔基娜的吩咐，把尸首缝了起来，寿衣也做成了。马尔基娜感到很满意，又给了巴巴穆司塔一枚金币，再一次蒙住他的眼睛，然后牵着他，把他送回了裁缝铺。

马尔基娜很快回到家中，在阿里巴巴的协助下，用热水洗净了戈西母的尸体，装殓起来，摆在了干净的地方。把埋葬前应做的事都准备妥当后，她又去向教长报丧，说丧者等候他前去送葬，请他给死者祷告。

阅读笔记

教长应邀随马尔基娜来到戈西母家中，替死者进行祷告，按惯例举行了仪式，然后由四人抬着装有戈西母尸首的棺材离开家，送往坟地进行安葬。马尔基娜走在送葬行列的前面，披头散发，捶胸顿足，号啕痛哭。

阿里巴巴和其他亲友跟在后面，一个个面露悲伤。

埋葬完毕后，各自归去。

戈西母的老婆独自待在家中，悲哀哭泣。

阿里巴巴躲在家中，悄悄地为哥哥服丧，以示哀悼。

由于马尔基娜和阿里巴巴善于应付，考虑周全，所以戈西母死亡的真相，除他二人和戈西母的老婆之外，其余的人都不知底细。

四十天的丧期过了，阿里巴巴拿出部分财产作聘礼，公开娶他的嫂嫂为妾，并要戈西母的大儿子继承他父亲的遗产，把关闭的铺子重新开了起来。戈西母的大儿子曾跟一个富商经营过生意，耳濡目染，练就了一些本领，在生意场上显得得心应手。

【叙述说明】善良的阿里巴巴娶了嫂子以便可以照顾她，戈西母的儿子也得到了好的差事。

这一天，强盗们照例返回洞中，发现戈西母的尸首已不在了，而且又少了许多金币，这使他们感到非常诧异，不知所措。首领说："这件事必须认真追查清楚，否则，我们长年累月攒下来的积蓄，就会被一点一点偷光。"

阅读笔记

匪徒们听了首领的话后，都感到此事不宜迟延，因为他们知道，除了被他们砍死的那个人知道开、关洞门的暗语外，那个搬走尸首并盗窃金币的人，也势必懂得这句暗语。所以必须当机立断地追究这事，只有把那人查出来，才能避免财物继续被盗。他们经过周密的计划，决定派一个机警的人，伪装成外地商人，到城中大街小巷去活动，目的在于探听清楚，最近谁家死了人，住在什么地方。这样就找到了线索，也就能找到他们所要捉拿的人了。

"让我进城去探听消息吧。"一个匪徒自告奋勇地向首领要求说，"我会很快把情况打听清楚的。如果完不成任务，随您怎样惩罚我。"

【语言描写】一个匪徒提出要去寻找偷财宝的人，阿里巴巴这下子有危险了，他会被找到吗？

首领同意了这个匪徒的要求。

这个匪徒化好装，当天夜里就溜到城里去了。第二天清晨他就开始了活动，见街上的铺子都关闭着，只有裁缝巴巴穆司塔的铺子例外，他正在做针线活。匪徒怀着好奇心向他问好，并问："天才蒙蒙亮，你怎么就开始做起针线活来了？"

"我看你是外乡人吧。别看我上了年纪，眼力可是好得很呢。昨天，我还在一间漆黑的房里缝合好了一具尸首呢。"

【语言描写】这个自告奋勇的匪徒挺有智慧，也很冷静，懂得察言观色，套取信息。

匪徒听到这里，暗自高兴，想："只需通过他，我就能达到目的。"他不动声色地对裁缝说："我想你这是同我开玩笑吧。你的意思是说你给一个死人缝了寿衣吧？"

"你打听此事干啥？这件事跟你有多大关系？"

【语言描写】匪徒知道收买人心，用金钱唆使裁缝，满足他的要求，他会顺利找到阿里巴巴家吗？

匪徒忙把一枚金币塞给裁缝，说道："我并不想探听什么秘密。我可是一个忠厚老实的人，我只是想知道，昨天你替谁家做零活？你能把那个地方告诉我，或者带我上那儿去一趟吗？"

裁缝接过金币，不好再拒绝，只好照实向他说："其实我并不知道那家人的住址，因为当时我是由一个女仆用手帕蒙住双眼后带去的，到了地方，她才解掉我眼上的手帕。我按要求将一具被砍成几块的尸首缝合起来，为他做好寿衣后，再由那女仆蒙上我的双眼，将我送回来。因此，我无法告诉你那儿的确切地址。"

"哦，太遗憾了！不过不要紧，你虽然不能指出那所住宅的具体位置，但我们可以像上次那样，照你所做的那样，我们也来演习一遍，这样，你一定会回忆起点什么的。当然，你若能把这件事办好了，我这儿还有金币给你。"说完匪徒又拿出一枚金币给裁缝。

【场景描写】裁缝虽然第一次是被蒙着眼睛去戈西母家里的，但是他感觉非常灵敏，居然很快找到了这里。

巴巴穆司塔把两枚金币装在衣袋里，离开铺子，带着匪徒来到马尔基娜给他蒙眼睛的地方，让匪徒拿手帕蒙住他的眼睛，牵着他走。巴巴穆司塔原是头脑清楚、感觉灵敏的人，在匪徒的牵引下，一会儿便进入了马尔基娜带他经过的那条胡同里。

他边走边揣测，并计算着一步一步向前移动。他走着走着，突然停下脚步，说道："前次我跟那个女仆好像就走到这儿的。"

这时候巴巴穆司塔和匪徒已经站在戈西母的住宅前，如今这里已是阿里巴巴的住宅了。

匪徒找到戈西母的家后，用白粉笔在大门上画了一个记号，免得下次来报复时找错了门。他满心欢喜，即刻解掉巴巴穆司塔眼上的手帕，说道："巴巴穆司塔，你帮了我的大忙，我很感激，愿伟大的安拉保佑你。现在请你告诉我，是谁住在这所屋子里？"

"说实在的，我一点也不知道。这一带我不熟悉。"

匪徒知道无法再从裁缝口中打听到更多的消息，于是再三感谢裁缝，叫他回去。

他自己也急急忙忙赶回山洞，报告消息。

裁缝和匪徒走后，马尔基娜外出办事，刚跨出大门，便看见了门上的那个白色记号，不禁大吃一惊。她沉思一会儿，料到这是有人故意做的识别标记，目的何在，尚不清楚，但这样不声不响偷偷摸摸的，肯定不怀好意。于是她就用粉笔在所有邻居的大门上画了同样的记号。她严守秘密，对谁也没有说，连男主人、女主人也不例外。

匪徒回到山中，向匪首和伙伴们报告了寻找线索的经过，首领和其他匪徒听到消息后，便溜到城中，要对盗窃财物的人进行报复。那个在阿里巴巴家的大门上做过记号的匪徒，直接将首领带到了阿里巴巴的家附近，说："看！我们所要寻找的人，就住在这里。"

首领先看了那里的房子，再四下看了看，发现每家的大门上都画着同样的记号，觉得奇怪，问道："这里的房屋，每

【叙述说明】

匪徒找到了阿里巴巴的家，虽然得不到其他的信息，但是找到了他的家就可以叫同伙一起来报复了。

【行为描写】

马尔基娜真是一个非常警惕、非常聪明的女子，只是一个不起眼的记号而已，但是在这种不寻常的时候，她觉得非常可疑并想出对策。

家的大门上都有同样的记号，你所说的到底是哪家呢？”

带路的匪徒顿时糊涂起来，不知所措。他发誓说：“我只在一间房子的大门上做过记号，不知这些门上的记号是从哪儿来的。现在我也不敢肯定哪个记号是我画的了。”

【语言描写】马尔基娜的机敏使得阿里巴巴逃过一劫，循着记号而来的强盗们完全找不到他的家。

首领沉思了一会儿，对匪徒们说：“由于他没有把事情做好，我们要寻找的那所房屋没找到，使得我们白辛苦一场，现在暂且回山，以后再作打算。”

匪徒们乘兴而来，败兴而归，首领便拿那个带路的匪徒出气，将他痛打一顿后，又命手下把他绑了起来，并说：“你们中谁再愿到城中去打探消息？如能把盗窃财物的人抓到，我就加倍赏赐他。”

听了匪首的话，又有一个匪徒自告奋勇道：“我愿前去探听，请相信我能满足您的要求。”

匪首同意派他去完成这项使命。于是这个匪徒又找到裁缝铺里的巴巴穆司塔，用金币买通裁缝，利用他找到了阿里巴巴的家。他在阿里巴巴屋子的门柱上，用红粉笔画了一个记号，这才赶忙返回山洞，向匪首报告。他得意地说道：“报告首领，我已经找到那所房屋，这次我用红粉笔在门柱上做了记号。我可以轻易将其分辨出来。”

【行为描写】马尔基娜又发现了记号，这就证实了第一次的记号也绝非偶然，她采用了与第一次一样的办法。

马尔基娜出房门时，发现门柱上又有个红色记号，便又在邻近人家的门柱上也做了同样的记号。

匪首派的第二个匪徒很快完成了任务，但情况却与第一次一样。当匪徒们进城去报复时，发现附近每家住宅门柱上都有红色记号，他们感到又被捉弄了，一个个只得垂头丧气地返回山洞。匪首怒不可遏，大发雷霆，又把第二个匪徒绑了起来，叹道：“我的部下都是些酒囊饭袋，看来此事得由我亲自出马，才能解决问题。”

【词语理解】“怒不可遏”“大发雷霆”表现了匪首对匪徒办事不力的恼怒。

匪首打定主意，单枪匹马来到城中，照例找到了裁缝巴巴穆司塔。在裁缝的帮助下，他顺利地来到了阿里巴巴的家门前。他吸取前两个匪徒的教训，不再做任何记号，只是把那住宅的位置和四周的景象记在心里，然后他马上赶回山洞，对匪徒们说："那个地点我已铭刻在心里，下次去找就很容易了。现在你们马上给我买十九头骡子和一大皮袋菜油，以及形状和体积一致的瓦瓮三十八个。再把这些瓦瓮绑在驮子上，用十九头骡子驮着，每骡驮两瓦瓮。我扮成卖油商人，趁天黑时到那个坏蛋的家门前，求他容我在他家暂住一宿。然后，到晚上我们一起动手，结束他的性命，夺回被盗窃的财物。"

他提出的方案得到了匪徒们的拥护，一个个怀着喜悦的心情，分头前去购买骡子、皮袋、瓦瓮等物。经过三天的奔波，把所需要的东西全部备齐了，还在瓦瓮的外表涂上一些油。他们在匪首的指挥下，拿菜油灌满一个大瓮，全副武装的匪徒分别潜伏在三十七个瓮中，用十九头骡子驮运。匪首扮成商人，赶着骡子，大模大样地运油进城，趁天黑时赶到阿里巴巴家门外。

【行为描写】强盗头子是一个非常聪明的人，他不像他的手下那么笨，想出了一个绝妙的计策，我们暗自为阿里巴巴捏了一把汗。

阿里巴巴刚吃过晚饭，还在屋前散步。匪首趁机走近他，向他请安问好，说道：

"我是从外地进城来贩油的，经常到这里来做生意。今天太晚了，我找不到合适的住处，恳求你发发慈悲，让我在你院中暂住一夜吧，也好减轻一下牲口的负担，当然也麻烦你为它们添些饲料充饥。"

阿里巴巴虽然曾与匪首见过面，但由于匪首伪装得很巧妙，加之天黑，一时竟没有分辨出来，因而同意了匪首的请求，为他安排了一间空闲的柴房，作堆放货物和关牲口之用，并吩咐女仆马尔基娜：

【叙述说明】阿里巴巴是一个心地善良的人，而且并没有警惕心，他做了一件引狼入室的事。

"家中来了客人，请给他预备些饲料、水，再为客人做点晚饭，铺好床让他住一夜。”

【语言描写】 阿里巴巴为人善良、慷慨，对待借宿的客人非常友善，希望让他住得舒适愉快。

匪首卸下驮子，搬到柴房中，给牲口提水拿饲料，他本人也受到了主人的殷勤招待。阿里巴巴叫来马尔基娜，吩咐道：“你要好生招待客人，不要大意，满足客人的需要。明天一早我上澡堂沐浴，你预备一套干净的白衣服，以便沐浴后穿用。此外，在我回来前，为我准备一锅肉汤。”

“明白了，一定按老爷说的去做。”

阿里巴巴说了之后进卧室休息去了。

匪首吃过晚饭，随即上柴房照料牲口。他趁夜深人静阿里巴巴全家安息时，压低嗓音，告诉躲在瓮中的匪徒们：“今晚半夜，你们听到我的信号时，就迅速出来。”匪首交代完毕后，走出柴房，由马尔基娜引着，来到为他准备的卧室里。

马尔基娜放下手中的油灯，说：“如还需要什么，请吩咐吧。”

“谢谢，不需要什么了。”匪首回答说，待马尔基娜走后，才灭灯上床休息。

【叙述说明】 马尔基娜是一个很能干的女仆，很快做好了主人吩咐的事情，之后因为缺油而去柴房，推动故事情节发展。

马尔基娜按主人的吩咐，拿出一套干净的衣服，交给另一个男仆阿卜杜拉，以便主人沐浴后穿用。随后她给主人烧好了肉汤。过了一会儿，她想看一看罐里的肉汤，但油灯已灭，一时又没油可添，阿卜杜拉看着马尔基娜为难的样子，便前来解围，提醒道：

“不必为难，柴房中有菜油呀！为何不取些来用？”

马尔基娜拿着油壶去柴房中，见到成排的油瓮。她来到第一个瓦瓮前，这时躲在瓮中的匪徒听到脚步声，以为是匪首来叫他们，便轻声问道：“是行动的时候了吗？”

马尔基娜突然听见瓦瓮中的说话声，吓得倒退一步，但她本是一个机智勇敢的人，当即应道：“还不到时候呢。”她暗想道：“原来这些瓮中装的不是菜油，而是人。看来这个贩油商人存心不良，也许想打什么坏主意，施展阴谋诡计。慈悲的安拉啊！求您保佑，别让咱们上他的圈套吧。”她挨着来到第二个瓮前，仍然压低嗓音，把“现在还不到时候呢”这句话重说了一遍。

她就这样一个挨一个地从头说到尾。她暗自道：“赞美安拉！我的主人还被蒙在鼓里，不知道危险随时可能降临。这个自称卖油的家伙，一定是这伙匪徒的首领，而此时匪徒们正在等待他发出暗号。”她来到最后一个瓦瓮前，发现这个瓮里装的是菜油，便灌了一壶，拿到厨房，给灯添上了油；然后她又回到柴房中，从那个瓮中舀了一大锅油，架起柴火，把油烧开，这才拿到柴房中，依次给每个瓮里浇进一瓢沸油。潜伏在瓮中的匪徒还不知是怎么回事，就一个个被烫死了。

【行为描写】 马尔基娜发现瓦瓮里的秘密后，虽然害怕，但是很快镇定下来，并且机敏地做出反应。

【行为描写】 发现秘密的马尔基娜不但迅速稳住了匪徒们，而且直接想出最快捷的方法解决他们，而不是去报告主人寻求帮助，可见她的果断与勇敢。

马尔基娜以过人的智慧悄悄做完了这一切，屋里所有的人都还睡得正酣，无人知晓。她自己高兴地回到厨房，关起门来，给阿里巴巴热汤。

大约过了一个小时，匪首从梦中突然醒来，他打开窗户，见室外一片黑暗，寂静无声，便拍手发出了暗号，叫匪徒们立即出来行动。但四周却毫无动静。过了一会儿，他再次拍手，并出声呼唤，仍无回音。经过第三次拍手、呼唤，还得不到回答后，他才慌了，赶忙走出卧室，奔到柴房中，心想：“大概他们一个个都睡熟了，我必须立刻叫醒他们，赶快行动，否则就来不及了。”

他走到第一个油瓮前，立刻嗅到一股熏鼻的油气味，心里非常吃惊，伸手一摸，觉得烫手。他一个个摸过去，发现全部油瓮的情况都是一样。这时候，他明白死亡落到他们这一伙人的头上了，同时对自身的安全也感到担心。他不敢再回到卧室，只得逾墙跳到后花园，怀着恐怖和绝望的心

【行为描写】 强盗头子的计划是完美的，但是没有想到被马尔基娜的智慧破解了，匪徒们全部都死掉了，强盗头子也吓得逃跑了。

情，逃之夭夭。

马尔基娜待在厨房里，窥探匪首的动静，但不见他从柴房中出来，想是逾墙逃跑了，因为大门是双锁锁着的。不过想到其余的匪徒还一个个静静地躺在瓮中，马尔基娜便安心地睡觉了。

离天亮还有两个小时的时候，阿里巴巴起床去澡堂沐浴。他对当夜家中发生的危险事一无所知，机智的马尔基娜没有惊动他，也没料到事情如此容易应付。原来她认为如果先向主人报告她的计划，然后动手，就可能失去先下手为强的机会，而吃强盗的亏。

【语言描写】善良的阿里巴巴到现在还被蒙在鼓里呢，他根本不知道客人其实就是穷凶极恶的强盗。

阿里巴巴从澡堂归来已是日上三竿，他见油瓮还原封不动地摆在柴房中，感到惊奇，嘀咕道："这位卖油的客人是怎么搞的！这个时候还不把油驮到市上去卖。"

马尔基娜说："老爷啊，万能之神安拉赐福于你，使你昨晚免受了伤害。那个商人企图干罪恶的勾当，被发现后已逃走，昨晚发生的事情，待会儿我慢慢讲给你听。"她引阿里巴巴走进柴房，关了房门，然后指着一个油瓮说："请老爷看吧，到底里面装的是油呢，还是别的东西！"

【场景描写】阿里巴巴打开瓦瓮，看到了可怕的景象，勇敢的马尔基娜此时还来安慰他。

阿里巴巴打开瓮盖一看，里面躺着一个男人，他一下子吓得回头就跑。马尔基娜即刻安慰他："别害怕！这人已不可能再危害你，他已经死了。"

阿里巴巴听了才平静下来，说道："马尔基娜，咱们遭了大祸，刚安定下来，怎么这个卑鄙的家伙就来找咱们的麻烦呢？"

"感谢伟大的安拉！事情的经过，我会详细报告老爷的。可是说话要小声，免得被邻居知道，给咱们带来麻烦。现在请老爷查看这些瓮里的东西，从头到尾，每一个都看一看吧。"

阿里巴巴果然依次看了一遍，发现每个瓮中都有一个全副武装的男人，幸亏都被沸油烫死了。这一惊把他吓得说不出话来。过了一会儿，他逐渐恢复常态，才问道："那个贩油商人哪儿去了？"

"老爷啊，你还不知道，那个家伙其实并不是生意人，而是个为非作歹的匪首。他满口甜言蜜语，骨子里却想要你的命。他的所作所为，我会详细报告的，不过老爷才从澡堂归来，先喝些肉汤再说吧。"

【语言描写】马尔基娜杀死了几十个匪徒，也不急着邀功，反而让阿里巴巴先喝肉汤，她不仅聪慧，还忠心耿耿。

她伺候阿里巴巴回到屋里，立刻送上饮食。

阿里巴巴吃喝起来，对马尔基娜说："我急于要知道这桩奇案的始末，你说吧，不要让我始终被蒙在鼓里，这样我才会定下心来。"

马尔基娜把昨晚发生的事，从煮肉汤、点灯找油起，到发现匪徒，用油烫死匪徒，以及那个匪首逃跑，等等，一五一十详细叙述了一遍。最后她说：

【语言描写】马尔基娜在阿里巴巴急切的追问下，开始讲述事情的始末。很早的时候她就发现了这群强盗不怀好意，存心来报复。

"这便是昨晚发生的事的全部经过。此外，几天以前，我对这件事就已经有所感觉。我抑制着自己，不敢报告老爷，怕万一事情传开，叫邻居知道，现在不得不让老爷知道了。情况是这样的：有一天我外出时，见咱家大门上有个白粉笔画的记号，当时我虽然不知道是谁画的，有什么用处，但是我估计可能是仇人搞的，存心危害老爷，所以我在周围每家大门上都画上了一模一样的记号，使坏人不容易分辨出来。现在看来，画的记号和昨夜的事必然有联系，肯定是这伙人以此作为报复的标记，避免走错路。按四十个强盗的数目计算，他们有两人下落不明，这当中的实际情况，我还不知道，因此不得不提防他们。而其余的匪徒现在已死，他们的头子逃跑了，人还活着。老爷必须格外注意，加倍提防，否则会遭他们的毒手，他肯定不会轻易放过你的。为

【语言描写】马尔基娜思维严密，警惕性高。强盗没有被一网打尽，只要有一个人活着，就会对阿里巴巴产生威胁。

此，我当全力保护老爷的生命财产不受损害，这也是我们仆人的职责所在。”

阿里巴巴听了感到非常快慰，说道：“你的这个建议，我很满意，你勇敢果断，我这一辈子也忘不了。告诉我吧，我该怎样赏赐你？”

阅读笔记

“这是我应尽的义务。我看目前最急迫的事是赶快把那些死人埋了，不要把秘密泄露出去。”

阿里巴巴按马尔基娜的指点，亲自带仆人阿卜杜拉到后花园，在一棵树旁边，挖了一个大坑，卸下尸体上的武器，再把三十七具尸首掩埋起来，把地面弄得跟先前一模一样，同时还把油瓮和其他杂物全都藏了起来。接着，阿里巴巴又打发阿卜杜拉每次牵两头骡子去集市卖掉。这件大事算是处理妥当了，不过阿里巴巴并未因此安心，因为他知道匪首和两个匪徒还活着，并且一定会再来报仇，所以他格外小心谨慎，对消灭匪徒的经过和从山洞中获得财物的情况，守口如瓶，从不透露。

【叙述说明】强盗还有活口，对于阿里巴巴始终是个威胁，所以对于这件事，他必须绝对保密。

再说匪首从阿里巴巴家狼狈地逃跑后，悄悄回到了山洞，想着损失的财物和人马，以及洞中最终将被盗走的财宝，他满腔怒火，异常苦恼。他认为只有杀掉阿里巴巴，才能解除心头之恨。他决心一个人再进城去，打着经营的幌子，在城里住下，以便寻找机会收拾掉阿里巴巴，然后东山再起，招兵买马，继续过劫掠生活，也只有这样，才能把祖传下来的杀人越货的事业代代传下去。

匪首打定主意后，倒身睡觉了。

【心理描写】强调匪首干掉阿里巴巴的决心，引出下文。

次日，天刚亮他便起床，像上次那样，把自己乔装打扮一番，然后进城在一家客栈住下。他暗自嘀咕：“毫无疑问，一下子杀了这么多人的案件，一定会轰动全城，而阿里巴巴免不了被捕受审，他的住处也一定被毁了，财产一定被查抄了。”于是他向客栈的门房打听消息：“最近城中发生了什么奇怪的事情吗？”

门房把自己的所见所闻，全部告诉了匪首。

匪首听了既奇怪又失望，门房所谈的，没有一件与他有关，他这才明白阿里巴巴是个机警聪明的人。他不但拿走了山洞中的钱财，还害了这么多人的性命，而他自己却安然无恙。由此匪首联想到了自身的安危问题，认为必须充分运用自己的智慧，提高警惕，才不至于落在敌人手中，遭到迫害。因此，他在集市上租了间铺子，从山洞中搬来上好的货物，摆设起来，从此待在铺子里，改名盖勒旺吉·哈桑，装模作样做起生意来。

【心理描写】 强盗头子没有打听到任何关于命案的消息，才知道阿里巴巴实在太聪明了，谋财害命，还能安然无恙。

说来凑巧，匪首的铺子对面，正是已故戈西母的铺子所在地，现在由他的儿子，也就是阿里巴巴的侄子继续经营。匪首以盖勒旺吉·哈桑的名字四处活动，很快就跟附近各商号的老板们混熟了。他待人接物既大方又谦恭，尤其对戈西母的儿子格外亲热，常常与这个长得漂亮、衣着整齐的小伙子套近乎，经常一起聊天，往往一坐就是几个小时。

这天，阿里巴巴到铺子里去看望侄子，这事被在铺子对面的匪首看见了，匪首一见阿里巴巴便认出了他。于是，匪首向小伙子打听阿里巴巴的情况：“告诉我吧，先前到你铺子中来的那位客人是谁呀？”

【场景描写】 强盗头子如愿找到了阿里巴巴，而且接近他的侄子，这下他又会想出什么诡计呢？

“他是我的叔父。”

这之后，匪首对阿里巴巴的侄子更加热情，给他许多好处，表面上和蔼可亲，暗地里实施其阴谋诡计。

又过了一些日子，阿里巴巴的侄子考虑到应礼尚往来，于是想邀请盖勒旺吉·哈桑吃顿饭，但感到自己的住处狭小，接待客人不太方便，尤其是跟盖勒旺吉·哈桑那样考究的排场比起来，未免显得寒酸。于是，他便去请教他的叔父——阿里巴巴。

【语言描写】阿里巴巴是一个善良又慷慨的人，对待侄子的朋友也是非常仁义，因而又一次引狼入室。

阿里巴巴对侄子说："你的想法是对的，应该请那位朋友来做客。明天是礼拜五休息日，各商家都停业休息，你去约盖勒旺吉·哈桑到处走走，呼吸些新鲜空气。等你们回来时，不必让盖勒旺吉·哈桑知道，你可以顺便带他到我这儿来。我会吩咐马尔基娜预备一桌丰盛的筵席款待你们。你不用操心，一切由我办理好了。"

第二天，阿里巴巴的侄子按叔父的指示，邀约盖勒旺吉·哈桑一起上公园玩，回家时，就顺便引盖勒旺吉·哈桑走进了他叔父住宅所在的那条胡同，一直来到门前。

【语言描写】阿里巴巴的侄子带着强盗头子来到阿里巴巴的住宅，他非常信任强盗头子，根本不会想到强盗头子的真实身份。

他一边敲门，一边对盖勒旺吉·哈桑说："我的朋友，告诉你吧，这是我的另一处住宅。你我之间的交往以及你待人接物所表现出的慷慨大方，我叔父都听说了，因此他非常乐意同你见一面。"

匪首听了暗自欢喜，因为有了这种机会，报仇的愿望就能够很快实现。但是他表面却佯装客气的样子，一再表示推辞。这时候，仆人已将大门打开，阿里巴巴的侄子拉着盖勒旺吉·哈桑的手，一起进屋去。主人阿里巴巴谦恭而礼貌地迎接并问候盖勒旺吉·哈桑道："欢迎！欢迎！蒙你平时照顾我的侄子，我感激不尽。我知道你像父亲一样地关心他，爱护他。"

【语言描写】强盗头子非常善于伪装，此刻在阿里巴巴面前，他装得温和有礼，与他的侄子有着真挚的友谊。

"你的侄子为人不错，他的举止言谈给我留下了深刻的印象。我很喜欢他。他年纪虽小，可是禀赋很好，聪明过人，前途无量。"盖勒旺吉·哈桑说了一番恭维和应酬的话。

这样，他们宾主就一问一答地攀谈起来，显得既客气又亲切，宾主尽欢。

过了一会儿，盖勒旺吉·哈桑说："主人啊！现在该向你告辞了。若是安拉的意愿，过些时候，我会抽空再来拜访你的。”

阿里巴巴起身挽留他说：“我的朋友，你上哪儿去？我特意招待你，留你吃饭呢。吃过饭再回去吧。我们的饭菜即使不像你家里的那样可口，也得请求你接受我的邀请，大家热闹热闹吧。”

“主人啊！承你厚待，感激不尽。不过我的确有特殊原因，不得不求你原谅。”

“客人啊！你好像心事重重，感到烦躁，这是为什么呢？”

“是这样，近来我吃药治病，大夫嘱咐我，凡是带盐的菜肴都不可以吃。”

“哦，就为这个呀，那不碍事，我可以得到你赏光深感荣幸。现在厨娘正预备烹调，我吩咐她做无盐的菜肴招待你好了，请你等一等，我一会儿便来。”阿里巴巴说着便去厨房里，吩咐马尔基娜做菜不要放盐。

【语言描写】阿里巴巴对待客人真诚、热情，完全没有认清他的真实面目。

马尔基娜正在预备饭菜，突然听到这个吩咐，非常惊奇，问道：“这位要吃无盐菜肴的客人是谁？”

“你问他干吗？只管照我的话去做就是了。”

“好的，一切照您的意思去办。”马尔基娜对提出这个要求的人，抱着好奇心，很想看他一眼。

菜肴都办齐了，马尔基娜协助男仆阿卜杜拉去摆桌椅，以便端出饭菜招待客人，因此有机会看到盖勒旺吉·哈桑。当她一看到此人时，立刻认出了他的本来面目，虽然他的衣着已装扮成外地商人的模样。马尔基娜仔细打量时，发觉他罩袍下面藏着一把短剑。“原来如此啊！”她忍不住暗自嘀咕：“这个恶棍之所以要吃无盐的菜肴，道理就在这里，目的在寻找机会谋害我的主人，因为主人是他的大仇人。我必须当机立断，先发制人，在他逞凶之前找机会除掉他。”

【叙述说明】聪明机警的马尔基娜可不像主人阿里巴巴那样没有戒备心，她一眼认出客人的真实面目。

马尔基娜拿出一块白桌布铺在桌上，端上饭菜，趁主人陪客人吃喝之际，从客厅回到厨房，仔细考虑对付匪首的办法。

【场景描写】 主人和客人享用盛宴，仆人用心服侍，一切看起来都那么正常，实际上暗藏杀机。

阿里巴巴和盖勒旺吉·哈桑尽情享受，细嚼慢咽地吃喝完毕，马尔基娜和阿卜杜拉便忙着收拾杯盘碗盏，并端出点心待客。马尔基娜还把鲜果和干果盛在盘中，让阿卜杜拉用托盘端到堂上，她自己拿了一个小三脚茶几放在主人和客人身旁，并把三个酒杯和一瓶醇酒摆在茶几上，供主人和客人自斟自饮。一切布置妥当，马尔基娜和阿卜杜拉才退下，好像吃饭去了。

这时候，匪首觉得机会到了，顿时高兴起来，暗中想道："这是报仇雪恨的好机会，我只要拿这把短剑狠狠地一刀戳过去，就可以结束这个家伙的性命，然后从后花园溜走。他的侄子是不敢阻止我的，即使他有勇气同我对抗，我只需动一根手指或脚趾，就足以致他死命。不过还要稍等一下，等那两个仆人吃完饭回到房中休息时，再动手也不迟。"

【心理描写】 马尔基娜认清客人的真实面目后，就十分谨慎地注意着他的一举一动，因为她要保护主人阿里巴巴的安全。

马尔基娜沉住气，暗中监视着匪首的举动，边猜想他的诡计，边想道："决不能让这个恶棍有逞凶的机会。我不仅要挫败他的阴谋诡计，还要借机会结束他的性命。"

忠实可靠的马尔基娜脱掉衣服，换上一身舞衣似的服装，头上缠了一块鲜艳的头巾，脸上罩了一方昂贵的面纱，腰上束一块织锦围腰，围腰下面挂着一把柄上镶嵌着金银宝石的匕首。打扮完之后，她吩咐阿卜杜拉："带上手鼓，咱俩一块儿上客厅去，为尊敬的老爷和客人表演吧。"

【场景描写】 马尔基娜自作主张，上前表演歌舞，得到阿里巴巴的支持，实际上她是想借机接近客人。

阿卜杜拉听从马尔基娜的安排，果然带上手鼓，跟她来到客厅。阿卜杜拉把手鼓一敲，马尔基娜便翩翩起舞。两个仆人表演了一会儿，便停下休息，准备集中精神，继续表演。阿里巴巴很感兴趣，任他俩随意发挥，并吩咐道："现在你们随意歌舞吧，最好能表演一些更精彩的节目，让客人高兴愉快。”

“哦，我的东道主啊！承蒙你如此盛情款待，我感到愉快极了。”盖勒旺吉·哈桑表示衷心感谢。

在主人的鼓励和客人的赞赏下，两位仆人兴致勃勃，劲头越来越大。阿卜杜拉把手鼓一敲，马尔基娜就大显身手。她那轻盈的步子和婀娜的舞姿，给主人和客人以欢乐的感受。

正当他们看得出神的时候，马尔基娜突然抽出匕首，捏在手里，从这边旋转到另一边，做出了一个优美的姿势。这时候，她把锐利的匕首紧贴在胸前，霎时停顿下去，右手把阿卜杜拉的手鼓拿过来，继续旋转着，按喜庆场合的惯例，向在座的人乞讨赏钱。

【动作描写】这一段的描写很细致，也很精彩，马尔基娜在歌舞高潮时将匕首掩人耳目地拿在手中，没有引起众人怀疑。

她首先停在主人阿里巴巴面前，主人便扔了一枚金币在手鼓中，他的侄子也同样扔进一枚金币。盖勒旺吉·哈桑眼看马尔基娜舞近时，便掏出钱包，预备给赏钱。这时马尔基娜鼓足勇气，刹那间，把匕首对准盖勒旺吉·哈桑的心窝，猛刺进去，立刻结果了他的性命。

阅读笔记

阿里巴巴大吃一惊，吼道：“你这是干什么呀？我这一生可叫你毁掉了！”

“不对，”马尔基娜理直气壮地说，“我的主人啊！我刺死这个家伙，是为了救你的性命。如果你不相信，请解开他的外衣，便可发现他包藏的祸心了。”

阿里巴巴忙上前一看，发现他贴身佩着一把锋利的短剑，一时吓得目瞪口呆，哑口无言。

“这个卑鄙的家伙是你的死敌，”马尔基娜说，“你仔细看看吧，他正是那个所谓的贩油商人，也就是那伙强盗的头子。他说不吃盐，这说明他贼心不死，存心谋害你。当你说他不吃有盐的菜肴时，我就起了疑心。而我第一眼看到他时，便知道他不怀好意，是存心要害你的。现在事实证明，

【语言描写】面对主人阿里巴巴的责怪和误解，马尔基娜这才说出了真相，揭穿了客人的真实面目。

我的猜想是正确的。”

【语言描写】 阿里巴巴十分感谢马尔基娜，他出身穷困，所以毫不介意马尔基娜卑微的身份，将她许配给自己的侄子。

阿里巴巴惊奇万分，非常感谢马尔基娜，重重地赏赐她，说道：“你已先后两次从匪首手中救了我的命，我应该报答你。”于是他伸手指着马尔基娜的脖子说：“现在我恢复你的自由，你从此成为自由民了。为了对你表示感谢，我愿为你主持婚事，把你许配给我的侄子，让你们成为恩爱夫妻。”

阿里巴巴向马尔基娜表达感谢之后，回头吩咐侄子道：“马尔基娜是一个本领高强、聪明机智、诚实可靠的人。你看一看躺在地上的这个所谓的盖勒旺吉·哈桑吧，他自称是你的朋友，跟你结交往来，其目的不过是借此寻找机会谋害我。而马尔基娜凭她的智慧和机灵，替我们除了一害，从而使我们转危为安了。”

【场景描写】 阿里巴巴的侄子愿意接受这个智慧与美貌并存的奇女子，他们埋掉强盗头子，生活将会恢复平静。

阿里巴巴非常高兴，侄子接受了他的建议，愿与美丽的马尔基娜结为夫妻，于是阿里巴巴带领侄子、马尔基娜和阿卜杜拉，趁着夜色，小心谨慎地把匪首的尸体挪到后花园，挖了个地洞，埋在地下。

此后，他们全都守口如瓶，始终没让外人知道这件事情。

阿里巴巴及其家人在经过精心准备后，选择了吉日，为他的侄子和马尔基娜举行了隆重的结婚典礼。他们大摆筵席，盛宴宾客，并安排豪华的仪式，跳各式各样的舞蹈，奏各种流行的乐曲。亲戚、朋友、邻居纷纷前来庆祝，婚礼一片欢乐，热闹空前。

【叙述说明】 阿里巴巴在危险时刻还是非常稳重的，有哥哥的前车之鉴，他再也不敢轻易去强盗洞穴，另一个方面也是因为他并不贪财。

阿里巴巴彻底根除了隐患，从此安心地经营生意，过着富足的生活。

在这以前，由于顾忌匪徒，也为谨慎起见，阿里巴巴自哥哥戈西母死后，再也没到山洞去过。后来匪首和匪徒一个个被除去，又经过了一段时间，他才在一天清晨，独自骑马进山，来到洞口附近。仔细观察了周围的情况，在证实确实没有人迹，心中有了把握后，他才鼓足勇气，走近山洞，把马拴在树上，来到洞前，说了暗语：“芝麻，开门吧！”

同过去一样，洞门随着暗语应声而开。阿里巴巴进入山洞，见所有的金银财宝依然存在，原封不动地堆积在那里。

由此，他深信所有的强盗都完蛋了。也就是说，现在除了他自己外，没有一个人知道这宝窟的秘密了。于是他又装了一鞍袋金币，运往家中。

后来，阿里巴巴把山中宝库的秘密告诉了他的儿子和孙子们，并教他们开关和进出山洞的方法，让他们代代相承，继续享受宝库中的无尽财富。就这样，阿里巴巴及其子孙后代一直过着极其富裕的生活，成了这座城市中最富有的人家。

【叙述说明】 阿里巴巴的善良让他自己得到好报，也给他的子子孙孙带来无尽的福泽。

名师点拨

这是一个惊险的传奇故事。阿里巴巴是一个善良的樵夫，因为得到强盗的财宝而深陷危机。在女仆马尔基娜的帮助下，他一次次打败强盗，最后恢复平静的生活并得到无尽的财富。这个故事一波三折，深深地牵动着我们的心。善良的阿里巴巴、聪明的马尔基娜、狡猾的强盗头子、贪婪的戈西母，一个个人物形象都异常鲜明，发人深思。

回味思考

1.戈西母为什么会死在强盗的洞穴中？

2.马尔基娜是怎样杀死强盗头子的？

奥丁三兄弟造人

名师导航

大家可能听说过许多中国神话传说，但对西方神话所知不多。下面的这个故事介绍了西方神话体系的开端，也就是世界诞生之初。让我们一起来看看人是怎么出现的吧！

【叙述】介绍故事背景，交代关键人物。

很久很久以前，天地还是一片混沌，在冰与火的不断冲击下，金恩加鸿沟附近孕育出巨人伊米尔和一头母牛。伊米尔是巨人的始祖，他的后代统称为冰霜巨人。而那头母牛因为舔舐冰雪，最终在岩石下发现了一个高大英俊的男人。他就是阿萨神族的始祖布利。

布利的儿子叫包尔。包尔有三个儿子，分别叫奥丁、威利和维。三兄弟长大后，一起向巨人伊米尔挑战，最终杀死了伊米尔。

【叙述】介绍地理环境以及各种族的所在地。

伊米尔死后，变成了一棵巨大的梣树。正是这棵树衍生出了世界。因此，它也被称为世界之树。它的树叶是金色的，整棵树分为九部分——人间、阿萨神国、华纳神国、亡灵国、雾国、火国、巨人国、白精灵国和黑精灵国。其中，阿萨神国位于太阳和月亮中间，和人间隔着一道彩虹桥。白精灵国位于阿萨神国附近，是华纳神国的附属国。那里一年四季花草葱茏，到处飞舞着美丽的精灵。

黑精灵国呢？虽然和白精灵国只有一字之差，却有天壤之别。它一半位于黑暗的地下，一半位于阴暗的山谷，生活在里面的主要是矮人、侏儒和地精。它们都是矮小的生物。矮人不论男女，都长着长长的胡子；侏儒最喜欢发明创造，个个都是能工巧匠；地精是智力最低的生物，有一颗丑陋的脑袋和两只大耳朵。

阅读笔记

大梣树有三条树根，分别伸向人间、巨人国和阿萨神国。通往人间的树根旁流淌着命运泉，泉边住着三个女神，分别叫乌尔德、贝璐丹迪和斯古尔特。顺着这条树根一直向下，可以到达亡灵国。亡灵国的入口处长年盘踞着一条可怕的黑龙。通往巨人国的树根旁流淌着智慧泉，由智者弥米尔看守。

奥丁是阿萨神族的主神，阿萨神国的国王。他不仅拥有至高无上的权力，也是暴风之神，还是威风凛凛的战神。他可以庇佑北欧所有的勇士。他总是骑着一匹灰色的、有八条腿的、跑得像闪电一样快的神马，戴着金光闪闪的头盔，拿着白色的盾牌和一杆叫冈格尼尔的长矛。长矛的柄是用大梣树的树枝做的，这杆长矛又匀称又锋利，无论被谁拿在手里，都能随心所欲地击中任何目标。在它面前发誓的人也必须遵守自己的诺言。如果反悔，就会招致可怕的惩罚。

【外形描写】描写奥丁及其坐骑的外形特点，塑造奥丁骑乘战马的形象。

平时，奥丁和阿萨诸神一起住在阿萨神国。偶尔，他也会来人间转转。在人间，他通常装扮成一个老人，五十多岁，高高大大，有着灰色的胡子和黑色的头发。他穿着灰蓝色的象征天空的袍子，上面点缀着金黄的大星星。袍子后面的兜帽是蓝色的。他手上戴着一枚戒指，它被称作德罗普尼尔，是财富的象征。

【外貌描写】运用外貌描写刻画奥丁行走人间时的外在形象。

奥丁出现在平常人面前的时候，总会用帽檐挡住大部分的脸。这是为什么呢？因为他只有一只眼睛，不想让别人看到这样的自己。

人类，正是由奥丁三兄弟创造的。

【总领下文】介绍接下来要讲述的中心内容。

阅读笔记

有一天，他们在宫殿里待得无聊，就出门去散步，走着走着，不知不觉地来到海滩上。奥丁往远处望了望，发现海面上漂着两根木头一样的东西。他好奇地把它们弄上来，仔细一看，原来是两棵又黑又长的树。

“这棵是榆树，那棵是梣树。”奥丁辨认了一下，对兄弟们说，“也许，我们可以用它们做点什么……”

“做什么呢？”威利问。

“造人吧。”奥丁想了一会儿，灵机一动说道，“我们不是一直都想造出一种最高级的动物吗？就把他们称作‘人’吧。我们可以让人不只像其他动物一样拥有生命，还要给他们至高无上的智慧和无比宝贵的灵魂。”

【语言描写】奥丁的话指出了人与其他动物的本质不同。

“好主意！”大家都同意了。

于是，维依照神的样子，把梣树做成男人，把榆树做成女人，赋予他们感情和语言，奥丁慷慨地给了他们生命和灵魂。活动的能力和智慧，则是威利赐给他们的。

就这样，新物种——人类，终于诞生了。

拓展阅读

名师点拨

对比中国神话，西方的神话体系更为完善，也更为详细，细致到了神灵的家族、外貌及能力。本章故事描绘出了世界诞生之初的景象，指出了各大种族的分布。

回味思考

1.巨人始祖伊米尔是怎么死的？

2.奥丁的长矛是用什么材料制成的？

霍加加西

名师导航

霍加加西原本是个善良而勇敢的猎人。他为了筹集和未婚妻举办婚礼需要的钱财，不得不从动物们身上收取这份钱财，代价则是动物们的生命。

在很久很久以前，有一位名叫霍加加西的年轻猎人，生活在群山环绕、原野一望无际的古吉尔吉斯。霍加加西不仅是一个百发百中的神枪手，还是一个日行千里的飞毛腿，更是一个能赤手空拳降服野兽的勇士。霍加加西非常乐于助人，他常常把捕获的猎物分享给自己的亲朋好友，他还常常帮助村子里的人解决问题。勇敢而高傲的霍加加西把自己当成了这片广袤原野的主人。

【叙述】介绍故事背景，刻画主人公勇猛的形象。

霍加加西爱慕一个美若太阳和月亮的女子，他与这个漂亮的姑娘定了亲，并把雪豹和狐狸闪耀着光泽的皮毛作为定情信物送给姑娘，与她约定了结婚的日子。随着结婚日期的临近，举办婚礼的开支落在了霍加加西的身上。霍加加西只能向养育他的群山索取更多的猎物。为了取得未婚妻的芳心，他开始夜以继日地滥杀无辜的生灵，甚至连幼小的动物都不放过。一天，霍加加西外出捕猎，正好遇到了水獭们举行出嫁女儿的仪式。水獭们在皎洁的月光下举行着盛大的婚礼。它们围绕着一对水獭新人，载歌载舞，把害羞的雌水獭推到雄水獭的身边。雄水獭早就打扮得漂漂亮

【铺垫】指出霍加加西的行为及目的，为下文主人公滥杀动物做铺垫。

亮的，准备好迎接美丽的水獭新娘。水獭家族沉浸在结婚仪式的喜悦和甜蜜中，大大地放松了警惕。当水獭的亲家们见面时，婚礼的气氛达到了高潮。霍加加西目睹了这一切，可是他感觉到的不是甜蜜。他想起了自己和未婚妻的婚礼，要是拥有这些水獭皮，那么就不用担心婚礼的开销了，要知道，水獭皮可以卖到很高的价格。利益冲昏了他的头脑，为了这一笔横财，他把自己的皮大衣蒙在毫无防备的水獭们的身上，刚刚还沉浸在婚礼的喜悦气氛中的水獭们一下子全死了……

【行为描写】为了自己的婚礼毁灭水獭，表现出主人公自私的一面。

举办婚礼的费用还差点。霍加加西又准备将一群山羊赶到悬崖峭壁上，杀个精光。当最后只剩下一只雄山羊时，它跪倒在霍加加西的面前，泪眼婆娑地说："霍加加西，你确实是世界上最厉害的神枪手，可是你要知道，凡事是要有限度的，你不能把每个种族都赶尽杀绝。你要试着做一个男子汉而不是一个暴徒，我的家族只剩下我和一头雌灰山羊了。我恳求你让我们繁衍后代吧。"霍加加西的脸上浮现出轻蔑的笑容，他用一颗子弹杀死了雄山羊。

【神态描写】可见霍加加西已经忘了初心，被贪婪冲昏了头脑。

雌灰山羊目睹了这一切，它痛心疾首地说："霍加加西，你就是个暴徒，是个恶魔。你杀掉了我们的父亲，杀光了我们整个家族，我诅咒你，以后永远都打不中野兽。不信，你来试试吧！"

霍加加西自然没有把雌灰山羊的话放在心上，他仰天长啸，嘲讽那只雌灰山羊，随即扣动了扳机。但是雌灰山羊的诅咒生效了，霍加加西接连射出了三颗子弹，都没有命中。

"既然子弹没有用的话，那么就让我来追杀你吧！"气急败坏的猎人开始追捕这只雌灰山羊。不知不觉间，雌灰山羊已经引导霍加加西来到了悬崖峭壁边。当霍加加西明白自己中了圈套时，一切都已经晚了，此刻他的脚下是万丈

【语言描写】可见猎人对这只猎物十分轻视，为下文做铺垫。

深渊，稍不留神就会粉身碎骨。他动弹不得。雌灰山羊对他说：“凡事有因必有果，你现在落得如此困境，都是因为你滥杀动物造成的。你杀光了我们整个家族，让我们悲痛欲绝，忍受肝肠寸断之苦。现在命运也不会放过你！”

【语言描写】借灰山羊之口讲述凡事都要有度的道理。

说完，雌灰山羊离开了，霍加加西被困在万丈悬崖，动弹不得。他发出了绝望的呼号和令人动容的忏悔，可是一切都已经太晚了。

就这样，霍加加西受到了命运的无情惩罚。他的未婚妻一直在寻找那只雌灰山羊。她整整寻找了一个世纪也没有找到。时间是无情的，风华正茂的未婚妻也变成了一个白发苍苍的老人，这么多年她没有感觉到一丁点儿幸福。似乎是命运的轮回，在皎洁的月光下，她也看见水獭们在举行盛大且欢快的结婚仪式。她不禁感叹：“我宁愿自己也是一只水獭，这样我也能感受它们的欢乐啊！”

【语言描写】表现出霍加加西的未婚妻对幸福的向往。

名师点拨

故事的开头塑造了霍加加西善良、勇猛的形象，对比故事结局中变得如恶魔般贪婪、可怕的霍加加西，两者形成鲜明对比。导致霍加加西产生变化的正是利益，他在追逐利益的过程中变成了恶魔。

回味思考

1.霍加加西为什么要滥杀动物？

2.霍加加西为什么被困在了悬崖上？

智慧的代价

名师导航

奥丁为了让自己变得更有能力，决定要前往智慧之泉获得更高的智慧。可换取智慧之泉的泉水需要一定的代价，这个代价是什么呢？

【外貌描写】奥丁的打扮是为了更好地掩饰身份，他有什么计划呢？

奥丁乔装打扮成流浪汉的样子，化名为威格坦姆，离开阿萨神国，经过人间，一路向巨人国走去。智慧泉就在那附近。他没有骑神马、戴头盔，也没有拿长矛和盾牌，只是穿着灰蓝色长袍，拄着手杖，像一个普通的旅行者一样。不过，他还是能够随机应变的。一路上，如果遇到普通人，他就变成普通人的样子；如果遇到巨人，他就变成巨人的样子。

有一天，他遇到一个健壮的巨人，骑着一头公鹿。奥丁想打探一点消息，就变成巨人，凑过去搭讪道："你叫什么名字，我的朋友？"

"我叫瓦弗鲁尼尔，大家都说我很聪明。"巨人回答。

【叙述】介绍瓦弗鲁尼尔的个人特点，塑造人物形象。

奥丁一下子明白了。这巨人说得不错。他的名字连奥丁都听说过。在巨人里面，他确实很有智慧。据说，大家遇到问题的时候，都想向他求教，但他不会随便回答，因为他不愿白白和别人分享自己的智慧。除非你能回答出他的三个问题，否则，他不但不会回答你的问题，还会毫不留情地杀死你。

"啊，原来你就是瓦弗鲁尼尔，那个智慧的巨人。我听说过你。”奥丁说，“我叫威格坦姆，想请你用智慧帮我一个小忙。”

“哈哈哈，帮忙是可以的。”瓦弗鲁尼尔咧嘴笑着，露出一口白森森的牙齿，看起来怪吓人的，“但你应该知道我的规矩。想问我问题的人，都要先回答我的三个问题。如果回答不出，就要心甘情愿地被我杀死。当然，如果我回答不出你的问题，也愿意被你杀死。这些，你都明白吗？”

【语言描写】充分暴露出瓦弗鲁尼尔偏激的性格特征。

“我很清楚，没问题。”奥丁说。

“那就好。我要提问了。”瓦弗鲁尼尔说，“你知道阿萨神国和巨人国之间的那条河流叫什么吗？”

“伊芬。”奥丁说，“不仅如此，我还知道它的河水常年冰冷刺骨，不过从不会结冰。”

“一点都不错。可是我还有一个问题。”瓦弗鲁尼尔说，“你一定知道，日神和夜神每天都会驾着马车穿越天空。但拉车的马，你能答出它们的名字吗？”

“当然。它们一个叫赫利姆法克斯，一个叫斯京法克斯。”奥丁对答如流。听奥丁这么说，瓦弗鲁尼尔特别惊讶，他很清楚，这个问题的答案只有最聪明的巨人和诸神才知道。他感到前所未有的惶恐，因为他只剩最后一次机会了。

【侧面描写】瓦弗鲁尼尔的惊讶表现，从侧面衬托出奥丁的丰富阅历。

“让我想想……”瓦弗鲁尼尔想了好一会儿，才提出了最后一个问题，“将来会有一场大战，那也是这个世界最后一场大战。你知道战场在哪里吗？”

“在那个方圆一百里的平原，它叫维格里德。”奥丁说。

这下子，瓦弗鲁尼尔什么都不说了，只是等着奥丁提问。

“在最后的时刻，你知道奥丁会对他的儿子巴德尔说什么吗？”奥丁问。

“我不知道。这恐怕只有奥丁自己才知道。”瓦弗鲁尼

【语言描写】可见瓦弗鲁尼尔虽然性格偏激，但很聪明。

尔从公鹿背上跳下来，上上下下地打量了奥丁很久，“也只有奥丁才会问出这种问题。我没猜错的话，你应该就是奥丁吧？”

奥丁没有回答他的问题，反而又提出一个问题。

“如果想喝到智慧泉的水，需要付出什么代价？”

“你的右眼。”瓦弗鲁尼尔说，“只有这样，弥米尔，那个看守泉水的智者，才会满足你的愿望。”

【对话描写】别无选择，奥丁会用自己的右眼换取智慧泉水吗？引出下文。

“只能这样吗？”奥丁问。

“是的，没有别的办法。也正是因为这个原因，有这样想法的人都知难而退了。他们全都不愿意付出那样的代价。”瓦弗鲁尼尔说，“好了，既然我答出了你的问题，应该可以离开了吧？”

“当然可以。”奥丁说。

于是，瓦弗鲁尼尔重新骑上鹿，继续往前走。奥丁站在那里，心情却久久不能平静。他万万没想到，想喝到智慧泉的水，竟然需要付出一只右眼的代价！那可是一只眼睛！如果真的那样做了，自己以后就只剩一只眼睛了……奥丁闷闷不乐地想着，甚至想干脆放弃。

【设置悬念】奥丁犹豫不决，调动读者的阅读兴趣，引出下文。

他望了望前面的路，终于停止了前进的脚步，开始漫无目的地游荡。不过，他没有返回阿萨神国的意思，而是一路向南走去。南边是火国，远远地，奥丁望见拿着火焰之剑的巨人苏尔特正在那里走来走去。奥丁知道，在未来的大战中，苏尔特会成为诸神的劲敌。奥丁暂时不想思考这些，于是又转变方向，向北边走去。北边是雾国，一个住着亡灵，又阴冷又可怕的地方。在大战中，它也会拥有重要的地位。

【叙述】交代奥丁看到的未来景象，引人遐想。

越往前走，奥丁的思绪就越清晰。他终于清楚——作为众神之王，他有责任尽自己的全力保护这个世界，绝不能让火焰巨人或者雾国的亡灵获取统治权，否则，到处都会弥漫着火焰和浓雾，世界必将走向毁灭。因此，不管付出什么代价，他都必须走下去，直到获得智慧。

【心理活动】表现出奥丁敢于担当的品格。

想到这里，奥丁毅然决然地转过身，重新向智慧泉走去。

通往巨人国的树根旁边，智者弥米尔坐在那里，一动不动地凝视着泉水。因为每天都喝智慧泉里的水，他不用思考就知道来人是谁。

“你来了。”弥米尔说，“奥丁，众神之父。”

“是的，正是我。”奥丁先是对弥米尔表示了敬意，然后说，“我是来喝泉水的。”

“当然可以，只要你愿意付出代价。”弥米尔说，“在你之前，也有很多人来过，只可惜，他们都不愿意付出代价。所以，你真的愿意吗？”

【语言描写】说明弥米尔信奉公平公正的规矩，全凭自愿。

“我和他们不一样。如果必然要付出这些代价，我是不会退缩的。”奥丁说。

“那就先喝水吧。”弥米尔拿出一个用巨大的牛角做的杯子，盛了满满一杯水，示意奥丁喝下去。

奥丁接过杯，一口一口地喝着。他喝的水越多，脑子里就越清晰。他看到即将发生的那些可怕的事情，他看到这个世界最后的时刻，他看到诸神和人类必将遭受的命运。他终于明白事情为什么会发展到这个程度，以及当那一刻真的来临的时候，诸神和人类要怎样应对，才能留下最后的力量，最终让这股力量发展壮大，直到驱散黑暗、寒冷、邪恶、绝望和恐惧。尽管这都是很久之后才会发生的事。

【叙述】奥丁脑海中的画面就是他看到的未来景象，预示着大灾难即将发生。

喝完水之后，奥丁也信守诺言，把自己的右眼交给了弥米尔，然后低下头，戴上兜帽，挡住了自己的右脸。当然，代价是巨大的，过程是痛苦的，然而为了获得智慧，奥丁认为这十分值得，不需要抱怨什么。

弥米尔接过奥丁的眼睛，把它放到智慧泉中。它很快沉了下去，不见踪影。直到现在，它还留在那里，透过泉水，你可以看到它一直在闪闪发光，向众人诉说着奥丁为了获得智慧，到底付出了什么。

拓展阅读

名师点拨

奥丁在打探关于智慧之泉的消息时，充分表现出了他的沉稳和渊博；紧接着经过短暂的权衡之后便果断做出了决定，展现出了奥丁身上的人格魅力，也让读者了解到了奥丁独眼形象的由来。

回味思考

1. 瓦弗鲁尼尔问了奥丁几个问题？
2. 奥丁为什么挖掉自己的右眼？

好词收藏

随机应变　心甘情愿　对答如流　前所未有　知难而退

好句积累

◈ 他没有骑神马、戴头盔，也没有拿长矛和盾牌，只是穿着灰蓝色长袍，拄着手杖，像一个普通的旅行者一样。

◈ 听奥丁这么说，瓦弗鲁尼尔特别惊讶，他很清楚，这个问题的答案只有最聪明的巨人和诸神才知道。他感到前所未有的惶恐，因为他只剩最后一次机会了。

◈ 奥丁站在那里，心情却久久不能平静。他万万没想到，想喝到智慧泉的水，竟然需要付出一只右眼的代价！那可是一只眼睛！如果真的那样做了，自己以后就只剩一只眼睛了……

伊敦恩的苹果

名师导航

来到人间游荡的洛基遇到了一头无法烤熟的牛，原来这是巨人夏基的阴谋。夏基的目的是威胁洛基帮助他弄到青春女神的苹果，洛基会乖乖听从吗？

时光是多么无情的存在，它总会大笑着拿走人们年轻的容颜、健康、体力、灵活的头脑、青春……而我们对此束手无策，什么都做不了。

这是凡人的苦痛，却不是诸神的。从这个角度来说，诸神的确十分幸运。因为阿萨神国里有一棵苹果树。它长在一座果园中，非常茁壮，上面总是挂着闪闪发光的苹果。它归属于青春女神伊敦恩，她每天都精心照料它，为它浇水、施肥、捉虫，再把成熟的苹果从树上摘下来，放在篮子里，慷慨地分给阿萨诸神。

【行为描写】表现出青春女神的无私精神，同时指出了诸神能保持青春的缘由。

诸神正是因为吃了这些苹果，才得以永葆青春。

因为总是忙着照料苹果树，伊敦恩终日待在果园里，没去过任何别的地方。当然，晚上的时候，她会回到金色小屋中，去找自己的丈夫——诗神布拉吉。可是金色小屋也紧挨着果园。布拉吉喜欢给伊敦恩讲故事，但他每天讲的故事都是一样的，并且永远没有结局。所以，说到这里，你总该能想象出伊敦恩每天的日子有多么无聊了吧？任谁都会这样认为的。伊敦恩却不觉得有什么，她愿意忍受这种无

【反问】吸引读者的注意力，引人遐想。

聊，因为这棵神奇的苹果树只能由她打理，别人既照料不好它，也没法从树上摘下任何一个苹果。

每天清晨，阿萨诸神都会来果园里吃苹果。本来，事情就这样进行着，但是有一天，意外突然发生了——伊敦恩带着所有的苹果离开了果园。谁都不知道她到底去了哪里。阿萨诸神没有苹果吃，也就越来越衰老。

【设问】调动读者兴趣，引出下文。

这是为什么？一切都要从奥丁说起。

前面已经说过，奥丁虽然住在阿萨神国，但偶尔也会去人间看一看。有一次，他又去人间游荡，洛基也跟他一起去了。洛基出身于巨人族。不过，因为和奥丁结为兄弟，他在阿萨神族也拥有了很高的地位。他很有智慧，却特别喜欢恶作剧，很多神都被他捉弄过。

奥丁和洛基在人间走了很久，最后到达人间和巨人国的交界处。那里阴冷潮湿，特别荒凉，没有植物也没有动物，就是一片寸草不生的荒原。奥丁和洛基走到这里，感觉很饿，可是放眼望去，什么吃的都没有。

【行为描写】表现出洛基倔强的一面，为下文做铺垫。

洛基非常不甘心，他在荒原上不停地走来走去，试图发现一点儿能吃的东西。他的运气还不错，最终发现了几头野牛。他小心地接近它们，抓住其中最小的那头，利落地杀了它，把肉切好，生火，把肉放在上面烤。整个过程中，奥丁一直不在洛基旁边。因为想好好思考一些在人间的见闻，他故意坐得很远。

洛基一边控制火候，一边翻转牛肉，一直没有去打扰奥丁。把肉烤好后，他才把奥丁叫过来，打算好好大吃一顿。可是，奥丁把肉从火上拿下来，惊讶地发现，肉竟然还是生的。他疑惑地看向洛基，洛基看看奥丁，又看看肉，也觉得很奇怪。不过，他觉得当务之急还是填饱肚子，所以也就没有多想，只是拿过肉，又放到火上烤，并且往火里加了更多

【神态描写】奥丁和洛基都在疑惑，不清楚为什么肉还是生的。

的木柴，让火烧得更旺了。

又烤了好一会儿，洛基才把肉拿下来，重新递给奥丁。奥丁接过来一看，发现竟然还是生的，想到洛基最喜欢恶作剧，就有点生气地问："你是故意这样做的吗？"

阅读笔记

其实，这次真不是洛基干的。因为他发现这一点之后，比奥丁还要生气。他简直要饿死了。看到洛基这副样子，奥丁也就相信了他。不过，洛基依然没有放弃，他又把肉放回到火上，把所有的木柴都加了上去，火烧得几乎把肉完全包住了。

一段时间后，他对肉做了检查，发现已经熟透了，可是，当他把肉从火上拿下来之后，肉又变成了生的，就像从来没有被烤过一样。

"那些野牛应该中了巨人的魔法吧……"奥丁猜测道。虽然还是很饿，但他不想再在这件事上浪费时间了，于是就提出离开。

【铺垫】

奥丁的猜测是对的，为下文巨人现身做铺垫。

"我才不走。我一定要把它们烤熟。我们走了这么远，又累又饿，好不容易见到这样美味的肉，却只能看着，一口都吃不到，就这样离开，我不甘心。"洛基生气地说。

"那好吧。"奥丁说着，只好自己走了。

当天晚上，洛基又气又饿地睡着了。第二天早上，他一睁开眼睛，就又开始忙着烤肉，但是一切都和昨天一样，明明看着肉烤好了，拿下来之后，马上又变成生的。如此反复几次，洛基忽然听到半空中有扇动翅膀的声音，不由得抬起头，发现是一只鹰正在那里盘旋。它特别大，洛基从来都没有见过这么大的鹰。

【行为描写】

进一步表现出洛基倔强、不服输的性格特征。

"你很想把它们烤熟吧？"大鹰飞了一会儿，越来越靠近洛基的头顶，大声问他。

"是的，但是我已经烤了很长时间，它们还是生的。"洛

【对话描写】

主动现身的大鹰真的只是为了烤肉吗？引出下文。

基说。

“我愿意帮助你。不过，等肉烤好了，你必须和我平分。”大鹰说。

“没问题。”洛基很高兴，反正肉有很多，他自己也吃不完。于是，他高兴地对大鹰喊：“快下来烤肉吧！”

大鹰点点头，却没有落到地面上，而是径直飞到火堆上空，展开一对大翅膀，呼扇呼扇地扇着风，风越来越大，火也越来越旺，没过一会儿，肉竟然真的被烤熟了。

洛基特别开心。他小心翼翼地把肉拿下来，发现没有像以前一样变生，更加开心了。他坐下来，打算大吃一顿，可是大鹰也同样着急。它一边不停地喊着：“我们平分，我们平分！”一边俯冲下来，一口咬住一块肉，毫不留情地吞了下去。本来，洛基也没觉得有什么，可是大鹰实在太贪婪，眼看着已经吃完了一半的肉，竟然没有一点停下来的意思。这就很不守信用了。洛基生气地想着，但他依然抱着希望，觉得也许待会儿大鹰就会停下来。

【动作描写】描写大鹰狼吞虎咽时的贪婪模样。

没想到，大鹰一直在不停地吃着。眼看最后一块肉也没有了，洛基终于忍不住了。他抓起烤肉用的铁叉，一下刺到大鹰的胸脯上。大鹰猛然受到袭击，吃了一惊，也顾不得吃肉，赶紧扇动翅膀，往高空飞去。洛基来不及扔下铁叉，一眨眼的工夫，就被一起带到了空中。

大鹰越飞越高，很快就来到了云的国度，地面完全看不到了。不过，洛基可以感觉到，大鹰正在往巨人国的方向飞。

“洛基，狡猾的洛基，你终于也上当啦。”大鹰一边飞，一边得意扬扬地说，“还记得你骗我哥哥白白为阿萨神族修筑城墙的事吗？多么高明的手段！我早就想抓你了，今天终于成功啦！哈哈，聪明的洛基，狡猾的洛基！”

【语言描写】原来这是为了抓住洛基设下的圈套！

听大鹰这么说，洛基终于明白是怎么回事了。可他现在在半空中，什么都做不了。此时此刻，大鹰已经穿过人间和巨人国的边界，飞进了巨人国。洛基往下一看，只见到处都是高耸入云的山峰。山上寸草不生，凌乱地堆着巨大的石块和冰块，看起来特别吓人。这里也没有阳光和月光，只有从地缝里喷出的火光，照亮了周围的一切。

【环境描写】

描写巨人们恶劣的生活环境。

飞到一座冰山上空，大鹰用力抖了抖羽毛，随着它的动作，洛基和铁叉一起掉了下去。幸亏及时抓住了一块冰，洛基才没有被摔死。

"不守承诺的洛基，你就等着死在这里吧！"大鹰说完，拍拍翅膀飞走了。

洛基虽然侥幸保住了一条命，但冰山上又滑又冷，很快，一层又一层的冰凌爬到他身上，用不了多久他也会变成冰块了。可是，可怜的洛基除了默默忍受，也没什么办法。但他相信自己不会死在这里，作为阿萨神国的一员，如果就这样死在这里，可真是太丢脸了。

一天一夜过去了，大鹰又出现在了洛基的面前。原来，它根本不是大鹰，而是山巨人夏基。

【叙述】

揭秘大鹰的身份，简单介绍山巨人夏基。

"这里很冷，是吧？"夏基对洛基说，"这是自然的，这里肯定没有阿萨神国舒服，听说你在那里过得很好。所以，你一定特别想回去？虽然你本来就出身于巨人族，闪电巨人是你的父亲。"

"是的，我是闪电巨人的儿子。你说得一点都没错。我也很想回去，但我知道你不会这么轻易放过我的，毕竟我当时对你的兄弟做出了那样的事。可我应该有机会弥补吧？我应该做些什么，你才会让我离开这里呢？"

"很简单。只要你给我几个苹果，就是青春女神伊敦恩的那种，我马上就放你走。"夏基说。

【埋伏笔】

夏基为什么要青春女神的苹果呢？引人遐想。

"这一点都不简单。"洛基特别为难，"你应该知道，那种苹果只有伊敦恩才有，也只有她才能把它们从树上摘下来。我们平时吃的苹果，都是这样来的。当然，她身上总会剩几个。因为苹果很多，众神不一定吃得完，可是，她对它们向来严加看守，走到哪里就带到哪里，一刻都不离身，我根本就没法下手。”

“那就没什么好商量的了。”夏基生气地离开了。

【动作描写】 通过描写洛基的动作，突出环境的恶劣，为洛基屈服做铺垫。

刺骨的寒风中，又只剩洛基一个人抱着冰块瑟瑟发抖了。

话是这么说，实际上，夏基非常不甘心，他一定要弄到那些苹果。所以，没过几天，他就又来见洛基。可洛基还是说，自己根本做不到。

“算了吧，你这么聪明，怎么会没有办法。”夏基说，“就这点小事，对于你来说，还不是随便动动脑子就行了。”

洛基又在冰山上待了好几天，又冷又饿，马上就要坚持不住了，又听到恭维，只好费尽心思地去想办法：“你说得对。也许我可以试一试——虽然伊敦恩总随身带着那些苹果。但是，我还是可以想办法把她带到阿萨神国城墙外边的。想把她引出来是不太难的。你知道，她虽然擅长打理苹果树，头脑还是比较简单的，想骗过她很容易。但是，我也只能做到这一步了。”

【语言描写】 可见洛基不想自己正面伤害到青春女神。

“这就够了！”夏基激动地说，“你只要把她带出来就行，至于苹果，我自有办法。不过，你实在太狡猾。我需要你发誓，以世界之树的名义。一定要这样做，否则我是不会放你走的。”

阅读笔记

“好吧，我发誓。”洛基说，“只要你带我离开这里，我回去以后，一定把伊敦恩带到阿萨神国的城墙外边。”

洛基说完，夏基满意地点点头，又变成大鹰的样子，抓起洛基，把他送到了他当初烤肉的地方。

这时候，奥丁早就回到了阿萨神国。当然，他也对众神讲了一路的见闻,其中就包括洛基想烤牛肉,却怎么都烤不熟,最后气急败坏的事情。因为洛基平时最喜欢捉弄大家,现在知道他也被捉弄了,众神免不了要取笑他一番。

【叙述】
讲述众神谈笑时的景象,刻画众神人性化的形象。

洛基在冰山上待了好几天,也没怎么吃东西,回来之后,简直要饿死了。奥丁见了,赶紧让人带他去宴会厅吃饭,还把自己酒杯里的酒分给他。洛基看见这么多美味的食物,什么也不管不顾,坐下来就大吃大嚼,狼吞虎咽。大家看到他这个样子,笑得也就更厉害了。

【动作描写】
比起神国,更突出了巨人国度的环境之恶劣。

饭后,众神像往常一样,一起去伊敦恩那里吃苹果。伊敦恩坐在自己的金色小屋里,苹果被放在篮子里,就在她的身边。那些美味的苹果,每一个都颜色漂亮,香气浓郁。见到众神以后,伊敦恩挨个把苹果发给大家。

伊敦恩,她的确不愧于青春女神的称号。又美丽又善良,有着清澈如天空一样的蓝眼睛和如阳光一样灿烂的笑容。她很喜欢笑,因为她总是沉浸在对美好往昔的回忆中。真是可惜,没有一个凡人亲眼见过她,否则一定会被她的美貌折服,想起自己最美妙的年少时光。

【外貌描写】
描写青春女神的外貌,刻画青春女神美丽的形象。

众神吃完苹果,一想到自己可以永葆青春,不由得都特别开心。然后,奥丁亲自为伊敦恩唱了赞歌,带着众神心满意足地离开。

洛基却没有走。这个喜欢恶作剧的神。他没有忘记自己的誓言,所以他一直坐在原地,上下打量着伊敦恩,在想怎么才能把她引出去。

"你怎么没跟大家一起回去?洛基。"伊敦恩也注意到了他,问道。

"哦,没什么,我只是想好好看一看你的苹果。因为我昨天也看到了一些苹果。它们看上去也很漂亮,每一个都闪闪发光,我不知道是它们更好一些,还是你的苹果更好

【语言描写】
洛基为了骗青春女神出去,开始以苹果引起青春女神的兴趣。

一些。”

“当然是我的更好。”伊敦恩抢着说，“我的苹果是世界上最好的苹果，别的苹果都比不上它们。”

“是吗？我看不一定。”洛基说，“我觉得那些苹果比你的更香，也更加闪耀。”

“这怎么可能呢？这里的每一个苹果都是我亲手摘下来的，没有人比我更了解它们。它们的品质都是最上乘的。这世上不可能有别的苹果比它们更好。”伊敦恩争辩着，可是她又不相信自己，因为她信任洛基。她觉得洛基是阿萨神国里最聪明的神，所以一点也不怀疑他的判断。可她又不愿承认世上真的还有比自己的苹果更好的苹果，所以她又苦恼又失落，简直都要哭出来了。

【心理活动】表现出青春女神善良纯真的内心。

“本来，我也觉得这不可能，但我确实见到了它们。它们就长在阿萨神国城墙外边的树上。只要你走出去，一眼就能看到。只可惜，你从来都没有去过那里，是啊，你甚至连果园都没有离开过，又怎么能去那么远的地方呢？”洛基看到伊敦恩已经快上钩了，赶紧加紧攻势，“我说的是不是真的，你只要自己去看看就知道了。”

“那好吧，我愿意去看看。”伊敦恩根本没有想太多，就被洛基说动了。

【语言描写】轻易就相信了洛基，进一步刻画伊敦恩纯朴的形象。

伊敦恩拿起自己的苹果篮子，走到城墙外边，四处望了好一会儿，什么都没有看到。她刚要回去，就听到空中响起翅膀的扇动声。她抬头一看，发现是一只大鹰。她从来都没有见过这么大的鹰，这是很正常的，因为它就是山巨人夏基变的呀。

伊敦恩有点害怕，赶紧转身往回跑。可是已经来不及了，大鹰只是随便扇了几下翅膀，就飞到了她的头顶上，巨大的阴影完全笼罩住了她。她感觉自己被大鹰抓住了衣

【动作描写】一个凶猛强悍，一个胆小脆弱，伊敦恩毫无反抗之力！

服，轻而易举地带离了地面，飞得越来越远。

很快，她就看不见阿萨神国了。没过一会儿，就飞过了人间。前面是巨人国，那里到处都是山峰和岩石，冰霜和积雪。大鹰带着她继续往前飞，飞过人间和巨人国的边界，一直飞到了一个山洞中。这是一个由一座崩裂的山形成的山洞。

阅读笔记

山洞里面有裂缝，火焰从里面喷出来，把整个洞穴照得亮如白昼。大鹰把伊敦恩放下来，重新变成人形。伊敦恩又惊又吓，浑身一点力气也没有，但她还是看了对方一眼，这才发现，把她带到这里来的竟然是一个高大威猛的巨人。

"天啊，你为什么要带我来这里？"伊敦恩尖叫道。

"因为我想吃你的苹果。"夏基说。

"不可能。它们不属于你。"伊敦恩生气地说。

"你要是不把苹果给我，我就不放你走。"

"我不会把它们给你，这是阿萨诸神的财产。我对他们发过誓，不把它们给其他任何人。"伊敦恩说。

【对话描写】

伊敦恩有过誓言！她会和洛基一样屈服吗？引出下文。

"既然你不给我，我就自己拿吧。"不耐烦的夏基一把抢过伊敦恩的篮子，伸手抓过苹果就往嘴里塞，可是这根本就行不通。因为，本来饱满光洁的苹果，一碰到他的手，就变得丑陋干瘪，完全没法吃。无奈的夏基只好把苹果放回去，说来也奇怪，苹果一脱离他的手，就马上变得和之前一样了。

看到这一幕，夏基什么都明白了——想要顺利吃到苹果，除非伊敦恩亲手递给他。

【叙述】

西方神话中的神都有对应的权柄，其他生灵都无法逾越。

"你要是不想给我苹果，就一直在这里待着吧。反正我是不着急的。"夏基恶狠狠地说完，转身离开了。

伊敦恩吓坏了。这一路上，她先是飞了那么远，又被扔到这里，孤身一人，被巨人威胁，多么可怕的经历！她胆子

【夸张】用夸张的说法突出青春女神伊敦恩的胆小。

本来就小，现在更是要被吓死了。然而，更让她恐惧的是，阿萨诸神没有了她的苹果，一定会很快变得衰老。那副场景，只要想一想就让人不寒而栗。

之后的每一天，夏基都会来找她，目的也只有一个，就是让伊敦恩给他苹果。伊敦恩还在坚持，但她越来越害怕，因为她总是在做一个梦——众神因为没有苹果吃，变得越来越老。

事实也确实如此。伊敦恩离开以后，大家依然像以前一样去果园。但是，除了伊敦恩没人能从树上把苹果摘下来。所以，他们也只能看着苹果，一个都吃不到。奥丁、巴德尔、提尔、托尔、霍德尔、海姆达尔，还有弗丽嘉、西芙、南娜……阿萨神国的所有男女诸神，没有了青春苹果的滋养，容貌和身体马上开始了变化。

【叙述】说明神和人一样也会老，之前是因为借助了外力才得以保持青春。

衰老这个厄运死死地笼罩住了他们。看见彼此，他们就像看见了自己。大家都是一样的——眼睛变得浑浊，脊背变得弯曲，腿脚也没有以前灵敏了。他们很清楚，如果再这样下去，奥丁的脑子会变得迟钝；弗丽嘉也会变得白发苍苍，容颜不再；西芙也会失去那一头让她引以为傲的金发；至于雷神托尔，那巨大的雷神之锤，他是别想再拿起来，更别提把它挥舞得虎虎生风了。一想到这些，阿萨诸神就变得特别伤心。衰老是一件多么可怕的事情，如果没有永恒的青春，就算住在金碧辉煌的阿萨神国，又能享受到什么乐趣呢？

【反问】强调青春可贵，引人深思。

他们终于打算寻找青春女神伊敦恩。正是她带给了诸神力气、青春和美貌。然而她去了哪里？他们找遍了阿萨神国和整个人间，都一无所获。

奥丁想了很久，终于想出了另外一个好办法。

你们一定还记得他的两只乌鸦——尤金和莫宁。因为总是在九个王国之间飞来飞去，它们知道很多新闻。受到奥丁的召唤，它们飞回来，把它们知道的一切都说了出来——巨人夏基是如何希望吃到青春苹果，伊敦恩是如何被洛基欺骗的。

奥丁召集众神，公开了这些事。脾气急躁、力大无穷的雷神托尔一听完这些，马上抓住了洛基，愤怒地瞪着他。

【动作描写】刻画托尔鲁莽、暴躁的形象。

“哎呀，你这是要干什么？托尔。”洛基被雷神抓住，一点都动弹不了，只好无奈地问。

“要不是你的诡计，伊敦恩现在还在这里，所有的一切也不会发生。”托尔说，“你犯下这样的罪恶，应该被扔到深渊里，尝尝我雷神之锤的滋味！”

“别这样，托尔。你会把我打死的。”洛基满脸惊恐，赶紧说，“你要相信，这件事其实并不困难。我既然能把伊敦恩骗走，也就一定能把她找回来。”

“如果你说的是真的，我暂时可以放过你。可是，如果你还在骗人，我就一定要把你扔进深渊，狠狠地把你劈死。”

【语言描写】以托尔鲁莽、顽固的性格，他肯定会说到做到。

“没问题，没问题，我现在就去把伊敦恩带回来。”洛基满口应承，然后转头看向弗丽嘉，“我已经想好了，我可以变成一只猎鹰，飞到巨人国，但想要办到这些，我需要她的羽衣。”

“我可以把它借给你。”弗丽嘉说。

于是，洛基披着羽衣，变成猎鹰，飞去巨人国。一开始，他本来打算依靠自己的力量，但他找了很久，都没发现夏基到底把伊敦恩藏到了哪里，于是他决定从夏基的女儿斯卡蒂下手。他找了个机会，故意引诱斯卡蒂，让她抓住自己，把自己当作宠物养起来。

洛基的苦心没有白费。有一天，斯卡蒂终于把洛基带到了夏基囚禁伊敦恩的山洞里。

【行为描写】为了避免被雷神托尔劈死，洛基难得地有耐性！

现在，总算知道伊敦恩在哪里了，但怎么把她救出来，带回阿萨神国呢？洛基在心里盘算着，趁斯卡蒂不注意，他悄悄飞到悬崖上藏了起来。斯卡蒂发现自己心爱的宠物不见了，特别伤心，不停地呼唤着。当然啦，洛基才不会出来呢。于是，过了一会儿，斯卡蒂也就停止了呼唤，离开山洞，去别的地方寻找了。

【神态描写】进一步表现出青春女神伊敦恩脆弱的内心。

斯卡蒂走后，洛基才飞出来，来到了伊敦恩面前，他说出了自己的身份和自己的计划。伊敦恩发现洛基来了，知道自己终于可以离开这里，激动得哭了起来。

洛基耐心地等待伊敦恩平复情绪，之后引导她把装着苹果的篮子藏到一个非常秘密的地方，确保夏基永远不会找到它们，再运用众神赐给他的咒语，把伊敦恩变成了一只麻雀，带她飞了出去。

斯卡蒂在别处也没有找到宠物，只好又回到山洞里。远远地，她看见自己的宠物从里面飞出来，后面还跟着一只麻雀，感觉自己要永远失去它了，赶紧跑去找父亲夏基，想让夏基把猎鹰抓回来。夏基一听就知道是怎么回事。他信心满满地对斯卡蒂说，他不但要把猎鹰抓回来，还要把麻雀抓回来！说完，他就变成大鹰，追着猎鹰和麻雀去了。他很清楚，虽然现在洛基和伊敦恩已经飞远了，但是，凭借他的飞行速度，他还是很有可能追上他们的。

【叙述】表现出夏基十分自信、从容不迫的优点。

夏基用尽全力地飞着，没多久，果然看到了洛基和伊敦恩。洛基和伊敦恩也看见了他。他们眼见夏基离自己越来越近，简直要吓死了。可他们实在太小，怎么飞都飞不过大鹰。

前面就是阿萨神国了，但是夏基离他们越来越近。这时候，早早等在城墙周围的阿萨诸神注意到了他们，点起了巨大的火把。他们知道，聪明的洛基一定能带着伊敦恩穿过火焰，夏基却会被拦在外面。这样，伊敦恩就再也不可能被夏基抓走了。

果然，洛基和伊敦恩轻而易举地穿过了火焰，毫发无损。夏基却在火焰中横冲直撞，最终迷了路，连翅膀都被烧焦了。他被困在冲天的火焰中，拼命挣扎，走投无路，最终被大火烧死了。

【心理活动】
说明众神们都很佩服洛基的智慧。

【对比】
对比洛基的表现，夏基显得莽撞了许多。

伊敦恩回来以后，阿萨神国又恢复了平静。她像以前一样尽心尽力地打理果园，照顾苹果树，每天清晨都会亲手把苹果摘下来，分发给众神享用。有了伊敦恩苹果的滋养，众神的眼睛不再浑浊，容颜也变得神采奕奕，走路的时候也充满了力量。没错，他们就这样远离了衰老，重新变得年轻起来。而伴随着青春的回归，阿萨神国又充满了欢声笑语。

名师点拨

为了活着离开巨人国，洛基还是选择了出卖青春女神伊敦恩，这让他差点被暴躁的雷神托尔劈死。好在洛基接下来的表现没有让人失望，充分展现出了他的耐心和智慧。这个故事情节跌宕，读来趣味十足。

回味思考

1. 青春女神是怎么被抓的？
2. 巨人夏基是怎么死的？

失而复得的金发

名师导航

喜欢恶作剧的洛基这次盯上了雷神托尔的妻子，这不仅惹得雷神托尔暴怒，就连众神也都愤怒了。为了弥补西芙的头发，洛基该怎么办呢？

【反问】吸引读者的注意力，引人深思。

洛基帮助山巨人夏基企图抢走伊敦恩的苹果，着实让众神特别愤怒。不仅阿萨神族，就连华纳神族知道了这件事，也觉得洛基做得有些过分。洛基却不觉得这样有什么不对，在那种情况下，能有其他的选择吗？因此，这场风波平息后，他还是像以前一样，到处捣乱，一点都没有收敛的迹象。

【设问】调动读者兴趣，引出下文。

有一天，西芙在草地上晒太阳，不知不觉睡着了。她的一头金发披散下来，简直就像阳光一样美。这头金发不仅是西芙的骄傲，也是她丈夫——雷神托尔最喜欢的东西。洛基很清楚这些。他觉得这是一个绝佳的机会，可以好好搞一场恶作剧。他是怎么做的呢？他用剪子把西芙的头发全剪光了，一根都没有留下。他的动作很轻，西芙又睡得熟，所以，整个过程中，西芙什么感觉都没有。

那段时间，托尔刚好去外面处理一些事情，不在阿萨神国。事情结束后，他兴冲冲地回来，想要好好看看自己的妻子。结果，走进家门却连妻子的影子都没看到。他着急地喊着西芙的名字，也没有得到任何回应。托尔不知道西芙去了哪里，找遍整个阿萨神国也没有发现她的踪迹。

最后，托尔找得筋疲力尽，想回家歇一会儿。就在他即将进门的时候，门口的大石头后面闪出一个披着头巾，戴着面纱的人。

“托尔，托尔。”那个人小声地叫着他的名字。

“你是谁？”托尔皱眉问。

“西芙，我是西芙啊！”西芙伤心地哭起来，“托尔，我亲爱的丈夫，我是来向你告别的。我要离开阿萨神国，离开男女诸神了。我要去黑精灵国，混迹于侏儒之间。这是我的命运，我不能逃避的事情。”

【语言描写】说明失去了头发后的西芙内心十分自卑！

“这是怎么了？”托尔非常震惊，死死地盯着西芙的眼睛，关心地问，“发生了什么事？”

“别，你别看我。我觉得羞愧。我已经不是之前的西芙了，那个你喜欢的西芙。我失去了我的头发。没了它们，我知道你不会再爱我。我也不会再去见任何阿萨神族的神，你们都会用奇怪而震惊的目光看我的。天啊，这简直太可怕了。”西芙还在哭，抽抽噎噎的，“托尔，我变得这么丑陋，像侏儒一样，我只能去和他们一起生活。”

她一边说着一边摘下头巾，脸上是一副伤心欲绝的表情。托尔看见她的头上真的一根头发都没有了，露出光光的头皮，不禁愤怒极了。

【铺垫】暴躁的雷神托尔愤怒极了，为后文做铺垫。

“这到底是怎么回事？你要把真相告诉我，告诉阿萨诸神。我是阿萨神国里最有力量的，我会让大家一起帮助你惩治凶手。来吧，把一切都说出来。”托尔一边说一边把西芙拉到众神开会的大厅，让奥丁召集众神，大家一起商量这件事情。

伤心的西芙不想被大家看到自己现在的样子，又用头巾把自己的脑袋严严实实地包裹起来。看到这样的西芙和

【叙述】
可见大家多多少少都吃过洛基的亏，所以才对洛基有成见。

气势汹汹的托尔，大家都知道，西芙被深深地伤害了。托尔把事情对众神说了，很快引起了骚动。大家都觉得是洛基干的，他最喜欢恶作剧，并且向来都很没有分寸。

“没错，就是他干的。”托尔说，“听说我回来以后，他已经藏了起来，但是，不管他躲到哪里，我都要抓住他，让他尝尝雷神之锤的滋味！”

【语言描写】
借奥丁的话引出洛基接下来的行动！

“洛基做出这样的事，确实是他的不对。”奥丁劝托尔，“可是，在阿萨神国，还是不要轻易有什么冲突为好。我可以把洛基召唤来，让他弥补自己的过失。他那么聪明，一定有办法还给西芙一头漂亮的金发。这样，事情也就顺利解决了。”

说完，奥丁开始召唤洛基。他的声音响彻天地，听到他的召唤，任何阿萨神族都不得不前来响应。洛基不想把事情闹大，只好不情不愿地来到众神开会的大厅。

一进来，他就看到了怒火中烧的托尔，而奥丁呢，脸色也没有好看到哪里去。看大家这样，他就知道，为了安慰伤心的西芙，自己一定要做一些什么了。

“洛基，你要让西芙重新长出一头美丽的金发。”奥丁冷冰冰地命令道。

【语言描写】
表现出洛基对奥丁的敬畏之心。

“当然。众神之父，我会按照您说的去做。”洛基恭恭敬敬地回答。

虽然洛基这样说了，一时半刻，他也不知道应该怎么做才好。想来想去，他决定去黑精灵国走一趟。因为那里的侏儒个个都是能工巧匠，凡是你能想到的东西，没有他们做不出来的。像奥丁那杆叫冈格尼尔的长矛，就是出自他们之手。他们还造了一艘叫斯基布拉尼尔的船。它能在任何海域里航行，不用的时候，可以折叠起来，装进衣袋里。当然，最主要的是，在洛基还没有加入阿萨神国的日子里，他在黑精灵国待过很长一段时间，和侏儒们结下了深厚的友谊。

洛基去黑精灵国的时候，侏儒们都在冶炼金属。洛基和他们亲切地聊天，用他高超的语言一刻不停地夸赞侏儒们。等他们不由自主地骄傲起来，他才终于说出自己的来意。

【叙述】被吹捧几句就开始骄傲了，刻画了侏儒们憨厚的形象。

“你们一定听过西芙的金发吧？那是阿萨神国最美丽的头发。她丈夫雷神托尔向来把它们视若珍宝。不过，你们的手艺这么高超，一定能打出相似的金丝？只要用一点金子就可以了。如果你们真的造出了那样的东西，就连阿萨诸神也会羡慕你们的。”

“当然了。你就看着吧。”为首的侏儒得意扬扬地说。这是自然的，因为他们已经被洛基夸得晕头转向了。

为了证明自己，侏儒们马上拿出最好的金子，用炉火把它们融化，放到铁砧上，聚精会神地敲打起来。他们不停地挥舞着小锤子，直到把金子锤炼成像发丝一样细密柔软的金丝。但这远远不够，因为它们还没有闪闪发光的质感，所以，他们又辛苦工作了很久，才造出完全可以和西芙的金发媲美的一大把金丝。

【动作描写】表现出侏儒们对待工作勤恳的态度。

“天啊，它们又顺滑又精巧！还这么轻盈，就算放到最敏感的小鸟身上，也不会被觉察出来的！”洛基惊喜地拿起造好的金丝，金丝竟然顺着他的手轻轻地滑落到地上。

这样的金丝和西芙的金发已经没有什么区别了。一想到麻烦很快就要被解决，洛基不由得更加开心，对侏儒们也更加恭维。所有的侏儒都被他夸上了天，把他当成了最好的朋友。要知道，他们平常是很不好相处的，因为他们总是喜欢怀疑别人，不太友善。但是，在洛基面前，一切都变得轻而易举。

【对比】说明洛基把握住了侏儒们的心理，对比其他人突出了洛基狡猾的一面。

充分施展了语言的魅力后，洛基带着那些金丝，心满意足地离开黑精灵国，回到阿萨神国，信心满满地走进了众神开会的大厅。虽然等在那里的托尔依然满腔怒火，奥丁的目光也还是冷冰冰的，但是洛基知道，问题马上就要解决了。

“来，西芙，快来试一试。”他拿着金丝，笑着对西芙说。

西芙摘下头巾，看到光彩夺目的金丝，露出难以置信的神情，迫不及待地把它们放到自己的头上。天啊，那些金丝不仅看上去和原来的头发没有任何区别，甚至还要更加美丽，更加柔软，更加闪亮！阿萨诸神看到了这一幕，不禁一起鼓掌庆祝。而西芙一松手，它们竟然飞快地流泻下来，一直柔顺地垂到了她的肩上！

【侧面描写】 众神们的反应，从侧面突出了侏儒们高超的技艺。

名师点拨

奥丁命令洛基解决西芙的头发问题，这正是对洛基智慧的考验！好在洛基与侏儒们的关系不错。他能成功地依靠侏儒们解决难题，还因他把握住了侏儒们骄傲的性格。

回味思考

1.西芙为什么伤心？
2.洛基找了什么人帮忙？

好词收藏

筋疲力尽　伤心欲绝　气势汹汹　怒火中烧　光彩夺目

好句积累

◇有一天，西芙在草地上晒太阳，不知不觉睡着了。她的一头金发披散下来，简直就像阳光一样美。

洪　水

名师导航

这个故事的主人公不再是西方神，而是印度神！太阳神之子摩奴是个专注于修行的神，他的刻苦和善良打动了生主大梵天。生主大梵天告诉了他一场劫难即将到来，摩奴要怎么做呢？

太阳神苏利耶有一个儿子，名叫摩奴。摩奴是一位卓尔不群的神仙。他力大无穷，法力无边，远远胜过他的祖父和父亲。他全身金光闪闪，犹如生主大梵天。摩奴在波涛汹涌的枣树河边修炼，人们看见他把一只胳膊举得很高很高，只用一只脚站立在地面上，他脸朝下，目不转睛地盯着地面。他十分有毅力，保持这样修炼的状态已经十多年了。

【神态描写】目不转睛的神态表现出摩奴修炼时的专注。

一天，摩奴在枣树河边的修炼已经到了最严峻的一步，只见他长长的头发盘在头上，褴褛的衣衫已经被他的汗水浸湿了。水中有一条小鱼游到岸边，透过河水对摩奴说："尊敬的摩奴尊者，我们小鱼一族，身体瘦小，生性安静，从不招惹外人，可是我们周围生活着可恶残暴的大鱼，它们总是以捕杀我们为生，我们毫无反抗之力，好像我们被它们吃是天经地义一样。我知道您是言必信行必果的。因此，我今天特地来寻求您的保护。我希望您能救救我，让我永远远离这可恶的河水。如果您帮助了我，我一定会报答您。"

小鱼的哭诉激发了摩奴的怜悯之情，摩奴伸出手，轻轻地从水中捧起了小鱼。小鱼生得非常别致，它的身上闪烁

【动作描写】表现出摩奴富有同情心的品格。

着如同月光似的银光。摩奴把小鱼装进了水罐中，非常细心地喂养。日子一天天地过去，摩奴也渐渐和小鱼产生了感情，对待小鱼就像对待自己的亲生儿子一般。

小鱼一天天地长大，原来盛着小鱼的罐子已经难以再把它装下了。一天，当摩奴再次照看小鱼时，小鱼对摩奴说："尊敬的摩奴尊者，请求您给我重新安排一个住处吧，现在的空间已经很难容下我了。"摩奴欣然同意，他把小鱼从水罐中转移到了一个池塘里。池塘很大，宽约一由旬（约 11 千米，7 英里），长约两由旬。小鱼在新的池塘里自由自在地游动着。

【行为描写】摩奴对小鱼表现出了足够的耐性，可见摩奴十分喜爱这条鱼。

时光荏苒，岁月如梭，小鱼又长大了，池塘渐渐不能满足它活动的需要，它的身体很难在池塘中自由地移动。当小鱼再次遇到摩奴时，它说："尊敬的尊者，我听说恒河是大海的皇后，请帮助我到那里生活吧。"摩奴也同意了，他捧着小鱼来到了恒河水边，并把它放到了恒河水中。在恒河水中，小鱼愉快地嬉戏玩耍，自由地生长。没过多久，恒河也难以容纳它了。它见到摩奴时，对摩奴说："善良的尊者，小小的河水实在是容纳不下我的巨大身躯。我恳请您，把我带到更大的大海里去吧。"摩奴再一次听从了小鱼的请求，把小鱼从恒河中带到了广阔无际的大海中。小鱼已经变成了大鱼，但是奇怪的是，这条鱼的身躯会随着摩奴的心愿而改变。虽然这条鱼体型巨大，但是当摩奴的手触碰到鱼的身体时，他闻到了一阵清香，并且感觉浑身非常舒畅。

【铺垫】小鱼的不凡已经展现了出来，为下文小鱼的回报做铺垫。

在摩奴把鱼放进大海之前，鱼对摩奴微笑道："尊者，要不是您的爱护，我可能早就进了那些残暴的大鱼的肚子了。我说过要报答您，因此，我接下来的话您可要听好，对您非常重要，您要按我说的去做。不久以后，这片土地以及这片土地上生活的所有生灵都会被洪水毁灭。整个世界会

阅读笔记

淹没在洪水中，没有人能幸免于难。现在我把这个消息告诉了您，是不想您被洪水吞噬，因此，为躲避洪水的袭击，您要早做准备。要安全地渡过大洪水，您要请人为您建造一艘坚固的船，用绳索把自己捆在船身上。您不仅要把北斗七星七位仙人带上船，而且要把所有生物各一对雌雄、把所有植物的种子都带上船，并且要好好保管。然后您就在船上等我吧。我很好辨认，因为我的头上长了一对犄角。您一定要按我说的去做。”摩奴回答说：“我一定按你说的去做。”说完，他们就此告别，各奔东西。

【语言描写】鱼知恩图报，不愿自己的恩人被洪水吞噬。

【语言描写】说明摩奴对这条鱼十分信任，引出摩奴接下来的行动。

摩奴牢记小鱼的话，收集了各种植物的种子，并且请最好的造船工人为他打造了一艘非常坚固的船。小鱼的预言是真的，洪水真的到来了。洪水滔滔，吞没了所有陆地。摩奴带着仙人、种子和动物们上了船，船在洪水中漂来漂去，很快就失去了方向。突然，摩奴想起了小鱼的话，于是他望向水中，果然看见了一条长着犄角的鱼。鱼儿高耸的身躯就像大山一样靠了过来，摩奴拿出准备好的绳索，把绳索圈成一个结，一头套住它的犄角，一头紧紧地拴在船的桅杆上。小鱼拼尽全力，用自己的身体拉着大船在滔滔洪水中前进。小鱼和船劈波斩浪，身边的浪花好像群魔乱舞。摩奴看着四周，到处都是一望无际的洪水，根本看不清陆地的方向。天空中也看不见任何飞鸟，好像所有的生灵都不见了似的。看来只有船上的七位仙人、摩奴和种子、动物们幸存了下来。

【比喻】说明海面上很凶险，突出众人所处的环境之可怕。

小鱼不知疲倦地在洪水中拉着船前行，丝毫不懈怠。时光飞逝，很多年过去了，小鱼终于在一片白雪皑皑的山峰前停了下来。小鱼对摩奴和七位仙人说道：“我们到了。你们把绳子系在那片高高的山峰上吧。”众人赶忙把绳索系在了雪山的高峰上。这时，小鱼向众人表明了身份：“我不是

【语言描写】塑造了生主大梵天仁爱无私的伟岸形象。

小鱼，我是生主大梵天，是宇宙间修为最高的神。为了把你们从死亡的恐惧中解救出来，我化身成了一条小鱼。洪水毁灭了一切，因此，今后所有的一切生灵，天神、阿修罗、凡人、动植物乃至整个世界都要靠摩奴去创造。摩奴要继续经历更严峻的修行，从而获得更广大的神通。我会对摩奴施加恩典，在他创造世界的时候帮助他摆脱蒙昧。”说完，小鱼便消失了。那片山峰，从此叫作“系船峰”。

生主大梵天的话激励着太阳之子摩奴。摩奴萌生了创造万物的愿望，因此，他进行了更严峻的修炼。漫长的岁月过去了，他终于具备了巨大的神力。于是，摩奴开始凭借他的神力创造生灵。他手中创造出的生灵，都拥有姣好的身形。

名师点拨

小鱼最开始没有表明自己的身份，从最开始的乞求怜悯，到一次次提出要求，再到给出艰难的任务，最后才表明自己是生主大梵天。可见这是一场对摩奴的考验，证实他是否有能力承担责任！

回味思考

1.摩奴为什么救小鱼？

2.小鱼的真正身份是什么？

好词收藏

卓尔不群　天经地义　幸免于难　劈波斩浪　一望无际

那罗和达摩衍蒂

名师导航

那罗和达摩衍蒂同样优秀，又彼此倾慕。因为达摩衍蒂的美貌惊动了天神，就连天神都成为那罗的情敌。因为有天神阻挠，那罗和达摩衍蒂该如何克服困难呢？

尼奢陀国有一位英勇非凡并且英俊无比的国王，名叫那罗。他在众多国王中非常耀眼，这样出类拔萃的国王，怎样的女子才能配得上他呢？在与尼奢陀国相隔甚远的毗得尔跋国，国王毗摩有一个非常漂亮的女儿达摩衍蒂。达摩衍蒂拥有倾国倾城的美貌，天上的神仙和凡间的勇士都非常倾慕她。也许只有达摩衍蒂才能和那罗相配。可是因为距离的原因，这对金童玉女却久久不能相见。

【设问】吸引读者的注意力，引出下文。

阅读笔记

一天，国王那罗外出打猎，他在树林里捕获了一只天鹅。正当那罗想把天鹅当作猎物带回去的时候，天鹅竟然开口说话了："尊敬的国王，我请求您放我一条生路。我发誓我一定会报答您的。"那罗还从未见过会说话的天鹅，他疑惑地问道："你用什么报答呢？"天鹅说："我会向达摩衍蒂赞颂您的英俊美貌，我会说服她爱上您，对您魂牵梦萦，朝思暮想。"那罗放过了天鹅，呆呆地站在原地，看着天鹅向毗得尔跋国飞去。

【神态描写】那罗内心带着惊疑和不信，同时又有所期待。

天鹅果真报答了那罗的救命之恩。它把那罗的英勇非凡、出类拔萃告诉了公主达摩衍蒂，并且称赞他们是金童玉女,是天生一对,是天地间最最相配的恋人。果然,天鹅的话深深地打动了公主,公主对远方的那罗国王朝思暮想,后来竟然发展到茶饭不思的地步。毗得尔跋国王看在眼里,急在心里,适逢女儿嫁人的年纪,他要早早为自己的宝贝女儿物色一位如意郎君。于是,毗得尔跋国王开始为自己的女儿说媒,他邀请各个国家的王子和年轻的国王前来参加他的选婿大会。

【侧面描写】各国王的表现,从侧面衬托出了达摩衍蒂的魅力。

听到毗得尔跋国王要为自己的宝贝女儿征婚的消息,各个国家的国王都按捺不住了。他们早早地准备好了礼物,盛装前往毗得尔跋国,期待能够得到天底下最美丽的公主达摩衍蒂的喜爱。前往毗得尔跋国的国王和随从那么多,一时间通往毗得尔跋的路上车水马龙。毗得尔跋国王要为自己的宝贝女儿征婚的消息连天上的天神都知道了。前面说到,不管是天上的天神还是凡间的勇士,都十分倾慕达摩衍蒂的容颜。因此,天神因陀罗也想得到达摩衍蒂的喜爱,他带着身边的火神、死神和水神前往毗得尔跋。

【埋伏笔】达摩衍蒂只喜欢那罗,不可能接受天神,为下文埋下伏笔。

一路上,天神们和他们的随从都在想怎样才能获得达摩衍蒂的芳心。可是他们的如意算盘可能要打空了,因为达摩衍蒂的心里已经全是那罗英俊的身影,再也无法爱上别人了。达摩衍蒂正坐在自己的房间里,等待那罗来娶她。另一边,那罗正马不停蹄地赶往毗得尔跋。他满心欢喜,因为马上就能见到自己的心上人了。

天神们看到了那罗后,顿时被他绝世的英俊容颜震惊到了。与那罗相比,天神们着实有些自惭形秽。如果和那罗争夺公主,那么天神们一定会落于下风,达摩衍蒂一定会选择英俊的那罗。因此,有着强烈嫉妒心的天神们决定给那罗出个难题。

天神们降临在那罗面前,请求那罗做他们的向导和使者。那罗没有问清楚他们的条件就答应了。可是接下来天神们交给那罗的任务却让那罗觉得非常棘手和为难。天神们让那罗告诉达摩衍蒂，请她在四位天神中挑选一位做她的丈夫。天神们就是想通过这样的方法让那罗为难，因为他们知道那罗是个守信用的人，答应过的事情从不反悔。但是只要他答应了天神们，他就没有机会娶公主了。果不其然，那罗践行了自己的诺言。虽然他觉得非常为难，但是他守信用的良好品质促使他做出了这样的选择。

【行为描写】表现出天神们阴险狡诈的一面。

【叙述】说明那罗不知变通，引出下文。

在天神的帮助下，那罗成功地见到了达摩衍蒂。和人们传言中的一样，达摩衍蒂是那样倾国倾城，她的一颦一笑都让那罗为之心动。眼前的人是自己朝思暮想的心上人吗？公主迫切地想知道答案。那罗为了践行诺言，只得强忍自己的爱慕和思念之情，说：“美丽的公主殿下，我就是那罗。我是天帝、水神、火神和死神四位天神的使者，四位天神都非常爱慕你，请你务必挑选一位天神做你的丈夫。”得知眼前人就是自己朝思暮想的心上人，达摩衍蒂的欣喜之情溢于言表，但是她同时看出了那罗眼中的犹豫和无奈。她知道自己的心上人一定有难言之隐。达摩衍蒂安慰那罗说：“尊敬的那罗国王，我知道您的两难处境，但是我的心早已被您全部占据，我无法爱上其他人了。我这辈子只能爱您一个人，也只能嫁给您一个人。如果不能嫁给您，人生还有什么意义呢。您不必为难，请您到时候准时参加父王举办的选婿典礼。到时候我会选择您。”那罗听后非常感动，觉得达摩衍蒂非常善解人意。他依依不舍地告别公主，回到了天神那里。

【语言描写】充分表现出达摩衍蒂的聪慧以及她对爱情的忠贞。

天神们听完了达摩衍蒂对那罗说的话，更加嫉妒了，但是他们是天神，又不能气急败坏，因为这样有失风度，只得又想了一个办法为难那罗。在选婿典礼那天，公主达摩衍蒂急切地在人群中寻找心上人那罗的身影。可是公主发现了五个那罗。这五个那罗长相、身材甚至神态都是一模一样，公主根本无法分辨。究竟哪个才是真正的心上人呢？达摩衍蒂急得团团转，像热锅上的蚂蚁。她知道其他四个那罗一定是天神假扮的，可是天神们法力很高，任凭达摩衍蒂怎样努力，都发现不了破绽。

【比拟】比作热锅上的蚂蚁，突出达摩衍蒂内心的焦急。

达摩衍蒂在五个那罗身边转来转去，却无法分辨真正的那罗，达摩衍蒂实在没有办法，只得请求天神的帮助。天神们被达摩衍蒂的真心实意打动了，他们决定帮助那罗实现愿望。当达摩衍蒂再次睁开双眼时，她发现五个那罗有了明显的变化。虽然他们的容颜还是没有改变，但是其余四个那罗双脚离地，而且头顶上闪烁着光环。排除了四个天神，达摩衍蒂终于找到了真正的那罗。天神们也被达摩衍蒂的善良感动，放下了自己的嫉妒心，真心实意地祝愿这对新人幸福美满。

【侧面描写】连天神都被改变了，从侧面衬托出达摩衍蒂美好的品格。

在毗得尔跋国人民的一片欢呼和祝福中，那罗和达摩衍蒂举办了盛大的婚礼。在婚礼上，那罗牵着达摩衍蒂的手，两个人都热泪盈眶。国王虽有不舍，但是看到自己的女婿如此英俊、勇敢，他的心里更多的还是欢喜。就这样，那罗迎娶了美丽的达摩衍蒂，带着她回到了尼奢陀国，他们从此过上了幸福美满的生活。

拓展阅读

名师点拨

这个故事中的那罗和达摩衍蒂同样具备美好的品格。两人除了心地善良之外，那罗敢于面对天神的为难，达摩衍蒂则表现出足够的智慧和耐心，双方都在为了爱情付出努力，这才坚持到了足以感动天神的一步，最终收获了幸福。

回味思考

达摩衍蒂是怎么得知那罗的？

好词收藏

出类拔萃　倾国倾城　魂牵梦萦　马不停蹄　自惭形秽
热泪盈眶　溢于言表　难言之隐　依依不舍　气急败坏

好句积累

◈ 他们早早地准备好了礼物，盛装前往毗得尔跋国，期待能够得到天底下最美丽的公主达摩衍蒂的喜爱。

◈ 天神们看到了那罗后，顿时被他绝世的英俊容颜震惊到了。与那罗相比，天神们着实有些自惭形秽。

◈ 和人们传言中的一样，达摩衍蒂是那样倾国倾城，她的一颦一笑都让那罗为之心动。

◈ 天神们听完了达摩衍蒂对那罗说的话，更加嫉妒了，但是他们是天神，又不能气急败坏，因为这样有失风度，只得又想了一个办法为难那罗。

◈ 这五个那罗长相、身材甚至神态都是一模一样，公主根本无法分辨。究竟哪个才是真正的心上人呢？达摩衍蒂急得团团转，像热锅上的蚂蚁。

◈ 在毗得尔跋国人民的一片欢呼和祝福中，那罗和达摩衍蒂举办了盛大的婚礼。在婚礼上，那罗牵着达摩衍蒂的手，两个人都热泪盈眶。

沙恭达罗

名师导航

一对许下誓言的恋人约定好了结婚的日子，糟糕的是女人在无意间得罪了一位神通广大的老圣人，引来了老圣人的诅咒。这对恋人能否承受住考验，最后又能否收获幸福呢？

在很多年以前，古印度的一个国家有一个年轻的国王，他的名字叫杜西亚昂塔，他把国家治理得很好，因此深受人民的爱戴。当时的人们十分崇拜伟大的因陀罗神。

有一天，杜西亚昂塔正在广袤无垠的森林里狩猎，不幸的是，他追杀猎物时和他的随从们走散了，他迷路了。他走来走去，走过了参天大树和怒放的鲜花丛，突然发现自己走到了一片青翠欲滴的小灌木丛中。小灌木丛的尽头是一间小木屋，看样子是有人隐居在这里。杜西亚昂塔向前走去，发现这座灌木丛间的隐居小屋是甘华法师修炼的场所。杜西亚昂塔曾经听说过甘华法师，他是一个非常具有智慧的老人，今天竟然在这里相遇了。杜西亚昂塔决定要郑重地拜访一下他。

【叙述】交代事件起因，引出下文。

杜西亚昂塔走近了灌木丛中的隐居小屋。小屋周围的景色尤为别致：周围种满了茉莉花，空气中弥漫着茉莉花的芬芳，鸟儿在枝头上炫耀着自己的歌喉，唱出动人的歌声。小屋的门前还有一条小河，河水清澈，水中荷花亭亭玉立。

【景物描写】描写隐居小屋外的环境，突出小屋主人出尘的形象。

当杜西亚昂塔敲门时，小屋里却没有任何动静。杜西亚昂塔等了很久,正准备离开时,一个温柔并且醇厚的声音喊住了他:“您找我有什么事吗,阁下?”杜西亚昂塔转身望去,看见了一个年轻的女孩。

女孩虽然身着朴素粗糙的麻布衣,但是一身朴素的衣服却无法掩盖她高雅的气质和姣好的面容。杜西亚昂塔被女孩吸引,不禁对这个女孩心生倾慕,他欠了欠身,问道:“请问这间屋子的主人是圣甘华吗?”

女孩微笑回答道:“是的,阁下。这是家父甘华的居所,但是今天家父碰巧不在,他去面见国王了,只把我留在家中,招待客人。要不您稍微等等,等家父朝见完国王后回来。”

【语言描写】充分表现出女孩的涵养和礼貌。

女孩殷勤地给杜西亚昂塔准备了甘洌的泉水和新鲜香甜的水果。她忙上忙下,非常恭敬。但是她似乎还是没有注意到这位客人的尊贵身份。杜西亚昂塔看着女孩,越看越喜爱。他平时也非常喜欢微服私访,喜欢装扮成他的臣民的样子,没有任何架子。杜西亚昂塔以一个普通猎人的身份问道:“你叫什么名字?”

女孩答道:“阁下,我叫沙恭达罗,是甘华法师的养女。”杜西亚昂塔和女孩交谈甚欢,并且更多地了解了她的身世。

【铺垫】杜西亚昂塔对沙恭达罗很有好感,为下文做铺垫。

当沙恭达罗还是一个婴儿时,她的生父生母就将她残忍地抛弃了,是善良的甘华法师把她抚养成人。从养父的口中,她得知自己出身高贵,但她却非常喜欢在树林中的生活。

杜西亚昂塔静静地聆听着女孩的讲述,看着女孩动人的面容,他有那么一瞬间只想和眼前的这个女孩在这样的隐居林里厮守一生。可是这样对自己的国家和子民不负责,况且他的手下一定还在焦急地寻找他。他恋恋不舍地和沙恭达罗告别。

【侧面描写】连国王都被深深吸引了,从侧面衬托出女孩的美丽动人。

在找到随从们后,杜西亚昂塔没有立刻返回王宫,而是命令随从在离女孩的家不远的地方驻扎了下来。随后的几天，他一直都去女孩的家中闲叙。

没过多久，杜西亚昂塔和女孩相恋了，女孩也非常喜欢眼前这个风度翩翩的英俊男人。当杜西亚昂塔表明身份向沙恭达罗求婚时，却遭到了女孩的拒绝。因为她觉得自己的身份配不上国王，担心国王会为自己轻率的选择后悔。

【行为描写】得知对方是国王还拒绝，表现出女孩纯朴的品格。

但是杜西亚昂塔想尽办法表达了自己的爱慕之意，很快打消了沙恭达罗的担忧。杜西亚昂塔为了他们能不再分离，就劝说沙恭达罗尽快嫁给他。

按照当时的习俗，不论是国王还是勇士，都可以不举办结婚仪式就把新娘接回家。因此，杜西亚昂塔和沙恭达罗的婚事不需要僧侣见证和主持。为了表达对彼此的情意，杜西亚昂塔和沙恭达罗在最初相遇的那丛灌木前发誓，永远忠于对方，永不分离。

【行为描写】两人一起发誓永不分离，充分展现出两人之间的情感。

杜西亚昂塔如愿以偿娶了沙恭达罗做他的新娘，他觉得非常幸福，他想就这样和他的新娘安安静静地厮守一生，不被打扰。可是他是国王，他已经很久没有回宫了，有很多国家大事等待他回去处理。

阅读笔记

杜西亚昂塔既不愿和新婚的妻子分离，也不愿自己的国家没有人治理，因此他温和地对沙恭达罗说："跟我回宫吧。我的妻子理应有珍贵的珠宝和华冠贵服。我的人民期待你做我的王后。"

沙恭达罗却有所犹豫，因为她对自己的父亲感情非常深，如果不辞而别，父亲一定会生气。于是她对杜西亚昂塔说："我亲爱的丈夫，如果要我离开山林，请你一定要先派人告诉法师甘华。因为他一定不能接受我的不辞而别，而且我答应他要帮他接待客人。如果我走了，谁来帮他接待客人呢？不如这样，你先回宫处理事务，子民们一定非常担心

【语言描写】可见沙恭达罗善良纯朴、重情重义的品格。

他们的国王，因为国不可一日无君。等你处理完国家的事务，再回来接我。我一定会满心欢喜，做好准备做你的王后。”

杜西亚昂塔虽然心里不情愿，但他十分佩服沙恭达罗的理智。他再次恋恋不舍地告别沙恭达罗，踏上了回宫的路途。临行前，他将一枚刻有他名字的戒指戴到了她的手指上，并对着戒指起誓，不出几日，他就会回到这里，争取法师甘华的同意，迎娶他的新娘。

阅读笔记

杜西亚昂塔走后，沙恭达罗在隐居的屋子里整日郁郁寡欢，因为思念杜西亚昂塔，她度日如年，决定出去走走。走着走着，她忘记了和养父的约定——不能离小屋太远。等她回到小屋的时候，已经是晚上了，她发现人迹罕至的灌木丛中正走过一个人，他正喘着粗气。

走过的这个人是个老圣人，他叫陶尔梵刹斯。这个老圣人生性暴躁，人们对他非常畏惧。对冲撞他并且怠慢他的人，他都会毫不犹豫地惩罚。

【铺垫】强调老圣人陶尔梵刹斯暴躁的脾气，为下文做铺垫。

陶尔梵刹斯自作多情，由于自己在小屋等得太久，他觉得沙恭达罗是故意怠慢他。沙恭达罗请求他的原谅，但是陶尔梵刹斯根本不领情，他压制不住自己的怒火，一把推开了沙恭达罗，并且嘴上咒骂着离开了。

沙恭达罗觉得是因为自己的失职导致了客人的愤怒，她非常自责。要知道，在印度的传统文化里，如果遇到客人上门做客，主人却没有好好招待客人的话，将是非常严重的不礼貌行为。沙恭达罗觉得自己的身上背负了强烈的罪恶感。

【解释说明】讲述印度的习俗，指出问题的严重性。

在这种强烈的罪恶感下，沙恭达罗却不幸遇上了更让她悲伤的事情。当她在小屋前的河中洗澡时，杜西亚昂塔送给她并对着发誓的戒指从她的手指上滑落到水里，顿时消失在翻滚的浪花中。沙恭达罗为自己的过失痛哭流涕，

【心理活动】纯朴善良的沙恭达罗没有将其他人往坏处想。

因为她竟然把杜西亚昂塔送给她的定情信物弄丢了。可是，沉浸在悲伤中的她从未想过，她遭遇的不幸和刚刚发怒的陶尔梵刹斯有着何种联系。

法师甘华从王宫回来后，听说沙恭达罗要和国王结婚，非常高兴。沙恭达罗还以为养父会不同意，可现在看来，一切都是她多虑了。

法师甘华和蔼地对女儿说："我亲爱的女儿，如果说要我为你挑选一个人做你的丈夫的话，那一定是伟大的国王陛下。只有他才能配得上你。等他前来娶你，我会非常高兴地把你许配给他的。"沙恭达罗激动得热泪盈眶，可是又有一丝忧虑："我把国王给的戒指弄丢了，怎么办呢？"

又过去了几天，国王的娶亲车队还是没有来。沙恭达罗的心头蒙上了一层阴影，心底越发沉重了。

【心理描写】沙恭达罗内心焦急无比，开始产生了悲观的情绪。

沙恭达罗一遍又一遍地问自己，到底是怎么了呢？是伟大的国王陛下病了，还是生自己的气了呢？还是为自己仓促的选择而后悔了呢？她想来想去，想得心力交瘁。她眼巴巴地看着进出灌木丛的小路，望眼欲穿。

法师甘华看出了女儿心底的不安，对女儿说："我亲爱的女儿，可能国王勤于国事，没有时间安排人过来接你。既然你对他如此想念，不如你马上启程去找他吧。虽然我对你的离去非常不舍，但是你总是要走自己的路。妻子总该是陪在丈夫身边的。"

【心理活动】反映出印度的文化习俗，妻子十分遵从丈夫，同时也是沙恭达罗爱丈夫的表现。

沙恭达罗听完了养父的话，心底的感情非常复杂。一方面，她非常期待能见到自己的丈夫；另一方面，丈夫说了让她在小屋里等她，她如果贸然出走，就是违背了丈夫的意愿。沙恭达罗再次犹豫了，陷入了两难境地。最终，沙恭达罗做出了决定，她决定听从养父的话，离开森林，前往王宫。这是她第一次离开小屋，踏上去往未知世界的路途。

走了很久很久，她终于到达了王宫。她对守卫说，自己带来了一则很重要的消息，恳请国王陛下的接见。当她走进了王宫的宫殿，在国王的宝座下跪倒时，国王和善并且有力的声音传来："你带来了什么消息？你要什么呢？"沙恭达罗对这个声音不能再熟悉了，她的心里充斥着喜悦与激动。

沙恭达罗抬起头，将自己的面纱摘下，声音微微颤抖着，对国王说："国王陛下，对不起，我违背了您的意愿，擅自来到了王宫，可是您迟迟不来接我，我太想念您了，就自己来了。"

国王杜西亚昂塔正坐在自己的宝座上，听完沙恭达罗的话，他疑惑地问道："这是什么意思？我什么时候说要接你走？"

【神态描写】 国王为什么会露出疑惑的表情？难道他忘了自己的诺言？引出下文。

沙恭达罗一脸茫然，难道国王陛下真的反悔了吗？

"杜西亚昂塔，难道我们的誓言都作废了吗？您忘记了您在小木屋里跟我说的话了吗？难道您后悔让我做您的新娘了吗？如果您还记得我们的誓言，请您向世人宣布，我是你的新娘。"沙恭达罗悲愤地说道。

【语言描写】 充分表现出沙恭达罗内心的悲伤和不满。

"我的新娘？"国王喃喃自语，进而说道："你这是什么意思，我从来没有见过你啊？"

沙恭达罗简直不敢相信自己的耳朵。"我的国王陛下到底怎么了，难道他失忆了吗？"

"我之前还担心您会后悔您仓促的决定，可是您现在竟然都不愿意和我相认吗？国王陛下都是一诺千金的，您怎么能言而无信呢？到底发生了什么，让之前对我热情似火的您现在对我如此冷酷？"

【语言描写】 沙恭达罗不相信国王失忆了，认定是国王反悔了！

国王的语气顿时变得严厉了起来："你不要在这里胡说八道了，我政务繁忙，没有空余时间听你在这里编造一个虚假的故事。我不知道你是不是不怀好意。”

沙恭达罗看着说完这般沉重的话的杜西亚昂塔，他的脸上已经没有一丝高兴的神色。短短的十几天时间，杜西亚昂塔变得如此绝情。沙恭达罗万分失望地离开了。

【设问】调动读者的好奇心，引出下文。

这到底是怎么一回事呢？难道国王真的是一个不守信用的人吗？事实上，国王的表现是真实的，他根本就记不得沙恭达罗。到底发生了什么呢？

当陶尔梵刹斯因为感觉被怠慢而压低嗓音咒骂沙恭达罗时，他悄悄地许下了一个恶毒的诅咒：首先，沙恭达罗会遗失国王给她的信物；其次，只有沙恭达罗再次找到戒指，国王才能记起沙恭达罗。否则，就算沙恭达罗站在国王眼前，国王也无法与她相认。

【设置悬念】吸引读者的注意力，引人思考。

可怕的是，老圣人许下的诅咒连法力最高的因陀罗神也无法解除。既然沙恭达罗已经遗失了国王给她的戒指，那么她应该怎样才能让国王再次记起她呢？

在沙恭达罗离开后，国王杜西亚昂塔也思考了很久很久，他对那个说是自己新娘的姑娘有一种莫名其妙的亲切感，他后悔对那个女孩如此凶狠。也许只有当诅咒解开后，杜西亚昂塔才能明白事实的真相。

【叙述】制造巧合，推动故事情节发展，引出下文。

沙恭达罗离开王宫的数年后，一位渔夫请求面见国王。他向国王禀告，他家世世代代靠在河边捕鱼为生，但是最近遇上了一件奇怪的事情，他捕获的一条鲤鱼的肚子里有一枚刻着“杜西亚昂塔”字样的戒指。

杜西亚昂塔眉头微蹙，看着渔夫呈上来的戒指，确信是他的戒指，但是他却想不起来到底是怎样把它弄丢的了。

他命令手下重重奖赏了诚实的渔夫，自己再次仔细地端详这枚戒指，并且把戒指套在手上试了试。

他突然恍然大悟般地说道：“这是……这是我送给我的

新娘沙恭达罗的戒指啊！遮蔽在我眼前这么多年的迷雾散去了。我记起了一切，这就是我给我的隐士新娘的信物，那么那个声称是我的新娘的女孩一定就是沙恭达罗了！可愚蠢的我竟然对她恶语相加！”

【语言描写】表现出国王内心的悔恨和自责。

杜西亚昂塔的记忆完全恢复了，他醒悟的时候，意识到自己对沙恭达罗是多么的不公，多么的残忍啊。沙恭达罗是无辜的，他希望能够弥补自己的过错。

他急忙带上卫队赶到了灌木丛中的小屋，可是小屋已经很久没有人居住过的迹象了，法师甘华也不见了。杜西亚昂塔命人找遍了整个王国，可是没有任何关于沙恭达罗的音信。最后，杜西亚昂塔不得不相信，可怜的沙恭达罗一定已经离开了人世。

是因为自己的过错，导致了最爱自己的隐士新娘的死亡。杜西亚昂塔陷入了深深的自责中，大臣们都很担心他，可是没有人能让国王重新振奋精神。杜西亚昂塔对沙恭达罗日思夜想，心力交瘁。

【叙述】可见无人能取代沙恭达罗在国王心中的地位。

尽管老圣人的诅咒不能被改变，但是因陀罗神也不会任凭陶尔梵刹斯对人间造成苦难。既然戒指已经被找到了，陶尔梵刹斯便无法对杜西亚昂塔造成更多的苦难。因陀罗神决定安抚心力交瘁的国王。

【叙述】刻画因陀罗神仁爱世人的形象。

有一天，杜西亚昂塔在后花园中散心，心里想的全部是和沙恭达罗在一起的美好时光。可这些美好时光太短暂了，杜西亚昂塔怎么回忆都回忆不够。突然，杜西亚昂塔看见在天空中有一个奇怪的东西，远远地看上去，像一只发光的大鸟。

鸟越飞越近，杜西亚昂塔定睛一看，原来不是一只大鸟，而是飞马拉着马车，马车上是一个天神模样的人。

马车在杜西亚昂塔眼前停稳，天神模样的人开口

【语言描写】连天神都十分尊敬国王，衬托出了国王的美好品德。

说："您就是伟大的杜西亚昂塔国王吧。我是因陀罗神的马车驭手马塔里。天神有事情和您商量。"

杜西亚昂塔从未见过这样的场面，他对因陀罗神也是非常敬佩，每年还要带着子民祭拜他。这是他第一次被天神召见。

杜西亚昂塔跟着马车驭手登上了马车，马车在天空中疾驰，不一会儿，杜西亚昂塔看到自己的王国变得像芝麻粒一样小。马蹄好似踩着风火轮一般，带着马车越飞越高，直到天际。不一会儿，马车停下了，马塔里便催促杜西亚昂塔下车。

【环境描写】描绘天神圣洁、神秘的居住环境。

国王杜西亚昂塔顺从地下车，他发现自己的周围充满了圣光。身旁有鸟儿正欢快地歌唱。杜西亚昂塔感觉周围都有一种神秘的感觉，他知道，自己马上就能见到伟大的因陀罗神了。

突然，灌木丛中传来一阵窸窸窣窣的声音。国王心里不禁一阵紧张，难道是因陀罗神来了？

阅读笔记

但出现在杜西亚昂塔眼前的是一个小男孩，他的怀里抱着一只小狮子。尽管小狮子十分不安分地动来动去，小男孩还是紧紧地把它搂在怀里。

杜西亚昂塔非常好奇，小男孩怎么会出现在这里呢？他和蔼地问道："到我这里来，孩子。我可以知道你的名字吗？"杜西亚昂塔十分佩服小男孩的勇敢。

"我自己也不知道。我只知道因为我能驯服动物，别人通常叫我的外号'驯兽王'。"小男孩答道。

【埋伏笔】没有名字的小男孩会接受这个名字吗？为下文埋下伏笔。

"有点遗憾。"杜西亚昂塔说："如果你是我的儿子，我一定会给你起一个响亮的名字，叫婆罗达。"说完，杜西亚昂塔发出了重重的叹息声。要是沙恭达罗还在的话，杜西亚昂塔一定会和她生一个男孩，还会教给他自己毕生的勇气和智慧，并且以他为豪。他越看小男孩越顺眼，有一种想把孩子揽入怀中的冲动。可是小男孩似乎有点认生，他一边往后退，一边叫喊："没有人可以随便碰我，妈妈，妈妈，快来啊！"

远处传来温柔的应答声："我来了，儿子。"

杜西亚昂塔心头一颤，这声音是如此熟悉，似乎和很多年前在小屋中听见的一样。原来站在他眼前的不是别人，正是沙恭达罗。杜西亚昂塔轻轻抬起头看了一眼，发现沙恭达罗脸色苍白，眼睛里透露出悲伤的神色，但是比他们第一次相遇时更加美丽。

【神态描写】沙恭达罗眼神中的悲伤还在，说明两人之间的误会还没有解开。

看见杜西亚昂塔，沙恭达罗轻蔑地昂起了头，转过身去，不看他。可是杜西亚昂塔却跪倒在地，痛哭流涕："不，沙恭达罗，我请求你，不要转过身去，你听我说完，再决定。"杜西亚昂塔急忙把故事和盘托出，他发誓，在渔夫把那枚戒指送给他前，他真的完全无法记起自己的新娘。可是自从他恢复了记忆，他就在天涯海角地寻找她，并且每日每夜都因为想她而煎熬。

【行为描写】充分表现出国王对沙恭达罗的感情。

沙恭达罗对他的话半信半疑，略加思索后，悲伤的眼睛里突然闪烁出耀眼的光芒，她几乎激动地叫了出来："我知道了，这一定是那个老圣人陶尔梵刹斯的诅咒。"她向杜西亚昂塔诉说了自己的不幸——戒指被弄丢，即使站在他面前，他也不认识她的痛苦，以及这些年对杜西亚昂塔的思念。

"你受苦了。可是，离开我的这些日子，你是怎么生活的？"杜西亚昂塔焦急地问道。

【语言描写】充分表现了杜西亚昂塔对沙恭达罗的关心。

"亲爱的丈夫，这里离伟大的因陀罗神的圣所不远。在您不认识我的时候，奇迹发生在我的身上，伟大的因陀罗神派自己的马车把我接到了这里，并且是他一直照顾我。"沙恭达罗答道。

【神态描写】急切的神态说明小男孩已经意识到了两人的关系。

“妈妈，这个要抱我的人是谁？”站在一旁的小男孩急切地问道。

“这是你的父亲，我的丈夫。”沙恭达罗轻轻地告诉小男孩，眼睛里面全是泪水。“国王陛下，忍受了这么久的分离，您抱抱我们的孩子吧。他是天神送给我们的，在您不在的这些日子，他是我活下去的唯一信念。”

正当杜西亚昂塔感觉这些巨大的幸福如同梦境一般的时候，马塔里驾着马车再一次出现了。

【语言描写】讲述因陀罗神的旨意和预言，为下文做铺垫。

“杜西亚昂塔，你的愿望实现了吧？我想你现在一定很幸福。”他嚷嚷着说：“现在，遵照因陀罗神的旨意，你们和我一起回到人间去吧。你们一定要好好养育神的恩赐，因为这个小男孩将是一位勇士，并且会成为一个英雄民族的祖先。”

马塔里驾着马车把国王杜西亚昂塔和沙恭达罗送回了人间。杜西亚昂塔和沙恭达罗从此精心抚育小男孩，过上了幸福美满的生活。杜西亚昂塔给他们的儿子取名“婆罗达”。小男孩一天天地长大，成年后，建立了一个勇敢崇高的民族。

名师点拨

国王和沙恭达罗的误会源自国王失去了记忆，追根溯源还是因老圣人的诅咒。两人最终能走到一起是因他们的美德感动了因陀罗神，可见该文化背景下十分倡导个人美德的培养。

回味思考

1.国王为什么不认识沙恭达罗了?

2.国王是怎么恢复记忆的?

好词收藏

广袤无垠　青翠欲滴　亭亭玉立　恋恋不舍　风度翩翩
如愿以偿　不辞而别　自作多情　热泪盈眶　心力交瘁
望眼欲穿　言而无信　莫名其妙　恍然大悟　半信半疑

好句积累

◈ 他走来走去,走过了参天大树和怒放的鲜花丛,突然发现自己走到了一片青翠欲滴的小灌木丛中。小灌木丛的尽头是一间小木屋,看样子是有人隐居在这里。

◈ 小屋周围的景色尤为别致:周围种满了茉莉花,空气中弥漫着茉莉花的芬芳,鸟儿在枝头上炫耀着自己的歌喉,唱出动人的歌声。

◈ 她在小屋前的河中洗澡时,杜西亚昂塔送给她并对着发誓的戒指从她的手指上滑落到水里,顿时消失在翻滚的浪花中。

◈ 尽管老圣人的诅咒不能被改变,但是因陀罗神也不会任凭陶尔梵刹斯对人间造成苦难。

◈ 杜西亚昂塔从未见过这样的场面,他对因陀罗神也是非常敬佩,每年还要带着子民祭拜他。这是他第一次被天神召见。

◈ 杜西亚昂塔跟着马车驭手登上了马车,马车在天空中疾驰,不一会儿,杜西亚昂塔看到自己的王国变得像芝麻粒一样小。马蹄好似踩着风火轮一般,带着马车越飞越高,直到天际。

得墨忒耳

名师导航

希腊神话里，众多的人物是我们阅读中必须了解的。下面让我们一起去了解一下得墨忒耳，看看她究竟是谁，在她的身上又有着怎样的故事吧！

【人物介绍】向读者介绍得墨忒耳的身份。

得墨忒耳是第二代神王克洛诺斯的女儿、宙斯的姐姐，也是宙斯的妻子。

得墨忒耳有一个女儿，名叫珀耳塞福涅。这个少女非常美丽，她出现在哪里，哪里就会草木茂盛、鸟语花香。

宙斯的兄弟——冥王哈得斯深深地爱上了珀耳塞福涅。这使得墨忒耳很烦恼，她不愿哈得斯爱上自己的女儿，因此一直嘱咐女儿回避哈得斯。

宙斯却很赞成这件事，而且还联合老地母盖娅为哈得斯出主意。

珀耳塞福涅美丽又活泼，她经常和海洋的女儿们一块采花、唱歌和跳舞。

【细节描写】对这株花进行细节刻画，说明这株花与众不同，为下方做铺垫。

有一天，珀耳塞福涅独自在西基利亚岛上玩耍。她忽然发现花草丛中有一株美丽的木水仙。这株花太奇特了，一根茎上开有一百多朵花，香气四溢，色泽鲜艳。

珀耳塞福涅高兴极了，她忍不住伸手去采。可是就在她将要采到时，突然花朵大开，从花朵里奔出一架金车，那驾车的正是哈得斯。

哈得斯一把将她抓上了车，在连声的"救命呀！快来救我！"的呼喊中滚滚而去。

【语言描写】 形象生动地表现出珀耳塞福涅的惊慌呼救。

得墨忒耳听到了女儿的呼救声，但她赶来时岛上安安静静，什么踪影都没有了。

得墨忒耳非常着急，她打着火把到处呼喊、到处寻找。她找了九天九夜，找遍了小岛和海洋，却一直没有找到心爱的女儿。

第十天，她找到月亮神。月亮神很同情她，就说："我只听到你女儿的呼救声，却并不知道她到哪里去了。"

得墨忒耳又找到了太阳神，太阳神爽快地说道："得墨忒耳，我很同情你。告诉你吧，这件事是宙斯、盖娅和哈得斯联手干的，哈得斯已经把你女儿带到他的住所去了。"

得墨忒耳非常生气，但又无可奈何。

太阳神接着说："你也不要太伤心，哈得斯是地狱之王，我看跟你女儿也很般配的。"

【语言描写】 得墨忒耳向诸神询问女儿的下落，可是诸神却带给她一个令人绝望的消息，那就是这一切都是宙斯安排的。这一描写，体现了整个宇宙都是宙斯主宰的，没有人能够改变。

得墨忒耳又生气又伤心，但她没有去奥林匹斯山找宙斯，而是无可奈何地离开天国，来到人间。

她一身民妇装束，在人间漫无目的地走着。后来她走累了，就坐在一口水井边。这个地方是离雅典不远的爱洛西斯城。

这时有一群妇女来打水，其中有个地方官的女儿。她看到井边这个满脸倦容的妇女在那里坐着，就上前问话："您这个外乡人怎么坐在这里？看您好像有什么心事。"

得墨忒耳只好假言说道："姑娘们，我的名字叫托索，意思是给予者。我受不了海盗的虐待，刚从海盗船上逃出来。现在我沦落到此，也不知道该上哪里去。"

那个地方官的女儿很同情得墨忒耳，就又问道："您会做些什么呢？"

【对话描写】 通过妇女们和得墨忒耳的对话，我们能够清楚地知道，得墨忒耳将要前往一个富人家庭做保姆。

“我可以做保姆，照顾小孩，也可以教养年轻女人。”

“哎呀！您真是神赐给我们的。我们这里有一个富贵人家正寻找保姆。他家有一个小男孩，您要是把他培养成一个又英俊又聪明的青年，那主人一定会重重赏您的。”几个女人七嘴八舌地说着。

【环境描写】描述了这个富贵人家的家庭环境。

得墨忒耳就跟着她们来到这个富贵人家。这里有高大的房子、曲折的走廊、宽敞的客厅。女主人热情地接待了她们。她让得墨忒耳坐在椅子上，用人端上了热茶。

可得墨忒耳始终站着，茶也不喝，她虽然是一身民妇打扮，脸上带着哀伤，但女主人看出了她的不一般。

【对话描写】通过女主人和得墨忒耳的对话，我们能够看出她已经接受了这项工作，从此她将会在这个家庭生活。

“欢迎您来到我家，我看得出您的威严和风采，您不是寻常的女人，这真是天神赐给我们的福啊！”

“谢谢您的夸奖，您要我干什么？”

“我只要您把我的孩子培养成人，到时候我会重重酬谢您的。”

“我很愿意接受这个任务，我会精心照料这个孩子，不让蚊虫叮咬，也不让妖邪侵害，您就放心吧。”

就这样，得墨忒耳接过主妇的小男孩，成了一个真正的保姆。

得墨忒耳除了施予凡人的衣食教育外，每天还要往孩子身上抹仙药，很快地，这个男孩长得又白又壮。

【语言描写】主妇不明白其中的奥妙，误解了得墨忒耳的行为。

为使男孩像天神一样长生不老、身体健康，一天夜里，得墨忒耳把男孩放入火中，准备以烈火燃炼。可是被主妇发现了，她大喊着扑过来：“你这恩将仇报的东西，你怎么敢谋杀我的孩子！”

得墨忒耳把孩子从火中抱出来，责怪主妇道：“你破坏了我的计划，你做了一件无法弥补的错事。你没有看见你的孩子变化越来越大吗？我这是通过烈火燃炼使他像神一样长生不老！你呀，愚昧无知。”

主妇睁大着两眼，抱着一直在熟睡的男孩不知如何是好。得墨忒耳说出了自己的身份：“我就是天神和凡人都敬仰的得墨忒耳。看来，在你们爱洛西斯需要建一座我的庙宇，我要经常教化这里的孩子和你们这些人。”

【神情描写】表现了主妇的惊讶和不知所措。

得墨忒耳脱去了民妇的形象，现出了本来面目。她身上闪着光、香气飘溢、金发碧眼，美丽极了。

主妇大张着嘴，说不出话来。

第二天，主妇把这些报告给地方官。地方官又惊又喜，立刻决定为得墨忒耳建一座神庙，长期供奉着她，使本地百姓得到她的教化。

神庙建成了，得墨忒耳住在里面。她由于思念女儿，整天闷闷不乐。

得墨忒耳的悲伤使大地蒙受了灾难，种子不肯发芽，果树不愿开花。刚刚一年，人间就出现了饥荒。

饥荒使人们没有贡品献给天神。

【细节描写】这一细节体现出得墨忒耳的悲伤影响了整个世界的生存环境，导致了饥荒，证明天神都有着巨大的能量。

宙斯只得派使者来召得墨忒耳回去。得墨忒耳说：“见不到我的女儿，我是绝不会回奥林匹斯的。”

宙斯答应了得墨忒耳，派宣旨官赫耳墨斯到下界去找哈得斯。

哈得斯倚靠着桌子，珀耳塞福涅在旁边忧伤地坐着。

赫耳墨斯说：“哈得斯，宙斯派我把珀耳塞福涅带回去，她母亲气得不得了。为了天国的利益，你还是把她放了吧。”哈得斯只得按宙斯的决定去办。可是在珀耳塞福涅临走之前，他诱骗珀耳塞福涅吃了一个石榴。

【设置悬念】哈得斯让珀耳塞福涅临走之前吃石榴，有什么深意呢？设置悬念，引出下文。

得墨忒耳见到久别的女儿，痛苦万分，母女紧紧地抱在一起。

她看着女儿憔悴的面庞问道：“你临来的时候，哈得斯有没有让你吃什么东西？”

“有，临来之前他让我吃下了一个石榴，我当时还觉得很奇怪呢。”

“啊！”得墨忒耳痛苦极了，因为吃下了那个石榴，珀耳塞福涅每年要有四个月的时间到哈得斯那儿去居住。

但是木已成舟，得墨忒耳虽然极不愿意却又没有什么办法。

【细节描写】揭示了万物复苏、四季更替产生的原因。

由于珀耳塞福涅每年有八个月的时间与母亲在一起，所以大地就恢复生机，种子发芽，果树开花，五谷丰登，瓜果飘香。

也由于她每年要有四个月的时间到下界与哈得斯生活，所以就有万物凋零的冬天出现。

名师点拨

这一部分介绍了另一个希腊神话中的天神，她就是得墨忒耳，通过对得墨忒耳痛苦的描写，引出了冬天的神话传说。文中大量运用了语言描写，使得文章更加生动。

回味思考

1.得墨忒耳的女儿叫什么名字？

2.珀耳塞福涅被谁掳走了？

3 哈得斯给珀耳塞福涅吃了什么？

好词收藏

无可奈何　漫无目的　闷闷不乐　木已成舟　五谷丰登

欧 罗 巴

名师导航

伊娥的美丽令宙斯沉迷，也因此给自己带来了无穷的痛苦。下面让我们看看另一个希腊神话中的女子，一起去了解在她身上发生的故事吧！

在凡间，有一个腓尼基王国。国王阿革诺耳有好几个儿女，欧罗巴就是他最小的女儿。

【人物介绍】交代了欧罗巴的身世和她的乖巧可爱。

欧罗巴非常漂亮、手巧，她和伙伴们经常到外边去玩耍。

有一天晚上，欧罗巴做了一个奇怪的梦。

她梦到自己正在海边游玩时，不知不觉中有两个女人来到她面前。一个女人很眼熟，好像在什么地方见过，看上去高贵典雅；另一个女人虽然不眼熟，却是那样亲切慈爱。

阅读笔记

两个女人好像正在争论什么，好像她俩都很喜欢自己，都想把自己带走。

那个眼熟的女神说："欧罗巴，跟我走吧，万神之王宙斯可是英俊勇武啊！天上地下谁不崇拜他。要是嫁给他，那你可太幸福了。"话刚说完，两个女人都不见了。

欧罗巴很兴奋，兴奋得从梦中醒来。刚才的梦还历历在目，自己的心还在急促地跳着，脸上还有些发热。宙斯是天国神王，凡间的人怎么能和他攀得上？欧罗巴虽然这样想，心里却隐隐地有一种幸福的感觉。

【细节描写】表现出欧罗巴的羞涩。

这一天，一群少女在海边游玩。蓝天浮白云，蓝海白浪

【环境描写】烘托了海边的迷人景色和少女们嬉戏的动人场面。

花。岸边，嫩草青青、鲜花万种，少女们裙带飘飘、笑声盈盈。欧罗巴在人群中显得尤其高雅漂亮。她们说呀，笑呀，采花，嬉闹。累了，坐下来，人人美如桃花。她们不知道，有一个天神正在看着她们，那正是宙斯。

美丽的少女是那样动人，出色的欧罗巴迷住了他的心。

宙斯看得发痴，恨不得立刻得到她，可又十分害怕赫拉知道。怎么办呢？他把儿子赫耳墨斯找来："去，给我赶一群牛来。"

赫耳墨斯也没有问怎么回事，就赶来一大群牛。

宙斯把牛群赶到了海边。这些牛边吃边走，来到了少女们的身边。

肥嫩的青草，雀跃的少女，温顺的牛群，这一切多么和谐。

【外貌描写】突出了这头金色牛的引人注目。

少女们站在一边，好奇地观看牛群。她们看到这牛群中有一头牛格外引人注目，一色的金黄皮毛，标准又带有纹路的牛角，亮亮的眼睛，好看的嘴巴，尤其是那温顺的眼神，使得少女们围拢过来。

她们有人拿草去喂它，有人用手去摸它，令人不解的是，一向高雅的欧罗巴竟爬上了牛背。

这头牛缓缓地走着，欧罗巴愉快地笑着，少女们嬉笑着簇拥着。可是这头牛渐渐地加快了脚步，它跑了起来。

【心理描写】充分表现出了欧罗巴天真无邪的内心。

少女们都惊叫起来，落在了后边。

欧罗巴却没有觉得有什么害怕的，只是觉得很好玩，当牛跑入大海的时候，欧罗巴才意识到了可怕。

这头牛正是宙斯变的。

宙斯此时正沐浴在幸福之中。这个少女太牵动自己的心了，自己没有理由不去爱她，而且她的心灵也很情愿听从自己的召唤。

牛入大海，走得却非常平稳，海浪此时也异样地驯服起来，可是欧罗巴却惊恐万分。她大声呼喊，可海岸已远，附近又没有一只船。看着身边的大海茫茫无际，欧罗巴吓得闭上了双眼，她昏了过去。

阳光明亮，林木葱葱，蓝海环绕，青石突兀，这是一座美丽的小岛。

【环境描写】描绘出一座景色迷人的美丽小岛。

当欧罗巴醒来时，已身处岛上。"我怎么到了这里？这是什么地方？那头可恨的金牛呢？"

【心理描写】欧罗巴恨金牛把自己带到了陌生的小岛上。

欧罗巴害怕起来。忽然传来响声，她惊慌地四下里看，原来，在她近前站着一个非常英俊的男子，而且他正在朝欧罗巴微笑着。

"姑娘，不要害怕，我是这座小岛的主人，这座小岛叫克里特岛。"男子走过来，俯身伸过手来。欧罗巴惊慌地往后退着站起来，可是已被他抱在了怀里。

欧罗巴挣扎着，可是无济于事。渐渐地，她由又怕又急变得有些难为情了。是啊，即使挣脱开，又往哪里逃呢？

"姑娘，我从心里喜欢你，你嫁给我吧。你嫁给我，我会保护你的。"欧罗巴只得点头答应。

英俊的男子为她轻轻地擦去那伤心又无奈的眼泪，并且礼貌地吻了她，许诺要给她带来幸福。

欧罗巴的心情已经平静下来，她抬头要仔细看看这个英俊的男子，可是他只微笑了一下，就莫名其妙地不见了。

【叙述】是谁有这样的能力在瞬间就消失不见呢？引起读者的好奇心。

欧罗巴哪里经历过这样的事，她惊慌失措，大声呼喊起父亲来。"可是父亲在哪里？父亲要是知道我这样的遭遇，而且又失了身，他会多么痛苦，我又有什么脸面活下去？"

欧罗巴又痛苦又绝望，她诅咒那个男人，她痛恨那头金牛，她多么希望这都是一场梦！可是这根本不是梦，这是自己的切身遭遇呀！

【细节描写】引出了阿佛洛狄忒，证明了爱神降临在欧罗巴的身边，而她注定会与宙斯产生一段情缘。

【语言描写】表现了欧罗巴的恐惧和无助，她祈求阿佛洛狄忒帮她回到父母的身边。

【语言描写】阿佛洛狄忒将金牛的真实身份告知了欧罗巴，同时让她在这片土地上生活，这一描写为欧洲的形成做了铺垫。

欧罗巴想到了死，她向着远处的大海跑去，她来到了岸边。

正在这时，忽然从林中传出了声音。欧罗巴看到，这正是自己梦中见到的那个高贵典雅的女人，只见她身上有天神的光环，她身边站着一个拿着弓箭的小男孩。

看到他们向自己走来，欧罗巴向他们跑过去："啊！仁慈的女神，快救救我吧，我想回家，回到我父母的身边，我不知道自己是怎么被弄到这里的。"

这个女人微笑着说道："姑娘，你说对了，我正是爱与美的女神阿佛洛狄忒，我是专门为你来的。"

欧罗巴非常惊讶，平日人们崇拜的女神阿佛洛狄忒就在眼前，而且还是专为自己而来，她感到不知所措。

"你刚才见到的那个男人和驮你而来的那头金牛是天国神王宙斯，他深深地爱上你了，这是多少天神和凡人梦寐以求的呀！你应该接受这件幸福的事。"

欧罗巴听到这里，心里油然而生一种幸运和幸福感。她接受了神的安排。

"从现在开始，你已经是一位女神了，你脚下的这块土地将要用你的名字命名，你好好地和宙斯过日子吧。"阿佛洛狄忒说完这些话就和自己的小儿子爱洛斯走了。

欧罗巴在这块大地上安心地定居下来。后来，她与宙斯生下三个儿子，其中一个儿子萨尔珀冬成就了英雄事业，做了欧罗巴洲一个国家的国王，另两个儿子也都成了欧罗巴洲的大法官。

这个欧罗巴洲就是今天的欧洲。

名师点拨

欧罗巴是腓尼基的公主，美丽乖巧的她对神王宙斯充满了向往和憧憬，心中期待着成为宙斯的妻子。在一次游玩中她遇到了一头奇特的金牛，坐上牛背之后被金牛带到了陌生的岛屿，她惊慌失措，不得已答应了陌生男子的求婚。随后阿佛洛狄忒向她挑明了这位男子就是宙斯，欧罗巴感觉自己幸福无比，在这块大地上定居下来，并以自己的名字为其命名，这就是现在的欧洲。

回味思考

1.欧罗巴做了一个什么样的梦？

2.宙斯是如何将欧罗巴带到小岛上的？

3.欧罗巴和宙斯有几个孩子？他们之后有什么作为？

好词收藏

引人注目　惊恐万分　茫茫无际　高贵典雅　油然而生

好句积累

◈ 蓝天浮白云，蓝海白浪花。岸边，嫩草青青、鲜花万种，少女们裙带飘飘、笑声盈盈。

◈ 她们看到这牛群中有一头牛格外引人注目，一色的金黄皮毛，标准又带有纹路的牛角，亮亮的眼睛，好看的嘴巴，尤其是那温顺的眼神，使得少女们围拢过来。

◈ 阳光明亮，林木葱葱，蓝海环绕，青石突兀，这是一座美丽的小岛。

代达罗斯

名师导航

希腊是一个有着悠久历史的国度，而在文化艺术方面，也有着自己的特点。说到希腊神话，就不得不提及雅典的那位才艺卓绝的艺术家——代达罗斯，下面让我们一起走进他的世界吧！

【人物介绍】介绍了代达罗斯的才华和性格特征。

雅典有一位才艺卓绝的艺术家名叫代达罗斯，是墨提翁的儿子。他自幼才华超群、独具匠心，他既是一位建筑师，又是一位雕刻家。他的雕刻作品活灵活现、惟妙惟肖，被全世界的人所称道。然而，他爱虚荣、好嫉妒的毛病，让他的人生之路充满坎坷和凄凉。

【细节描写】表现了代达罗斯强烈的嫉妒心，同时显示了他的狭隘心理。

代达罗斯有一个外甥叫塔洛斯，他曾拜舅舅为师学习各种技艺。这个孩子天资聪慧、悟性很高，而且创造力极强，他在没有舅舅帮助的情况下发明了许多巧妙的工具，得到人们的赞誉。代达罗斯并没有因此而高兴，相反，他对塔洛斯嫉妒到了极点，唯恐塔洛斯的才艺超过自己。所以，有一天，代达罗斯带着外甥到雅典的城墙上去游玩时，便从背后一把将塔洛斯推下墙去摔死了。然后，他匆匆地逃离了雅典。

他逃到了克里特岛，成为国王弥诺斯的朋友。在那里他的虚荣心得到了极大的满足，人们将他视为无与伦比的伟大艺术家，对他十分尊重和敬慕。他也充分发挥了自己高超的艺术才干。

他费尽心思为国王的宠物——一头牛头人身的巨怪弥诺陶洛斯建造了一座迷宫，任何人进入迷宫之后都会迷失方向，永远也走不出来，最后只能成为怪物的一顿美餐。这个工程让国王弥诺斯十分满意，他要代达罗斯永远留在他的国家里，为这个小岛国增添艺术的光彩。

代达罗斯虽然在这里得到了特殊的待遇和人们的尊重，但他总感觉国王对他缺乏真诚，只不过将他视为一台不断创造的机器罢了。因此，他产生了逃离此地的念头。

【心理描写】代达罗斯又想逃走了，他能顺利逃脱吗？设置悬念，引出下文。

但是，克里特国的海路和陆路戒备森严，逃出去的可能性很小。代达罗斯没有灰心和放弃，他开始搜集岛上各式各样鸟的羽毛，然后将它们用蜡封贴在一起，制作出两对有力的翅膀。在一个晴朗的早晨，代达罗斯领着他的儿子，插上羽毛做的翅膀飞上了天空，小儿子在天空中兴奋地欢叫起来。

代达罗斯不停地嘱咐儿子道："别叫了，要注意安全，一定要保证在半空中飞行。如果飞得太低，羽毛会被海水弄湿；如果飞得太高，离太阳近了，羽翼就会被太阳烤坏。"

【语言描写】代达罗斯虽然心胸狭隘，但是他对自己的儿子还是十分关爱的。

"知道了，父亲，你就放心吧！"儿子答应着。

父子二人一前一后，小心地扇动着羽翼向前飞行，父亲不停地向儿子传授飞行技巧，给了儿子莫大的鼓励。他们飞得越来越自如、越来越娴熟，穿过森林、海洋和山峰，沉浸在自由的天地之中。突然，代达罗斯听到背后一声惨叫，猛回头看时，却不见了儿子；再往下看时，海面上漂浮着一堆羽毛。原来，儿子高兴之余渐渐忽略了父亲的忠告，飞得偏高了一些，而强烈的太阳光很快将粘贴羽毛的封蜡烤化，羽毛很快散落，儿子也就因此坠入大海。

【细节描写】描写出父子二人借助羽翼飞翔的情况，起初是很顺利的，可是谁也不曾想到最终会以悲剧收场。这一细节使得代达罗斯开始忏悔自己的罪过。

代达罗斯惊出一身冷汗，也因悲痛失去平衡而差点儿坠落。他急忙收起羽翼，降落到一座海岛上，望着汪洋大海号啕大哭。他想，这也许就是当年他残杀外甥所得到的报应吧！

最后，代达罗斯在西西里岛落脚，这里的国王盛情款待这位雅典的大艺术家。代达罗斯也将他的失子之痛转化为巨大的创作动力，没有辜负这里的人们对他的期望，全身心地投入艺术创作之中。

【细节描写】表现了代达罗斯的艺术造诣。

他在这里兴修水利，开凿了人工湖泊，在悬崖峭壁上建造了一座坚固的城池，用来存放国王的奇珍异宝；还在地面上挖了一座深洞，巧妙地利用地下火取暖，深得国王的欢心。此外，他还扩建了阿佛洛狄忒神庙，精心雕刻了一只金蜂房献祭给女神。

后来，弥诺斯国王听说代达罗斯逃到了西西里岛，便亲自率兵来到这里，准备将这位艺术大师抢回去为他服务。

西西里岛的国王设了一个计，来对付蛮横的弥诺斯。

他假装答应让弥诺斯将代达罗斯带回去，并邀请他一起用餐，吃饭前请他先洗一个舒服的热水澡，以冲去长途跋涉的疲劳。弥诺斯没有多想，便脱去衣服，坐在了浴缸里。

【概述说明】西西里岛的国王用计谋杀掉了弥诺斯，使代达罗斯能永久地留在西西里岛。

西西里岛的国王让人不断地往浴缸下的灶火中添柴，水温不断升高，弥诺斯被活活烫死在浴缸之中。然后，他们对克里特人谎称国王是不小心失足落入沸水中而死的，并将国王的尸体转交给他们。克里特人没有再提起带走代达罗斯的话题，便匆匆离去。

代达罗斯在西西里岛长期居住下来，生活的坎坷和不幸改变了他虚荣自私的性格，他变成了一个沉稳而深邃的老人，在西西里岛培养了许多有名的艺术家，成为岛上土著文化的奠基人。

拓展阅读

名师点拨

代达罗斯这位雅典著名的艺术家，在经历了丧子之痛后改变了虚荣自私的性格，成了一名沉稳而深邃的艺术家。作者主要运用了细节描写，将故事娓娓道来。

回味思考

1.代达罗斯为什么杀死自己的外甥？

2.代达罗斯的儿子是怎么死的？

3.代达罗斯为西西里国王做了些什么？

好词收藏

才艺卓绝　独具匠心　活灵活现　惟妙惟肖　奇珍异宝

好句积累

◈他自幼才华超群、独具匠心，他既是一位建筑师，又是一位雕刻家。他的雕刻作品活灵活现、惟妙惟肖，被全世界的人所称道。

◈在那里他的虚荣心得到了极大的满足，人们将他视为无与伦比的伟大艺术家，对他十分尊重和敬慕。他也充分发挥了自己高超的艺术才干。

◈他在这里兴修水利，开凿了人工湖泊，在悬崖峭壁上建造了一座坚固的城池，用来存放国王的奇珍异宝；还在地面上挖了一座深洞，巧妙地利用地下火取暖，深得国王的欢心。

赫拉克勒斯

名师导航

外国文学中很注重对英雄人物的歌颂，所以便有了英雄史诗。而希腊神话里也不乏英雄人物的出现，下面让我们看看这个故事要讲的究竟是哪位英雄吧！

在古希腊神话传说中，许许多多的英雄人物都是神与人结婚后所生的子女，在他们身上既体现了凡人的思想意识，同时也显示着神的威力和风采。

【解释说明】交代了英雄赫拉克勒斯的身份背景。

他们置身于凡人中间，因其身上流淌着神的血液，所以常常做出一些超凡的、神奇的事情，让世人崇拜和敬仰。英雄赫拉克勒斯就是这样的人物。

（一）善恶之路

在底比斯国国王的宫殿里，有一位美丽出奇的王后叫阿尔克莫涅。她的美丽打动了天神宙斯。宙斯频繁地与她约会，不久，阿尔克莫涅就在宫中生下一个男婴，就是赫拉克勒斯。

神后赫拉早就对阿尔克莫涅嫉妒万分，这个凶狠泼辣的女神听宙斯曾经流露出对阿尔克莫涅所生之子的喜爱，更是妒火中烧，她要寻找机会报复他们的儿子，让他们二人从此不再有任何关系。

【设置悬念】引出故事：是谁家的婴儿在哭？

一天，赫拉和智慧女神雅典娜来到一片绿色的原野上闲游，忽然听到远处传来婴儿的啼哭声。她们循声觅去，发现在一个铺满青草的篮子里，躺着一个刚出生不久的婴儿，此时此刻他正努起小嘴左右寻找着，并不断大声啼哭着。看着孩子那圆润的脸蛋、从襁褓中挣脱出来的一双胖乎乎的小手，雅典娜心中涌出一股爱怜之情，她弯腰将婴儿抱在怀里并恳求赫拉给这孩子喂一口奶。赫拉作为一个女人也有母爱的天性，她对眼前这个可爱的孩子并不反感，于是，便解开衣扣将乳头送到了这个嗷嗷待哺的婴儿嘴中。

奇怪的是这个婴儿并没有像我们想象的那样含住乳头不放，拼命地吸吮，而是狠狠地咬了一下乳头，疼得赫拉大叫一声将他扔在地上，一边系衣扣一边生气地喊道："小畜生，竟敢咬我，饿死你活该！"雅典娜还是不忍心将这婴儿丢在野外，于是就抱起他向附近的宫殿走去。

【语言描写】生动形象地表现了赫拉当时的愤怒。

雅典娜抱着婴儿来到王后阿尔克莫涅面前，说明来意，请求底比斯国收留这个被人遗弃的孤儿。王后惊喜地接过孩子，表示要将孩子抚养成人。雅典娜走后，阿尔克莫涅迫不及待地把孩子抱回寝室，解开衣扣，将乳头放入孩子嘴中；孩子的哭声止住了，可这个美丽王后的眼里却泪如泉涌，止也止不住。

原来，这孩子不是别人，正是自己的亲生儿子赫拉克勒斯。因为一生下儿子后，她就预感到要遭到神后赫拉的报复，总觉得宫中不太安全，就趁人不备将孩子放到一个摇篮中，含泪将他丢到郊外田野上，希望被平常百姓人家拾到后养大成人，躲过灾难。

【细节描写】揭示了惹怒天后赫拉的婴儿的真实身份。

可是真没有想到，这孩子又被女神送回到自己母亲的怀抱，也许上天也不忍心看到骨肉分离吧！此时此刻，王后紧紧抱住自己的孩子，发誓永远不再让他离开。

神后赫拉很快就知道自己做了一件蠢事，轻而易举地放掉了报复对象，还被咬了一口。她很懊丧，下决心一定要杀死那孩子。

【细节描写】 通过赫拉克勒斯与两条巨蛇的搏斗，表现出他异于常人的能力。

夜深人静的时候，赫拉派了两条天上的巨蛇，悄悄地爬进赫拉克勒斯的摇篮里，睡得香甜的孩子哪里知道死亡的危险正向他逼近。当两条巨蛇纷纷缠住孩子的身体，准备将他活活勒死时，意想不到的事情发生了，这孩子真不愧是天神宙斯的儿子，他猛地惊醒，一跃而起，凭着神力，用小手捏住了两条巨蛇的头，一边吼叫着一边将两条巨蛇捏死在手中。

听到叫声，赫拉克勒斯的母亲急忙跑过来，被眼前的景象吓呆了！她面无血色，浑身打着战，向外面呼喊着：“快来人啊！快救救我的孩子！快救救我的孩子啊！”

【细节描写】 国王很惊讶，因为一个婴儿捏死了两条巨蛇，并且还在玩弄着。

国王听到呼救声慌忙赶来，身后还有一群仆人和士兵。国王喜欢这个捡来的孩子，把他当成宙斯送给他的礼物，像对待亲生儿子一样对待他。而此刻国王手持宝剑，呆呆地站在那里，他简直不敢相信自己的眼睛，那躺在摇篮中的孩子一手捏着一条断了气的巨蛇，正在玩弄着，嘴里还发出嘤嘤的声响。国王回过神来，转身拉住哭泣着的妻子激动地说：“你看，你看，孩子没有死，他还活着。”众人纷纷围上前，个个目瞪口呆。王后马上命令人将那两条巨蛇清理走，将儿子一把拽起，紧紧地搂在怀里。

国王认定这孩子身上有一股神的力量，便请来一位著名的预言家为孩子预测未来。预言家告知国王：“您的儿子不是等闲之辈，他将战胜一切邪恶，拥有永久的生命和美丽的爱情，成为一个世人礼拜的大英雄，成为一个真正的神。”

阅读笔记

不久，赫拉克勒斯就学会了走路、说话，在父母的呵护下健康地成长起来。国王时刻牢记预言家的话，决定花费心思将儿子培养成英雄，让他流芳百世。他亲自传授儿子驾驶战车的技术，还请来众多英雄人物教给赫拉克勒斯调教马匹、击剑、射箭、拳击等武艺，并让他熟知各种兵法，学会读书写字、唱歌弹琴。在大家的调教下，赫拉克勒斯逐渐成熟起来，懂得了很多东西，为将来成为英雄做了铺垫。

【细节描写】表现出国王对于赫拉克勒斯的喜爱和器重，他用心栽培着这个儿子。

然而，成长的道路并不是一帆风顺的，而是充满着挫折和挑战。有一位教赫拉克勒斯读书写字的老师叫里诺斯，此人生来脾气暴躁、缺乏耐心，动不动就辱骂体罚学生。有一次，他像往常一样狠狠地抽打着他的学生赫拉克勒斯，没想到赫拉克勒斯忍无可忍，顺手拿起一把竖琴向老师砸去。这可不是一个一般的小孩呀！他从小就有一种超人的力量，曾在婴儿时期捏死两条巨蛇，眼下这一把竖琴扔过去，可怜的老师吭都没吭一声，倒地而死。

赫拉克勒斯扑到老师身上，知道自己犯下了一个严重的错误，痛哭起来。虽然后来法官审定为自卫伤人，将他无罪释放，但他还是痛苦万分，善良的他不会原谅自己的这次过失。

【细节描写】表现出赫拉克勒斯本性善良，他是发自内心对自己的行为忏悔。

国王见他力大无比，怕他再惹出什么祸事，就将他送到乡下去放牛。赫拉克勒斯没有埋怨父亲，他在乡下踏踏实实地干活、勤勤恳恳地练功，苦苦地磨炼自己的意志和性情，有了很大的收获。很快，他长成了一个十八岁的英俊小伙子。

【叙述】赫拉克勒斯从王子变成放牛娃，但他却并没有对父亲表示不满，表现出他的乖巧懂事。

十八岁是一个美丽的年龄，也是一个面临许多重大选择的年龄，它算是人生路上的一个转折点，赫拉克勒斯也在深深地思索着他的人生方向。

有一天，赫拉克勒斯在一条幽深的林荫道上散步时，遇到两位美丽的女子。这两位女子主动上前和他打招呼，其中一位妩媚妖艳、香气扑人，目光含情脉脉，魅力无穷。她先开口对赫拉克勒斯说："喂，年轻人，在想什么呢？如果你不知道今后的人生之路该如何走的话，那就请跟我来吧！我会让你享受人间的荣华富贵，过上饭来张口、衣来伸手的舒适生活，你不用去辛苦劳作，不用去流血流汗，不用去奔波、去参加战争，只管享用别人的劳动成果，只等别人来服侍你，过一种无忧无虑的幸福生活，好吗？"

【语言描写】 两个女神都想让赫拉克勒斯跟随自己，她们都在说服赫拉克勒斯。

另一位女子体态端庄，目光真切而朴实，她穿着洁白的衣裙，全身散发出一种高贵而纯洁的气息。她打断前一个女子的话对赫拉克勒斯说："孩子，不要听她胡说，我给你选择一条应走的路吧！它是通向真正幸福的路。跟我走，我会给你幸福。但我要让你知道，幸福不会从天而降，需要我们去创造，去给予和付出，一分耕耘，一分收获。你只有用辛劳的汗水才能换来长久的幸福，你只有用善良真诚才能得到别人的信任和帮助，你只有忠心和英勇才能赢得神祇们的恩惠和认可。听我的，我会让你成为一个伟大的人物。"

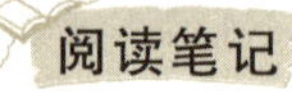

阅读笔记

赫拉克勒斯被这两个神秘女人的话说蒙了，他愣在那里，半天才回过神来，礼貌地对她们说："感谢你们对我的指点，请问你们是谁？叫什么名字？"

前面那个女子快言快语地回答道："喜欢我的人叫我'快乐'，讨厌我的人叫我'恶'。"

后面那个女子沉稳地回答道："我的名字叫'善'。"

那个叫"快乐"的女子马上插嘴说："年轻人，刚才你已经听到了，跟着她走，你将吃尽苦头，历尽磨难，那是一条多么艰险的人生之路啊！还是跟我走吧，我会让你轻轻松松地到达幸福的顶峰。"

【语言描写】 善、恶女神开始争吵起来，她们相互指责对方。

"住口！你这个轻浮的女人、虚伪的女人！""善"对"快乐"说完，转身对赫拉克勒斯说，"我知道你是受过良好教养的人，能够明辨是非，不要听她的谎言，她给你的不会是真正的快乐，那样游手好闲、不劳而获的生活会让你忧伤，那样虚度光阴、无所事事地度日会令你烦恼，那不是你所要的人生之路，你应该跟着我走一条真正的幸福之路。你会从追求和奋斗中得到快乐，从劳动的奉献中得到充实。你的人生将会得到神的指引和人的尊重，你会为自己没有虚度年华而感到快乐和幸福。开动你的脑筋好好想一想吧，但愿你做出明智的选择。"

赫拉克勒斯仔细地听着她们的每一句话，眨眼的工夫，两位女子便消失得无影无踪了。她们站过的地方留有余香。

"到底应该选择哪一条路呢？"这个问题不停地在赫拉克勒斯的脑子里打转。他想起了自己的成长经历，想起父亲对自己的希望，总觉得那个叫"善"的女人的话很中肯、很实在。如果要按自称"快乐"的女人说的那样去生活，自己的人生价值何以体现呢？自己的英雄理想又怎么能够实现呢？最后，经过一番激烈的思想斗争，赫拉克勒斯战胜了"快乐"的诱惑，听从了"善"的建议，选择了那条充满艰辛的生活之路，并坚定不移的勇敢向前方奔去。

【心理描写】表现出赫拉克勒斯内心的抉择，最终他选择了"善"女神，走上了正确的道路。

（二）十项任务

在既定的人生道路上，赫拉克勒斯的英雄气质不断地显示出来。

他曾只身一人爬上荒山，赤手空拳打死一头吃掉许多人的猛狮，为民除害；他还常在智慧女神雅典娜的帮助下，获得众多武器，集聚许多勇敢的青年，反抗邻国的压迫，为国家讨回了尊严。他的名字很快传遍整个希腊的每一块土地。他也为自己伸张正义的英雄壮举感到自豪。

【举例说明】将赫拉克勒斯的事迹列举出来，表现出他的勇猛和正义。

底比斯的国王为了表达对英雄的厚爱，将自己美丽的女儿墨加拉嫁给了赫拉克勒斯。婚后，他们相亲相爱，生了三个活泼可爱的孩子。

而且幸运的是，赫拉克勒斯还得到几位神祇送给他的无价之宝，它们是：赫耳墨斯送的一把剑，赫菲斯托斯送的一个金箭袋，阿波罗送的一把神弓，雅典娜送的一块青铜盾。

这一切都被神后赫拉看在眼里，她怎能忍受情敌的儿子如此光荣呢？她要设法在赫拉克勒斯前进的道路上设置障碍。

【概述说明】由于赫拉做了手脚，赫拉克勒斯没能做国王。哥哥欧利斯特斯的行为也使赫拉克勒斯很苦恼。

本来天神宙斯是想让他的儿子赫拉克勒斯做国王的，但由于赫拉从中做了手脚，让比赫拉克勒斯早出生几个小时的哥哥欧利斯特斯做了国王；而欧利斯特斯是凡人所生，才不惊人、貌不压众，对弟弟赫拉克勒斯的强大不能忍受，总是找茬刁难他，使赫拉克勒斯十分苦恼。他跪在神庙里祈求神灵的明示，神灵告诉他："只要你能耐着性子完成国王交给你的十项任务，便可摆脱他的统治，成为一个伟大的神灵。"

赫拉克勒斯离开神庙，闷闷不乐地回到家中，想到要为心术不正的哥哥做十件事情，顿觉没有了活路，懊恼万分。

【叙述】赫拉点燃了赫拉克勒斯的无名怒火，使他丧失理智，竟然杀了自己的儿女。

赫拉看到赫拉克勒斯愁眉不展的样子，暗自高兴，她趁机在他心中点燃无名怒火，并使他丧失理智发起狂来。本来他想去杀害他的侄子伊俄拉俄斯，但侄子闻讯逃掉了。赫拉克勒斯无法控制自己的情绪，他在疯狂中用箭射死了他和妻子墨加拉生下的三个儿女。

当赫拉克勒斯逐渐清醒过来之后，看到躺在血泊中的亲生儿女，他震惊了，拼命地扑向孩子们，放声痛哭。他的妻子当场昏死过去，醒来后便离开了她丧心病狂的丈夫。

赫拉克勒斯知道自己犯下了不可饶恕的错误，他自己都不能原谅自己，陷入了极度痛苦之中，长时间不能自拔。

天王宙斯得知此情后，设法清除了赫拉加在儿子身上的疯狂情绪，并安慰他振作起来，继续走自己的路。赫拉克勒斯的身心得以放松，他想到，当初自己既然选择了走这条艰难之路，就应该无怨无悔地走下去。他毫不犹豫地来到国王欧利斯特斯面前，接受十项艰巨的任务。

第一项任务是去征服一头巨狮。

国王欧利斯特斯总是想除掉他的这个威力无比、才华出众的弟弟，所以，他交给赫拉克勒斯的任务都是常人想都不敢想的事情，更不用说去做了。

欧利斯特斯听说在那默亚山谷的茂密森林中，生活着一头庞大而神奇的猛狮，它凶悍无比、为非作歹，人类的武器丝毫不能对它造成伤害，传说它是从月亮上掉下来的，是怪物都彭和半人半蛇的女妖所生之子。于是，赫拉克勒斯被派去征服这头巨狮，欧利斯特斯以为这是将弟弟置于死地的一个绝妙的方法。

【细节描写】描写了这头猛狮的凶悍和它的来历。

赫拉克勒斯受命后，欣然前往。他没有丝毫的胆怯和退缩，心中充满着战斗的激情和必胜的信心，背弓挎箭，手持一根木棍，向着那个山谷走去。

一走进那片森林，他顿觉幽深昏暗、阴气逼人，四周沉寂得和墓地一般。赫拉克勒斯环视四周，没有发现任何狮子的痕迹，便继续往前搜寻。

【环境描写】描写出森林里的环境特点，那种阴森恐怖的气息令人恐惧。

听人说那巨狮安身于一个巨大的岩石洞穴里，经常在黄昏时出来觅食，而且它的皮毛坚韧无比，人类的刀枪戟叉也不能将它穿破。赫拉克勒斯一边走一边想着：“我应该用什么方法对付这头怪兽呢？所有的武器在它面前都失去了威力，看来只有靠自己身上神奇的力量去制服它了。”

【心理描写】赫拉克勒斯的思考，表现出他沉着冷静的性格特征。

傍晚时分，天色暗了下来。赫拉克勒斯来到一个石洞口，第六感觉告诉他：那头巨狮可能就在这里。他止住脚步，埋伏在离洞口十米远的一丛灌木中。

【细节描写】

这一细节说明，猛狮和赫拉克勒斯的决斗即将开始，他们之间的搏斗在所难免。

忽然，他感觉有一股凉气从洞口中冒出来，扑打在他身上。还没等他回过神来，就见一头面目狰狞的狮子张着血盆大口从洞穴中爬了出来，也许是它闻到了人的气息，或者是听到了什么动静吧！赫拉克勒斯没有想到这么快就与巨狮碰上了。

好吧，开始动手。赫拉克勒斯还是拿出弓箭，瞄准，向巨狮射去。他想验证一下传说的真实与否。

果然不出所料，射出去的利箭触到巨狮身上，就像遇到石壁一样，“砰”地落到了地上。赫拉克勒斯紧接着又补上一箭，还是如此。而此时，受到攻击的巨狮已发现了赫拉克勒斯，吼叫着向他扑了过来。

【细节描写】

描写了猛狮和赫拉克勒斯的搏斗过程，衬托出猛狮的凶悍和赫拉克勒斯的勇猛。

赫拉克勒斯身手敏捷，闪电般地一躲，巨狮扑了个空。这下可激怒了这头凶猛的怪兽，它扭转身子，浑身毛发竖立，摇晃着大尾巴再一次向赫拉克勒斯袭来。赫拉克勒斯机智地借助狮体移动产生的旋风，两脚一蹬，跃到了半空；然后他举起木棍，对准巨狮的头盖骨，使出全身力气狠狠地打去。木棍被打断，巨狮也被打得昏了头脑，四脚一软，瘫在了地上。

赫拉克勒斯迅猛地跳上巨狮的身躯，两脚踏住狮子的两只后腿，双手紧紧卡住了它的喉咙。巨狮发出“嘶嘶”的喘息声，还在挣扎着，似乎要重振它昔日的威风。赫拉克勒斯绝不会放过它！只见他大吼一声，双手一用力，巨狮便活活地被他掐得断了气。

【语言描写】

表现出赫拉克勒斯成功打败猛狮的喜悦与兴奋。

此时的赫拉克勒斯顾不得擦一下额头淌下的汗水，激动地双膝跪地，向天空大喊道：“我成功了！我胜利了！”

空旷的山谷传送着英雄的回音。

由于巨狮的皮很特别，所以很难剥下来。聪明的赫拉克勒斯没有放弃，他终于发现了突破口，在狮子没有皮毛的利爪下划破了皮，才将整块狮皮剥了下来。

【叙述】

认真和坚持就一定可以找到突破口。

赫拉克勒斯将狮皮披在身上，又用狮子头做了一个头盔戴在自己头上，然后威风凛凛地向森林外走去。走着走着，忽然一群雄鹰从天而降，在林间飞来飞去，盘旋了一阵之后便又消失在天空中。原来，这是天神宙斯得知自己儿子战胜巨狮后，特意派遣来的使者，来向他表示祝贺的。

赫拉克勒斯征服巨狮的英雄事迹在全国上下不断传诵，国王欧利斯特斯却感到很不舒服而更加自卑。他很快又把一件充满危险的差事交给了赫拉克勒斯。

赫拉克勒斯的第二项任务是去猎杀九头水蛇许多拉。

在阿尔戈斯平原上，有一片沼泽地，里面生活着一条叫许多拉的蛇。据说它是两个妖怪结合的产物，有九个头，用刀砍掉了还会长出新的头，无法将它杀死，附近的居民只有忍受着它吃人吮血、糟蹋庄稼的恶行。

【细节描写】

介绍了九头水蛇的栖息地和它的特殊本领。

赫拉克勒斯带上他的侄子，也就是那个差点儿被他杀掉的伊俄拉俄斯，两人乘车向那片沼泽地驶去。

车停在了沼泽地旁，这里雾气朦胧、轻烟缭绕，像是到了阴间一般，让人倒吸一口冷气。有妖怪存在的地方确实跟别的地方不一样啊！叔侄二人下了车，来到水边。赫拉克勒斯取出弓箭向水里连射了几箭，水面泛起涟漪，层层水波中果然钻出一条长着九个头的墨绿色花蛇，它没有被箭伤着，而是带着怒气来迎接这场战斗。

赫拉克勒斯急忙向蛇头射箭，虽然是发射中，但毫无意义，用木棍横扫过去也没有见效。最后，他取出宝刀猛砍一气，结果还是徒劳，因为许多拉不是一般的蛇，许多英雄好汉都不能制服它，它的九个头不怕砍杀，死而复生，让人束手无策。

【细节描写】

从中我们可以看出九头水蛇是极难对付的。

看着许多拉那九个三角形的头颅，九条吐得长长的舌头和从它嘴里喷射出来的丝丝毒气，侄子伊俄拉俄斯吓得倒退了两步。

赫拉克勒斯没有退却，他正想伸出双手去掐那九个可恶的蛇头，许多拉已用身子缠住了他的一只脚，而另一只脚也被许多拉派出的一只毒蟹咬住。赫拉克勒斯怒火中烧，他大喊一声，挣脱出缠绕，并一脚踩死了毒蟹。

【语言描写】证明了赫拉克勒斯是一个十分善于观察、头脑十分聪明的人。

“伊俄拉俄斯，快去拾一些干树枝，我要用火来试一试。”赫拉克勒斯继续叫喊着，他想到，一物降一物，这条水生的妖怪也许遇到火就不再那么神气了吧！

他的推理果然正确，伊俄拉俄斯在岸边点起了熊熊烈火，赫拉克勒斯每砍掉一个蛇头就迅速地用燃烧的树枝去灼烧那刚刚生长出来的蛇头，烧一次长一次，长一次再烧一次，这样反复地烧着，蛇头终于没有长大的机会了，赫拉克勒斯趁机用刀砍下了许多拉的主头，也就是中间的第九颗头，许多拉当场便死去了。

【叙述】表现了赫拉克勒斯的细心，杀死许多拉之后还记得做好善后工作。

为了防止这颗主头再生，叔侄两人将它深埋在地下，上面还压上一块巨石，才放下心来。

赫拉克勒斯将这条妖蛇的身躯用刀劈成两半，将自己的箭浸泡在蛇血中，这条蛇的血含有剧毒。从此，赫拉克勒斯的箭更具威力了，只要中了这支毒箭，就必死无疑。

国王看到赫拉克勒斯又一次凯旋，心中不悦，没让他得以喘息，又交给他一项任务。

赫拉克勒斯的第三项任务是去活捉一只金鹿。

【细节描写】交代了金鹿身上所发生的故事，烘托出要想抓到它是何其不易。

这只金鹿是狩猎女神阿尔忒弥斯在第一次打猎时活捉的，它身上的毛金光闪闪、光彩照人，因而美丽至极。阿尔忒弥斯没有忍心杀掉它，而是将它放回山林中，让它自由自在地去生活。这只金鹿由于受到神灵的宠爱，浑身上下充满了灵气，飞跑神速，比风儿还要快，所以没有一点儿神力的话，做梦也别想捉到它。

最让赫拉克勒斯犯难的是，他不能用弓箭去捕捉金鹿，因为对金鹿造成一点儿伤害，都会引起狩猎女神的怒气。

赫拉克勒斯开始使出浑身解数去追赶那只金鹿，他追呀追呀，整整追了一年也没有追上。当追到邻近阿尔忒弥斯山的拉同河岸时，赫拉克勒斯止住了脚步，他想，如果照这样追下去，到死也追不上。可国王交代的任务必须得完成，应该重新谋划，他马上停止追赶。

赫拉克勒斯改变了主意，他不再追赶，而是耐心地跟踪金鹿，尽量不让它觉察到动静。这项工作说起来容易做起来很难，因为那不是一只普通的鹿。赫拉克勒斯没有放弃，功夫不负有心人，终于有一天，金鹿放松了警惕，在一块绿茵茵的草坪上睡着了。赫拉克勒斯迅速取出带在身边的网，向金鹿撒去。金鹿在网中挣扎了一阵子之后，只好含着委屈的目光注视着赫拉克勒斯。

【细节描写】表现出赫拉克勒斯捕捉金鹿时灵活地使用方法。

赫拉克勒斯激动地将金鹿扛在肩上，准备去向国王交差。这时，狩猎女神阿尔忒弥斯出现在他面前，面带怒色地质问道："你为什么要捕捉我喜欢的金鹿？"

"我亲爱的女神，活捉金鹿并不是我的意愿，我是按神祇们给我指引的路去走，他们叫我服从国王的命令，而国王叫我来捉这只金鹿。我只是在完成我的任务啊！请女神原谅我的行为吧！"

【语言描写】表现出赫拉克勒斯的虔诚和勇敢。

女神被他的虔诚和勇敢所感动，转怒为喜，微笑着留下这样一句话："年轻人，努力吧！你会成为一个真正的神，我们后会有期。"说完她便消失得无影无踪。

【语言描写】表现出阿尔忒弥斯对赫拉克勒斯的赞许和欣赏。

当赫拉克勒斯将神奇的金鹿放在国王面前时，国王越发感受到赫拉克勒斯对他造成的威胁，所以迫不及待地又将一项重任交给了赫拉克勒斯，希望这次他不会活着回来。

赫拉克勒斯的第四项任务是去活捉一头野猪。

这头野猪是用来献祭给女神阿尔忒弥斯的圣物，可是它在厄律曼托斯一带糟蹋庄稼、毁伤牛羊、攻击那里的居民，造成很大危害，人们想了许多办法都不能制服它。

【细节描写】表现出野猪的凶猛和抓捕野猪行动的艰难。

赫拉克勒斯这次的任务很艰巨，因为国王给他出了个难题，那就是要活捉野猪，不允许对它有任何伤害。这对于赫拉克勒斯来说确实有些棘手，用力太大肯定会把野猪弄死，而用力太小则会被野猪所伤。这个阴险的欧利斯特斯真是太狠心了！

赫拉克勒斯还是勇敢地出发了。

途中，他遇到了半人半马的肯陶洛斯人，名字叫福罗斯，他将赫拉克勒斯邀请到家中，热情地端来一盘烧肉招待客人，自己却吃生的。赫拉克勒斯感觉口干舌燥，要求喝点儿东西。福罗斯从他的地下室里取来一桶酒，对赫拉克勒斯说："尊贵的客人，这桶酒不是我的，属于我们所有的肯陶洛斯人，它陈酿了一百多年，没有特殊的贵宾来，我们是不打开的。今天，我就私自做主让你喝两杯吧。"赫拉克勒斯听后十分感动，连忙表示感谢。

【语言描写】表现出福罗斯对赫拉克勒斯的盛情款待。

突然，房门被撞开，一群剽悍的半人半马的肯陶洛斯人闯了进来，他们有着人的头和肩膀，下半身是马的身子，具有人的智慧和野兽的强壮，很不好惹。此时，他们闻到了扑鼻的酒香，手持石块和木棒，蜂拥而至，将赫拉克勒斯和福罗斯二人团团围住。

"打死偷酒贼！"

"把我们的酒给吐出来！"

【语言描写】表现出赫拉克勒斯激怒了肯陶洛斯人。

这群人一边喊一边大打出手，石块、木棒雨点般向赫拉克勒斯砸来。

赫拉克勒斯已经没有机会解释了，也没有办法再忍耐下去了。他举起弓箭开始反击。肯陶洛斯人抱头逃窜，赫拉克勒斯一直将他们追到伯罗奔尼撒半岛东南面的玛勒河，那里是他的老朋友喀戎居住的地方，这些肯陶洛斯人都纷纷投奔喀戎去了。

赫拉克勒斯朝他们射箭，乱箭中的一箭不慎伤着了他的老朋友喀戎的膝盖。他赶忙将箭从朋友的膝盖中拔出，迅速敷上药膏。但是，因为箭头上有水蛇许多拉的毒血，任何药都无法挽救，赫拉克勒斯为自己的失手落下了悔恨的眼泪。喀戎叫他的手下将他抬回洞穴中，没有丝毫责怪之意，表示愿意死在朋友的怀抱之中。

【细节描写】表现出赫拉克勒斯和喀戎的深厚友情。

赫拉克勒斯将朋友紧紧地搂在怀中，等待着死神的到来。然而，他们都忘了，喀戎是永生之神，是不会死的。但这种被毒箭射中的痛苦将伴他终生，他必须永远忍受。赫拉克勒斯表示，不管花多大代价，一定要想方设法解除朋友的痛苦。现在，他必须与朋友含泪话别，去完成他的第四项任务。

这项任务比想象的要容易一些，他没有像上次追捕金鹿那样耗费很长时间，而是动了一下脑筋。他没有盲目蛮干，而是在发现野猪之后穷追不舍，让野猪没有喘息之机。大家都知道野猪的奔跑本领比起金鹿来可以说是天上地下，所以，没费多大力气，野猪就被追得筋疲力尽，一头栽倒在地上了。赫拉克勒斯迅速用绳索将它套住，将它送到国王面前。让赫拉克勒斯感到悲伤的是，热情的朋友福罗斯死了。就在他去追杀那些肯陶洛斯人之后，福罗斯为一个受伤的伙伴拔身上的箭时，不小心划破了自己的肉皮，于是中毒身亡。赫拉克勒斯深感内疚，他将朋友隆重地安葬在一座山下，并将这座山取名为福罗斯山。

【细节描写】描写了赫拉克勒斯抓捕野猪的全过程，体现出他的聪明才智。

国王欧利斯特斯看到赫拉克勒斯又一次圆满地完成了

任务，内心不得不承认赫拉克勒斯的神力过人。他觉得自己很没有面子，所以决定在人格上侮辱一下赫拉克勒斯。于是，他又布置了第五项任务。

赫拉克勒斯的第五项任务是去清扫牛棚。

奥革阿斯是伊利斯国王，他养了三万头牛，但已经三年没有清扫过牛粪，里面的肮脏可想而知。欧利斯特斯命令赫拉克勒斯在一天之内将牛棚清扫干净，这明摆着是刁难。赫拉克勒斯来到国王奥革阿斯面前，表示愿意为他清扫牛棚。这个懒惰的国王分外高兴，他不知道这是欧利斯特斯交给赫拉克勒斯的任务。看到面前这个气宇轩昂、谈吐不俗的勇士主动要求做一件仆人该做的事情，他一时有些不解，但他又想，肯定是利益所驱吧！只要像他说的那样能在一天之内清扫干净，破费一点儿也值得。盘算了一会儿之后，奥革阿斯开口说："听着，伙计，如果你真能一天之内将我的牛棚清扫干净，我将把十分之一的牛群送给你。"

【细节描写】表现出欧利斯特斯对赫拉克勒斯的刁难和侮辱。

赫拉克勒斯叫来国王的儿子菲洛宙斯，让他来作证，希望国王不要反悔。

赫拉克勒斯开始工作了。他在牛棚的一侧挖了一条水沟，将附近的两条河水引进水沟，沟里的水源源不断地流入牛棚，将里面大堆大堆的牛粪冲走。结果，赫拉克勒斯连手都没有弄脏，就完成了这项任务。

【细节描写】通过赫拉克勒斯清洗牛棚的行为，我们能够看出他是一个爱动脑筋、善于运用智慧的人。

奥革阿斯听说赫拉克勒斯是奉命来完成任务时，就想赖账，不想付任何报酬。赫拉克勒斯非常气愤，将他告到法庭。法官只好传令国王。审理时，赫拉克勒斯请出国王的儿子菲洛宙斯来作证。小王子实话实说，国王大怒，下令将赫拉克勒斯和他的儿子驱逐出境。

赫拉克勒斯没有争辩，只好愤愤离去。

赫拉克勒斯完成任务后就回国报告，而国王欧利斯特斯竟然宣布：此次任务不能算数。原因是赫拉克勒斯要求报酬。为了摆脱国王的奴役，赫拉克勒斯只好压住怒火，又去完成新接受的第六项任务。

赫拉克勒斯的第六项任务是去驱赶一群怪鸟。

这群怪鸟生活在斯廷法罗斯湖畔，它们身体巨大，长着铁翅膀、铁嘴和铁爪。它们凶猛无比，身上抖落的羽毛就像射出的一支支利箭，它们的铁嘴可以将青铜盾啄破。那里的人可以说"谈鸟色变"，因为许多人和牲畜都死在这些怪鸟手中。

【外貌描写】呈现出这群怪鸟的外貌特征，预示着这项任务的艰辛。

赫拉克勒斯来到密林环绕的斯廷法罗斯湖畔，发现了那群怪鸟在空中盘旋。它们也发现了赫拉克勒斯，纷纷围拢过来。它们怪叫着一点点地逼近，眼看就要对赫拉克勒斯造成伤害。赫拉克勒斯还没有考虑好如何对付这群鸟，就被它们困住了。他只好用大石头不停地向怪鸟砸去，然后趁机逃掉。

【行为描写】赫拉克勒斯贸然行动，表现了他鲁莽的一面。

赫拉克勒斯实在想不出什么办法来，便来到雅典娜的神庙，求她帮忙。雅典娜送给他一对大铜钹，什么话也没说就离开了。

赫拉克勒斯再一次来到怪鸟栖息的地方，他用尽全力使劲敲打着那对铜钹。铜钹发出刺耳的声音，怪鸟们一听便"扑啦啦"地从树林中飞出来，个个惊慌失措的样子。它们对这声音恐惧到了极点，平日里的凶狠霸气一扫而光，真是一物降一物呀！赫拉克勒斯抓住机会，弯弓搭箭，将几只怪鸟射死在地上，其余的飞到很远的一个岛上去了，再也没有回来。

【细节描写】描写了赫拉克勒斯运用铜钹击败怪鸟的真实场面。

赫拉克勒斯的第七项任务是去驯服一头公牛。

这头公牛在克里特国里横冲直撞、为非作歹，搅得鸡犬不宁，成了克里特国的一害。

原来这头公牛是有来历的。

克里特的国王弥诺斯与海神波塞冬十分要好，他表示要将在海里出现的第一个动物作为祭品献给波塞冬。波塞冬很感动，于是他就让一头健壮的公牛从大海中浮现出来。弥诺斯从来没有见过这么漂亮的巨大的公牛，他把对波塞冬的许诺抛到了脑后，将这头公牛据为己有，没有作为祭品献给波塞冬。

【解释说明】交代了这头公牛的来历。

波塞冬得知后十分生气。为了惩罚失言的弥诺斯，波塞冬让这头公牛变得疯狂起来，将克里特王国搅了个天翻地覆。

赫拉克勒斯接受任务来到克里特国，得到国王弥诺斯的盛情款待。他多么希望有人能将这头公牛制服呀！

赫拉克勒斯没有让克里特国的人们失望，他施展其非凡的力量，很快就将公牛制得服服帖帖的；然后他骑在牛背上，悠然自得地回到了他的国家。

后来，欧利斯特斯将这头公牛放了，公牛一离开赫拉克勒斯的控制，便又像从前一样发起疯来，到处作恶，直到最后被另一位英雄人物忒修斯制服。

赫拉克勒斯的第八项任务是去驯服一群牝马。

【细节描写】介绍了这群马的来历和它们凶猛的性格特征。

狄俄墨得斯是战神阿瑞斯的儿子，他驯养了一群牝马。这些马凶猛狂野，十分好战。它们从不吃草，只吃那些误入城堡的外乡人。不知有多少无辜的生命葬身马腹。

【动作描写】一系列的动作表现了赫拉克勒斯的英勇，同时他将狄俄墨得斯扔进马槽里的举动真是大快人心。

赫拉克勒斯怀着伸张正义的激情接受了这次任务。他来到了狄俄墨得斯做国王的国家。一进入，赫拉克勒斯便被当作外乡人捆绑起来扔到了马槽里。赫拉克勒斯一阵恼火，他挣脱了绳索，从马槽里跳出来，趁人不备，轻而易举地将国王狄俄墨得斯扔进了马槽。狄俄墨得斯还没有反应过来是怎么回事，就已经成为他心爱牝马的一顿美味佳肴，真是罪有应得。

令人感到奇怪的是，这些牝马在吃过国王以后，马上变得很驯服的样子，老老实实地听从赫拉克勒斯的指挥，乖乖地跟着赫拉克勒斯踏上回国之路。

突然，后面响起一阵追杀声，是狄俄墨得斯的国民们为他们的国王报仇来了。

赫拉克勒斯将这些马交给他的同伴阿伯特洛斯照看，自己转身去与敌人拼杀。没想到他一离开，牝马又恢复了吃人的本性。当赫拉克勒斯打退敌人重新返回时，他被眼前的景象吓呆了，他的伙伴、可怜的阿伯特洛斯已被马吃得只剩下几块碎骨。

赫拉克勒斯含着眼泪埋藏了朋友的尸骨，并为他立了一块丰碑。

【细节描写】表现出赫拉克勒斯的重情重义和他与朋友的深情厚谊。

欧利斯特斯将赫拉克勒斯驯服后带回的这群牝马送给了神后赫拉。后来这些马一代代地繁衍，生育了很多后代。据说马其顿的国王亚历山大骑过的一匹良驹就是这些牝马的子孙，与平常的马就是有所不同。

赫拉克勒斯的第九项任务是去征服亚马逊人。

在特耳莫冬河的两岸，居住着亚马逊人。这是一个女儿国，她们买卖男人进行生育，把生下的女孩留下、男孩都弄死，然后将女孩养育成人，人人都练就了一身好武艺。

【背景介绍】介绍了亚马逊人的生活习性，他们只偏爱女儿。

亚马逊女王希波吕忒有根十分华丽精美的腰带。这是战神亲自送给她的礼物，是女王权力的象征。

欧利斯特斯有一个女儿叫阿特梅塔，很想得到亚马逊女王的这根腰带。于是，赫拉克勒斯就有了他的新任务——设法取得这条腰带。

赫拉克勒斯带着一批人马，长途跋涉来到了女儿国。让他们意想不到的是，女王希波吕忒看到赫拉克勒

【叙述】

女王对赫拉克勒斯一见倾心，从侧面表现出赫拉克勒斯的英俊非凡。

斯相貌堂堂、气质非凡的英雄形象后，对他产生了敬重和喜爱之情。当得知英雄远道而来的目的后，表示愿意将自己的腰带送给赫拉克勒斯。这个决定让大家喜出望外，特别是赫拉克勒斯。

【细节描写】

表现出天后赫拉的狭隘心胸。

天后赫拉对赫拉克勒斯一直怀恨在心。她看到赫拉克勒斯轻而易举地就完成了任务，心里很不舒服。于是，她扮成一个亚马逊女子，混在人群中散布谣言、蛊惑人心，说一个外乡人要将她们的女王劫持走。这一招还挺灵，英勇好战的亚马逊女子马上集合在一起，手持武器，冲入赫拉克勒斯扎在城外的帐篷之中。

赫拉克勒斯还被蒙在鼓里，而对迎面扑来的亚马逊女人，不得不拿起武器应战。尽管亚马逊女子个个作战骁勇、武艺高强，但是在赫拉克勒斯面前却逊色得多。她们一个个败下阵来，死的死、伤的伤，其余的仓皇逃窜。

阅读笔记

女王希波吕忒献出了那条美丽的腰带，并消除了与赫拉克勒斯之间的误会。

得到腰带的赫拉克勒斯在回去的路上又经历了一次冒险。

当他们经过特洛伊海岸时，发现在一块巨大的礁石上绑着一位漂亮的姑娘，那姑娘哭喊着求救。赫拉克勒斯赶忙上去给姑娘松了绑。

【细节描写】

解释说明了赫西俄涅被绑在礁石上的原因。

原来，这姑娘是特洛伊国王拉俄墨冬的女儿，名叫赫西俄涅。因为海神波塞冬帮助她父亲修建了特洛伊城，却没有得到丝毫的报酬，为了报复特洛伊国王的吝啬，海神派海怪上岸践踏土地、危害人畜，并扬言说，只有将国王的女儿献出来才能停止灾难。为了保全自身和国家太平，国王只好交出自己的女儿。

他们将姑娘绑在岸石上，每天面对狂风巨浪，夜晚海怪在她面前恐吓，而且不久就要将她吃掉。

【场景描写】
描写了姑娘每天所遭受的痛苦的真实场景。

赫拉克勒斯决定要将海怪除掉。夜幕降临的时候，他埋伏在海怪出没的地方等候着。不一会儿，海怪果然露出了丑陋的嘴脸，并张开大口准备吞食姑娘。赫拉克勒斯机敏地跳入海怪的口腔中，经过它的喉咙，进入了海怪的腹部，然后用刀将它的所有内脏割破，再从它身上挖了一个洞，爬了出来。海怪疼痛难忍，口吐鲜血，昏死过去了。

【细节描写】
描写了赫拉克勒斯除掉海怪的细节。

在此之前，特洛伊国王曾放出话来，谁要是能从海怪手中救出他的女儿，就送给谁一匹漂亮的骏马。可当赫拉克勒斯将他的女儿送到他的面前时，国王拉俄墨冬再次不遵守诺言，拒绝送上马匹。赫拉克勒斯压住火气，愤恨地离开了特洛伊国。

赫拉克勒斯的第十项任务是去赶回巨人革律翁的牛群。

欧利斯特斯看到赫拉克勒斯一次又一次成功地归来，自尊心受到极大伤害，每天绞尽脑汁地想办法让赫拉克勒斯失败一次，削弱一下他的英雄气概。他想起厄里茨阿岛上有一个很难对付的巨人革律翁，就派赫拉克勒斯去赶回巨人手中的牛群。他满以为这一次他的心愿可以实现。可是结果呢？依然让他失望。

革律翁长得高大如山，并有三头六臂、三个身子和六条腿。目前为止，还没有一个人敢和他较量。他养着一群毛色棕红的牛，由一个巨人和一只双头猎狗看管着。赫拉克勒斯的任务看起来很艰巨，但他并没有胆怯。他做好了周密的准备之后，带上他组建好的部队出发了。

【外貌描写】
将革律翁的外貌形象地呈现在读者面前。

【叙述】
"还没有一个人敢和他较量"说明这项任务的艰巨，但是这正好锻炼了赫拉克勒斯的能力，为他成为一个真正的神做铺垫。

半路上，他们先遇到了一个好战的巨人安泰俄斯，他是海神波塞冬和大地之母盖娅的儿子，有着无穷的力量。谁要是从他的地盘上经过都要与他格斗，胜者可以通过，败者必死无疑。

赫拉克勒斯一班人马不小心踏入了安泰俄斯的地盘，这使他们不得不面临一场恶战。

赫拉克勒斯迎上前去，他凭借神力一次次地将安泰俄斯打倒在地。可是对手每一次从地上爬起来后，就像换了一个人似的又充满神奇的力量。细心的赫拉克勒斯恍然大悟，原来，巨人是从大地之母那里吸取无穷的力量，难怪无法将他打败。赫拉克勒斯头脑中闪过一个念头——得想法儿让对手离开大地。

【细节描写】

细节描写让我们看到了赫拉克勒斯细心的一面，正是他的细心才让他取得了这次搏斗的成功。

赫拉克勒斯腾空而起，击打巨人的头部，诱使他离开大地。安泰俄斯盛怒之下失去理智，也随赫拉克勒斯跳了起来。赫拉克勒斯趁机将他托住，让他与大地隔离。

安泰俄斯一离开大地母亲的怀抱，就变得软弱无力了，成了一只纸老虎。赫拉克勒斯在空中干脆利落地将他掐死了，扫除了前进道路上的一大障碍。

【环境描写】

介绍了大西洋岸的天气情况，为下文的射日和与阿波罗的交易做铺垫。

赫拉克勒斯继续前行，他穿过沙漠，来到了大西洋岸，这里骄阳似火，酷暑难忍。赫拉克勒斯抬头仰望天空，看到太阳离这里太近了。于是他便举起弓箭，准备将太阳射下来。太阳神阿波罗看到了大惊失色，慌忙阻止。为了表示对他的敬重与钦佩，阿波罗借给他一只金钵，这只金钵是太阳神夜间旅行所用的宝物，人可以坐在里面冲破惊涛骇浪，越过宽阔的海洋。现在，赫拉克勒斯乘坐着这只金钵，顺利地渡过海洋到达了巨人革律翁所在的国土。

【叙述】

赫拉克勒斯的英勇感动了阿波罗，使他得到了阿波罗的帮助。

革律翁没有露面，而是先派他的三个儿子来迎战，因为他早就得知有人要夺走他们的牛群。

革律翁的三个儿子身材巨大，威力无比，他们一字排开，凶神恶煞的样子。但是，他们低估了英雄赫拉克勒斯的威力，这个具有非凡神力的人根本就没有将他们放在眼里。他们三个人加起来的力气也比不上赫拉克勒斯一人。赫拉克勒斯没费吹灰之力便将他们一个个打倒在地，用剑将他们刺死，然后向革律翁的牛圈奔去。

首先是那只看牛的双头猎狗发现了动静，它狂吠不止，凶猛地向赫拉克勒斯扑来。赫拉克勒斯敏捷地挥动木棒，先后将狗的两个脑袋击碎。那个看牛的巨人也冲了上来，结果和双头猎狗的下场是一样的。

【细节描写】表现出赫拉克勒斯战斗时的勇猛无畏。

当赫拉克勒斯赶着牛群出圈的时候，革律翁出现了，他忍着失子的痛苦与赫拉克勒斯展开了一场拼命地厮杀。革律翁技不如人，眼看就要被打败了。

这时，神后赫拉来帮助革律翁作战。赫拉克勒斯十分气愤，想起他的一切灾难和痛苦都与这位女神有关，心中怒火难平，他没有再想别的，拉开弓箭向赫拉射去。

【行为描写】神后赫拉一再为难赫拉克勒斯，赫拉克勒斯射伤了她。由此可见赫拉克勒斯多么愤怒。

赫拉万万没有想到赫拉克勒斯会向她射击，中箭之后，她仓皇逃离。因为她知道赫拉克勒斯的箭也不是一般的箭，它上面沾有九头蛇的毒血，凡人中箭后立刻身亡，神祇中箭后也要忍受极大的痛苦。

赫拉克勒斯终于将革律翁打败，把那群牛赶回了自己的国家。

阅读笔记

现在，赫拉克勒斯已经完成了十项任务。可是欧利斯特斯却强词夺理地说有两项任务赫拉克勒斯索取了报酬，所以不能算数，他必须再补做两件事情才算完成任务。赫拉克勒斯为了实现自己的心愿，只好答应再做两件事。

第一件事是：摘取金苹果。

当初，宙斯与赫拉举行婚礼的时候，众神都来送礼祝贺。大地女神盖娅送上的是一棵郁郁葱葱的大树，树上结满了圆润可爱的金苹果。宙斯非常喜欢这件礼物，命令夜神的女儿赫斯珀里得斯去看守这棵大树。与她一起看守的还有百怪之父福耳库斯和大地之女刻托所生的一条巨龙，

【细节描写】介绍了金苹果的由来和摘取金苹果的困难程度。

它从不睡觉，时刻不忘它的看守职责。因此，赫拉克勒斯要想完成欧利斯特斯的任务——摘取金苹果，可不是一件轻松事；况且眼前最大的难题是，赫拉克勒斯不知道这棵树长在什么地方。他必须先寻找大树。

赫拉克勒斯踏上了寻找苹果树的征途。他漫无目的地走着，一路打听，没有一个人知道苹果树的下落。而赫拉克勒斯却遇到了一些麻烦。

首先是遇到了一个叫忒耳默罗斯的巨人。这个巨人有着坚硬的头颅，谁要是从他周围经过，他就会用头将来人顶死。这次他不例外地向赫拉克勒斯的腹部顶来，想一下将他顶死。可他没想到赫拉克勒斯的肚子比它的头颅还要硬，他像飞蛾扑火一般，撞得头破血流，当场倒地身亡。赫拉克勒斯继续赶路。

【细节描写】描写了赫拉克勒斯在寻找金苹果的路途中所遇到的种种困难。

接下来赫拉克勒斯又遇到另外一个巨人，名字叫库克诺斯，是战神阿瑞斯和波瑞涅的儿子。当赫拉克勒斯向他打听苹果树的下落时，他不但不回答，还拦住去路进行挑战。赫拉克勒斯本来没想和他交锋，可他纠缠不休，赫拉克勒斯盛怒之下三拳两脚将他打死。这可惹恼了战神阿瑞斯，他从天而降，要为儿子报仇。眼看赫拉克勒斯与阿瑞斯之间就要展开一场你死我活的拼杀。宙斯看见了，赶忙用闪电将他们二人分开，因为这两个人都是他的儿子，他不愿意看到他们其中任何一个受到伤害。

赫拉克勒斯继续往前走，在一片风景秀美的山林前，他遇到了一群山林水泽女神，她们都是宙斯和忒弥斯所生的女儿，也就是赫拉克勒斯同父异母的姐妹。

【细节描写】表现出赫拉克勒斯待人谦逊友好，讲究礼仪。

赫拉克勒斯上前向她们问好，并向她们打听苹果树在哪儿。她们纷纷摇头表示不知道，但可以给他提供一条重要线索。她们告诉赫拉克勒斯，大预言家河神可能知道，因为他通晓世间的一切事物。但必须趁他睡觉时将他捆起来，给他点厉害他才肯说出真相。

赫拉克勒斯非常感谢女神们的指点。狡猾的河神尽管本领高强、千变万化，最终还是被赫拉克勒斯制服，不得不将苹果树的隐藏地点说出来。

按照河神的说法，赫拉克勒斯穿过利比亚和埃及，又遇到了一次麻烦。

他途经一个国家，这个国家已经连续九年干旱无雨，庄稼颗粒无收。国王波席列斯是海神波塞冬和吕西阿那萨所生的儿子。他听信了一个预言家向他们宣布的神谕：只要每年杀掉一个外乡人给天神宙斯献祭，土地就可以变得湿润而肥沃。所以，只要是外乡人进入他们的国土，他们就统统杀掉作祭品。

【引入传说】这里引入了一个神话传说，使得整篇文章更加生动有趣。

赫拉克勒斯也被捆绑到宙斯的祭坛前，准备献祭。赫拉克勒斯猛地挣脱绳索，大打出手，将周围的人都杀死了，包括国王和他的儿子。

【动作描写】表现出赫拉克勒斯的勇猛。

当赫拉克勒斯来到高加索山时，看到了被捆绑在那里的普罗米修斯。他对这个伟大神灵的不幸遭遇深表同情，引弓搭箭将那些啄食普罗米修斯肝脏的恶鹰一一射死，并且为普罗米修斯松了绑，将他从痛苦的深渊中解救出来。

【叙述】赫拉克勒斯解救了为人类盗取火种而受到宙斯惩罚的普罗米修斯。

为了感谢赫拉克勒斯的解救之恩，普罗米修斯详细地告诉了他金苹果的具体下落——在阿特拉斯背负青天附近的圣园里。他还建议赫拉克勒斯不要亲自去摘苹果。

赫拉克勒斯来到阿特拉斯背负青天的地方，便生出让阿特拉斯去为他摘苹果的念头。他来到阿特拉斯面前说：“喂，伙计，有些累了吧！我替你背一会儿，你去替我做一件轻松的事，好吗？”

“当然可以，你让我替你做什么？”整日负重的阿特拉

【对话描写】表现出赫拉克勒斯的智慧，他并没有自己行动，而是让阿特拉斯帮他去摘取金苹果。

斯巴不得有机会放松放松身子，听了赫拉克勒斯的话急忙回应着。

“去圣园里给我摘三个苹果来。”

“没问题，你过来背一下青天吧！”

阿特拉斯将青天转压在赫拉克勒斯身上，飞也似的向圣园里跑去。

阿特拉斯来到圣园内，他首先将那只从不睡觉的巨龙诱惑得昏昏入睡，然后趁机用刀将它砍死，最后骗过看守的仙女，摘了三个金苹果，蹦蹦跳跳地回到赫拉克勒斯跟前。

这个阿特拉斯今天终于尝到了轻松的滋味。他将三个金苹果往赫拉克勒斯的脚下一丢，长出一口气说：“你就代替我在这里背负青天吧，我也该轻松轻松啦！”

【对话描写】表现出赫拉克勒斯的聪明可爱，他运用自己的智慧成功地把背负青天的重任还给了阿特拉斯。

这可是赫拉克勒斯事先没有料想到的，此时只能斗智斗勇。聪明的赫拉克勒斯脑筋一转，计上心来。他没有表露出丝毫不愿意的神情，不慌不忙地对阿特拉斯说：“我可以替你背负青天，但我想找一块软垫放在头上，不然我会被压垮的。”

阿特拉斯认为他提的要求还算合理，便同意先替他再背一会儿，让他去找软垫。当赫拉克勒斯将青天转交到阿特拉斯身上后，顺势拾起那三个金苹果，迅速离开他身旁。边走边对背负青天的倒霉蛋说：“再见啦，朋友，谢谢你的帮忙！不过你还是做你应该做的事情，我还是做我应该做的事情吧。”

【巧用比喻】将欧利斯特斯的计划比喻为肥皂泡，说明了他的失望和无奈，这个比喻十分贴切。

赫拉克勒斯将三个金苹果呈献在欧利斯特斯面前时，欧利斯特斯又一次陷入失望之中，他的计划总是像肥皂泡一样破灭。而赫拉克勒斯在完成任务的过程中，为民除害、造福人类，所以声誉越来越高。这使欧利斯特斯胸中的嫉妒之火愈烧愈烈。现在，他又想出最后一项冒险的任务，将它交给了赫拉克勒斯。这可是一件任何人想都不敢去想的事情。

这件事情是:带回地狱中的恶狗。

这只恶狗是地狱中冥地的看门狗,它长着三个头、一条龙尾,头上和背上的毛全是盘缠在一起的条条毒蛇,它嘴里还不断地滴着白色的毒涎水。

【外貌描写】
描写了地狱中恶狗的外貌特征,烘托出这项任务的艰难。

赫拉克勒斯首先来到阿提喀的厄琉西斯城,找到了精通阴阳世界秘密之道的祭司。他将自己身上错杀过人的罪孽洗刷干净,然后从祭司那里得到一些进入地狱的秘道。因此,他身上有了一股神秘的力量,对恐怖的地狱不再畏惧。

他来到了忒那隆城。传说那里有一个地狱的入口,他勇敢地走了进去。

一走进地狱,迎接他的是亡灵引导神赫耳墨斯,他领着赫拉克勒斯向地狱深处走去。

他们来到了地狱的首府前,府门外有许多悲哀的阴魂在徘徊。他们一见到阳间来的有血有肉之人,就吓得四处逃散;只有两个胆大的阴魂没有惊慌,挡住了赫拉克勒斯他们的路。赫拉克勒斯正要挥剑去刺杀他们时,赫耳墨斯急忙阻止他说:“这些阴魂没有肉体,只有影子,用剑是没有用的。”赫拉克勒斯只好收起武器。赫耳墨斯又对那两个亡灵说了几句话,然后两人继续往前走。

【细节描写】
描写了地狱的生活情况和身在地狱之中的悲惨。

来到府门口,他们发现有两个人被铁链锁在石柱上。走进一看原来是赫拉克勒斯的两个朋友,一个叫忒修斯,一个叫庇里托俄斯。这两个人来到地狱向冥后珀耳塞福涅求爱,结果被冥王用铁链锁在这里,让他们永远也不能返回阳间,就这样人不是人、鬼不是鬼地活在地狱。

当他们发现赫拉克勒斯后,激动得几乎说不出话来,他们向赫拉克勒斯求救。赫拉克勒斯毫不犹豫地走上前去,

【细节描写】

表现出赫拉克勒斯的英勇和对待朋友的仗义。

抓住忒修斯的手，迅速将其从铁链中解救出来。当他正要去解救庇里托俄斯时，脚下的地开始剧烈震动，他的身子摇晃不定，根本无法接近庇里托俄斯。没有将其解救出来，这是冥王从中做的手脚。

赫拉克勒斯继续向前走，走着走着又看到一个认识的人，叫阿斯卡拉福斯。这个人曾经诽谤过冥后，因此被冥后的母亲得墨忒耳变成了猫头鹰，并将一块巨石压在他身上，让他永世不得翻身。赫拉克勒斯很同情他，帮他将身上的巨石挪开。

【动作描写】

从这几处可以看出，赫拉克勒斯对待他觉得可怜的人就富有同情心，但是对于挡住他前进步伐的人，他全部都要置之于死地。

为了给那些焦渴的鬼魂解渴，赫拉克勒斯勇敢地杀死一头牛，让鬼魂们喝上几口牛血。但这一举动却引起了牧牛鬼墨诺提俄斯的愤怒，他冲上前来要与赫拉克勒斯拼命。赫拉克勒斯将他拦腰抱住，高高举起，要摔死他。这时冥后珀耳塞福涅急忙出来求情，赫拉克勒斯才免他一死。

赫拉克勒斯顺利地走入了地狱。突然，冥王拦住了他，不许他再往前走，并恶语相向。赫拉克勒斯大怒，拉开弓箭向冥王射去，一箭射中他的肩膀，疼得他倒在地上嗷嗷乱叫、连声求饶。

赫拉克勒斯让他交出地狱的恶狗。他没有拒绝，但提出一个条件，那就是不允许用武器伤害那只狗。赫拉克勒斯答应了这个条件，然后在冥王的带领下，来到冥河的河口处，看到了那只可怕的恶狗。

【细节描写】

表现出恶狗的凶狠，预示着想要制服恶狗并不是一件容易的事。

赫拉克勒斯向那狗逼近，只见它趴在地上，三个头高昂着，看见有人来，便发出雷鸣般的狂叫，嘴里还喷射出一团团火焰，真让人毛骨悚然。

赫拉克勒斯没有被它吓倒，他走上前，用双腿紧紧夹住恶狗的三个头，双手死死卡住它的脖子，不让它逃脱，然后用脚踩住了恶狗那条会咬人的龙尾，就这样相持一段时间后，恶狗终于被制服。

赫拉克勒斯带着恶狗离开地狱，从另一个出口返回阳间。这恶狗一见到阳光，就口吐毒涎，毒涎滴在地上，很快便长出有剧毒的乌头草。赫拉克勒斯用铁链牵着它径直向欧利斯特斯的宫殿走去。

【细节描写】介绍了赫拉克勒斯与恶狗搏斗的细节，表现出他的勇猛。

欧利斯特斯满以为这回赫拉克勒斯就是有天大的本领也不能从地狱中返回，何况还让他牵回那只恶狗呢！他正得意扬扬的时候，赫拉克勒斯带着那只恶狗出现在他面前，他简直不敢相信自己的眼睛。

这一回，欧利斯特斯彻底认输了，在一次次的事实面前，他不得不承认赫拉克勒斯确实是一位了不起的英雄，不得不相信赫拉克勒斯是神的宠儿，他甘拜下风。

【概述】赫拉克勒斯用自己的实力使欧利斯特斯折服了，他终于摆脱了欧利斯特斯的奴役。

欧利斯特斯最后让赫拉克勒斯将恶狗送回地狱，因为它的样子太可怕了，而且在人间也会危害人类。赫拉克勒斯照办了。现在，他一身轻松，他不仅为自己摆脱了欧利斯特斯的奴役而骄傲，更为自己在一次次磨难中所表现出来的英雄气概而自豪。他要按照神祇给他明示的道路，信心百倍地走下去。

（三）神之战争

宙斯成了世界的新主宰之后，遭到很多人的反对，这其中包括大地之母盖娅和天神乌拉诺斯生下的一群儿子，也就是提坦巨人们。宙斯将他们全部打入地狱。几年后，巨人们冲破了地狱，从田野中冲出来，在他们母亲的怂恿下，纷纷登上了帖撒利山，向天空发起疯狂的进攻。

这些巨人面目狰狞，头发和胡须长而杂乱，身后拖着一条带鳞的龙尾巴。谁看到他们都会吓出一身冷汗，就连星星看到也闭上眼睛，太阳看到也将脸藏到云彩里。

【巧用修辞】这部分运用了夸张的修辞手法，用星星看到也闭上眼睛，太阳看到也将脸藏到云彩里，来表现巨人面目的狰狞。

“孩子们，去吧，去给你们的祖先报仇！”

大地之母为她的儿子们鼓劲助威。

【语言描写】大地之母正在用言语来激励她的孩子们去和宙斯战斗，为自己的祖先报仇。

“孩子们，想一想宙斯造下的罪孽吧，普罗米修斯正在高加索山上承受秃鹰啄食肝脏的痛苦；你们的祖先们，有的被他用闪电击中，有的也被大雕啄食肝脏，有的被罚去背负青天，有的被铁锁锁住受尽折磨。去吧！去拯救他们吧！你们应该用我的肢体——高高的山峰作为阶梯和武器，登上那座神祇聚集的奥林匹斯山，去惩罚你们的仇敌吧！”

巨人们听了母亲的话，力量倍增。几年来，他们在黑暗的地下积蓄着力量，每一个人的胸口都燃烧着愤怒之火。现在，他们获得了自由，脚踩大地母亲的身躯，复仇之剑光闪闪地正待出鞘。

【细节描写】说明巨人的复仇之战是有充分准备的，他们的分工十分明确。

出发前，他们做了细致的安排：阿耳克尤纳宇斯去抢夺宙斯手中的权杖和闪电，恩刻拉多斯去征服海神波塞冬，律杜斯去夺太阳神手中的缰绳，珀耳菲里翁去占领特尔斐的神殿……

天上的神祇们得知了巨人的阴谋后，由神祇的使者彩虹女神伊里斯通知大家，迅速聚集到奥林匹斯山上，共同商量对付巨人的办法。众神收到通知后，像云彩一样聚集到一起，就连冥府的冥王和冥后也纷纷赶来。

【语言描写】预示着宙斯和盖娅的战争即将打响，他毫无畏惧地向盖娅宣战。

宙斯神情异常严肃，他对大家说：“诸位都已得知，大地之母正鼓动她的儿子向我们逼近，我们绝不能让他们践踏神圣的奥林匹斯山，大家准备战斗吧！我要让他们再尝一尝与天神作对的苦果，让他们再尝一尝我宙斯的厉害，胜利永远属于我们！”

天神的话音一落，天空中便响起阵阵雷鸣。

大地之母盖娅气得浑身发抖，她制造出强烈的地震，让大自然又像造物时那样陷入一片混乱状态。她的巨人儿子们拔掉了一座又一座的高山，将这些山峰堆砌在一起，做成一架天梯，一步步地向上爬，直逼奥林匹斯山。

熊熊的圣火照亮了奥林匹斯山。看吧！战神阿瑞斯笔直地坐在高大的战车上，手中的盾牌金光闪闪，战盔上的羽毛在风中呼呼作响。骏马嘶鸣，他驾着战车冲向敌阵，车轮从巨人的肢体上碾过。

【场面描写】表现出了战争场面的声势浩大，气势磅礴。

在此之前，神祇们得到一则神谕：如果没有一个凡人参加这场战斗，他们就无法对付这些巨人。盖娅也得到这个信息，但她轻视了这一点，急于求胜的心理使她似乎忘记了宙斯曾与凡人留下了许多爱情的结晶。

当赫拉克勒斯在山顶上出现时，大地之母的脸色吓得苍白，为了保证她的孩子们不受伤害，她急忙开始寻找一种能够躲过灾难的药草。可是，天神宙斯料到了她会这么做，便将太阳、月亮、星星全部隐藏起来，天地一片黑暗。盖娅在黑暗之中困难地寻找着，宙斯抢先一步将这种珍贵的药草收割掉，并请雅典娜将药草交给自己的儿子赫拉克勒斯。

巨人们手里拿着燃烧的火炬，开始疯狂地向神祇们扔掷巨大的石块，神祇们也开始用神箭射击，一时间，石林箭雨，铺天盖地，喊杀声响彻寰宇。

【场面描写】巨人们和天神们的斗争场面十分激烈，战火频频。

巨人们对神箭无所畏惧，因为他们即使被箭射伤，只要一与大地之母接触，就会重新站起来，继续战斗。

赫拉克勒斯在奥林匹斯山的最高点俯视巨人，只要受伤的巨人看到他，就会灵魂出窍而死，再也不能复活，这正是作为凡人参战的与众不同之处。

赫拉克勒斯沉着应战，他弯弓搭箭，一箭射中巨人阿耳克尤纳宇斯，那个正准备夺取宙斯的权杖和闪电的人。这个高大的巨人迅速滚落到母亲的怀抱，盖娅马上接纳了他，他竟然没有死。赫拉克勒斯立刻追下去，将阿耳克尤纳宇

【情景描写】表现了赫拉克勒斯的勇猛、无畏。

斯从地上举起来，他一离开大地就马上咽了气。

见此情形，巨人珀耳菲里翁，那个正准备去强占特尔斐神殿的人，发疯似的向赫拉克勒斯冲了过来，要与他同归于尽。这时，天神宙斯与神后赫拉降临，宙斯用神力将赫拉脸上的面纱轻轻掀开，当巨人看到神后美丽动人的面容时，像触了电一般呆呆地立在那里，停止了行动。赫拉克勒斯趁机射出一箭，巨人当场倒毙。

【细节描写】表现了天神的智慧和团结一致。这场战争中，胜利的天平此时已经倾向于天神了。

众神齐心协力，各显神通。阿波罗双箭射中埃菲阿耳斯的双眼，酒神巴克科斯举起酒神杖打死律杜斯，赫菲斯托斯用灼热的铁弹将刻吕提俄斯炸死，雅典娜举起西西里岛砸在逃亡的恩刻拉多斯身上，海神波塞冬劈裂海岛将波吕波特斯埋藏，赫耳墨斯头戴地狱神的战盔杀死希波吕托斯，命运女神用铁棒砸死两个巨人……所有这些都离不开赫拉克勒斯的协助，因为没有他参战，巨人就会像地上的草一样死而复活。

巨人们在凡人与神力巧妙结合的阵势中，锐气大伤，多数被雷电击中或被赫拉克勒斯的弓箭射死，最后被一个不剩地杀光。

战斗结束后，诸神纷纷称赞赫拉克勒斯在这场搏杀中的出色表现，宙斯把所有参战的神祇都称作奥林匹斯人，这是勇敢者的称号。赫拉克勒斯也获得了这一荣誉称号。他为此感到自豪。

（四）迷失自我

当年，赫拉克勒斯曾在疯狂中杀害了自己的三个孩子，导致妻子墨加拉离他而去。几年来，他一直孤独地四处奔波，没有摆脱欧利斯特斯以前，他将全部精力都投到了那十项任务上，无暇考虑自己的生活。现在，赫拉克勒斯很想有个家，有个温柔善良的妻子。

【心理描写】赫拉克勒斯渴望成家立业，过上幸福的生活。

赫拉克勒斯童年的时候，有一个教他射箭的老师叫欧律托斯，他现在是一个岛国的国王。他有一个非常漂亮的女儿叫伊俄勒。这个美丽的少女吸引了众多年轻的王子前来求婚，国王为有这样一个女儿感到荣耀。

有一天，国王宣布说，只要有人敢和他及他的儿子比赛射箭，谁能赢就将自己的女儿嫁给谁。求婚的人都纷纷来到这个岛国，准备参加比赛。赫拉克勒斯也闻讯赶来。

【叙述】国王的比箭招亲吸引了赫拉克勒斯，为下文做铺垫。

欧律托斯和他的儿子箭术超群，几乎没有人能够战胜他们。而赫拉克勒斯不愧是欧律托斯的学生，他在比赛中大显身手，出尽了风光，不仅战胜了欧律托斯的儿子，还战胜了欧律托斯！

赫拉克勒斯得到了欧律托斯热情的款待，但提到婚事，欧律托斯却吞吞吐吐地一再推托，说还需要再考虑一下这件事。因为他了解到赫拉克勒斯有杀害自己孩子的罪孽，怕将来自己的女儿会遇到同样残忍的事情。

【细节描写】表现出欧律托斯的顾虑，他害怕历史在自己女儿的身上重演，这一细节表现出他对女儿的爱护。

欧律托斯的儿子伊菲托斯跟赫拉克勒斯是同龄人，他对赫拉克勒斯的箭术赞不绝口，没有丝毫的嫉妒之心，并与赫拉克勒斯成为朋友。美丽的伊俄勒公主也被赫拉克勒斯身上所表现出来的英雄气概吸引，深深地爱上了他。伊菲托斯劝自己的父亲留下这位朋友，但遭到拒绝，欧律托斯不同意这门婚事。赫拉克勒斯只好失望地离开这里。

【细节描写】从伊菲托斯和伊俄勒对赫拉克勒斯的态度上，我们能够看出他们都是很欣赏和喜欢赫拉克勒斯的。

在赫拉克勒斯走后不久，欧律托斯发现本国的牛群奇怪地丢失了，他马上想到肯定是那个生气离去的赫拉克勒斯所为，他这是报复，因为他没有得到伊俄勒公主。虽然没过多久，事情已经澄清：牛群是窃技绝奇的盗贼奥托吕科斯偷走的。但固执的欧律托斯还是一口咬定与赫拉克勒斯有关，并破口大骂他是杀人不眨眼的强盗，是卑鄙无耻的小人。

【细节描写】表现出欧律托斯的固执和他对赫拉克勒斯的成见。

伊菲托斯对父亲的行为很反感，他站出来，极力为朋友辩解，并主动要求去找赫拉克勒斯，然后和他一起去将丢失的牛群找回。

伊菲托斯找到了赫拉克勒斯，表明了来意并告诉他，自己的妹妹伊俄勒很喜欢他，很愿意嫁给他。这使赫拉克勒斯兴奋不已。他为有这样忠诚的朋友而高兴，也为自己能赢得美丽姑娘的爱慕而高兴。他准备帮欧律托斯找回牛群后再争取一下婚姻之事。

赫拉克勒斯和伊菲托斯一起去找牛群，他们找啊找啊，没有发现一丝线索。有一天，他们爬上了一堵城墙，想站在高处望更远的地方，看一看是否有牛群的足迹。这时，意想不到的事情发生了。

【细节描写】赫拉克勒斯病发误杀了伊菲托斯，由于无法得到欧律托斯的谅解，他饱受着病痛的折磨。

赫拉克勒斯突然间疯狂病发作，他将伊菲托斯看成了欧律托斯和盗牛的强盗，于是狂笑着将可怜的伊菲托斯从高高的城墙上推了下去。

当赫拉克勒斯从病态中解脱出来时，他不能原谅自己，为自己又一次夺去无辜的生命而深感内疚，长时间地陷入痛苦之中不能自拔。

他到各地去向国王求情，希望能帮他洗清自己的罪过，可是都遭到拒绝。后来，神祇们为惩罚他让他身患重病。

重病的赫拉克勒斯四肢无力，精神恍惚。从生下来就浑身充满无穷神力的英雄，此时此刻忍受着病痛的折磨。他强挺着爬起来向特尔斐的神殿走去。

【叙述】赫拉克勒斯身受神的惩罚，没有人愿意帮助他，英雄落魄到了众叛亲离的地步。

赫拉克勒斯跪倒在地上，请求神灵让他寻到治病的妙方，让他从病痛中解脱出来。可是，女祭司们对他不予理睬，拒绝给他解释深奥的神谕。饱尝病痛折磨的赫拉克勒斯实在是忍不下去了，盛怒之下他将殿里的圣炉搬到野外，自己研究起神谕来。

太阳神阿波罗看到赫拉克勒斯这一狂妄的举动，十分生气，他出现在赫拉克勒斯身边，向他挑战。

天神宙斯的这两个儿子开始了一场搏斗，这是宙斯不愿意看到的，因为他不希望他们中的任何一方受伤害。于是，他急忙用闪电将他们二人分隔开，并告诉赫拉克勒斯一则神谕：他只有卖身为奴做三年的苦差，并将这笔卖身钱送给死者的父亲，才能消除他所犯下的罪孽。

【说明】

宙斯告诉了赫拉克勒斯消除罪孽的方法，引出下文。

按照父亲的提示，赫拉克勒斯乘船来到了遥远的亚细亚，做了一个名叫翁法勒的女王的奴隶。他首先将卖身钱托人捎给欧律托斯，但欧律托斯没有接受；后来他只好将钱交给死者伊菲托斯的儿子。从此以后，赫拉克勒斯的体力慢慢恢复。他安下心来过他的奴隶生活，以此来表达他灵魂深处的忏悔之情。

最初的日子里，赫拉克勒斯只是做一些杂役，没有引起别人的注意。后来，他的英雄本色逐渐显现出来。他曾制服了所有扰乱和危害人民的强盗，维护了女王和周围邻国的安全；他还曾杀死了恶霸，围猎了一只公猪。

【细节描写】

描写了赫拉克勒斯为奴之后的生活，证明了勇士的光芒是无法遮掩的。

赫拉克勒斯的非凡表现最终受到了女王翁法勒的青睐，当她听说自己买来的这个奴隶竟然是宙斯的儿子时，立即恢复了他的自由，而且为赫拉克勒斯那英俊的面庞、勇敢的气概而倾倒，决定招他为夫。从此，赫拉克勒斯过起了奢华的生活。

现在，赫拉克勒斯沉浸在幸福如蜜的生活之中，他忘记了年轻时那位“善”女神对他的谆谆教诲，整天不思进取、贪图享乐，没有丝毫斗志。这让他的妻子十分失望，她披上赫拉克勒斯的狮皮，而将女人的衣服让他穿上，想以此来刺激他、羞辱他，使他重新振作起来，去成就丰功伟绩。但这个办法没有奏效。

【细节描写】

赫拉克勒斯在成为女王的丈夫之后变得懒惰起来，这一点引起了女王的极大不满，她开始想方设法使他振作起来，但都没奏效。

赫拉克勒斯已经没有了自尊，他穿着女人的衣服，戴

【细节描写】
描写了赫拉克勒斯性格改变之后的生活，这对他来说简直是一种耻辱。

着女人的首饰出出进进，每天跟一群女佣人坐在一起玩闹。不管妻子怎么鄙视他、提醒他，都不能将他改变。他已经不能自拔了。他甘愿坐在妻子的脚旁为她纺羊毛，干得十分卖力，唯恐受到妻子的嘲笑和责骂。有的时候，他也向大家讲述他年轻时候的辉煌业绩，大家就像听笑话一样，谁会相信眼前这位一身女人装束的人曾做过那样惊心动魄的事呢！

日子就这样一天天地过去，赫拉克勒斯在此度过了整整三年。有一天，他突然像做梦一般地清醒过来，赶忙脱去身上的女装，想到过去平庸的生活，他深感羞愧。他又想起了"善"曾经的教导。

赫拉克勒斯告别了女王翁法勒，离开了美丽的亚细亚，向远方走去。现在，他浑身充满了力量，又恢复了宙斯儿子的本来面目，开始了他的新生活。

（五）死后成神

【情节铺排】
赫拉克勒斯结束了奴隶生活，对重获自由倍加珍惜。

赫拉克勒斯经历了三年的奴隶生活，虽然荒废了许多光阴，但他倍感轻松，因为是神灵帮他抹去了心灵上的阴影，他要加倍珍惜、充分利用这重新获得的自由，决定去向昔日的敌人复仇。

他首先去了特洛伊，要惩罚一下暴虐的国王拉俄墨冬。当年赫拉克勒斯从海怪口中救出了他的女儿赫西俄涅，而没有得到他事先应诺的送给救人者的骏马。赫拉克勒斯对此一直耿耿于怀，只是没有时间和机会来对他实施报复。

在去特洛伊的途中，赫拉克勒斯认识了一位朋友叫忒拉蒙。忒拉蒙对赫拉克勒斯十分敬重，赫拉克勒斯也被忒拉蒙的热情坦诚所感动。两人相见恨晚，忒拉蒙决定跟随赫拉克勒斯去征战特洛伊王国。

赫拉克勒斯为了感谢朋友的一片真情，跪在地上，双手举向天空，嘴里祈祷着：“父亲宙斯，如果您愿意施恩于您的儿子，就请赐给我的朋友忒拉蒙一个和我一样英勇无畏的儿子吧！”

【语言描写】
表现出赫拉克勒斯对朋友的真诚和关怀。

话语刚落，只见一只矫健的雄鹰从天而降，赫拉克勒斯兴奋地告诉忒拉蒙，他不久将得到一个像这只雄鹰一样矫健的儿子。忒拉蒙激动地向天神表示感谢。

攻打特洛伊城的战斗打响了，赫拉克勒斯出发时带来一批战士和六只船，现在已将城池团团围住。

忒拉蒙在战斗中一马当先，表现得英勇无畏。赫拉克勒斯猛然发现自己总是跟在忒拉蒙的身后，在以往还从未有过这种情况。这个大英雄生平第一次在战场上被人超过，自尊心受到了伤害。他妒火燃烧，失去了理智，拔出了腰间的宝剑，想砍掉他前面的这个人。正在这时，忒拉蒙一回头发现了朋友这一举动，也马上明白了他的意图。善解人意的忒拉蒙马上猫下腰去，将地上的石块收集在一起。赫拉克勒斯不解地问他在做什么时，忒拉蒙微笑着说：“我正在为胜利者赫拉克勒斯建造一座圣坛。”赫拉克勒斯听后，脸上泛起一片红云，他为自己的心胸狭窄而惭愧。从此，他与忒拉蒙的友谊越来越深厚。

【细节描写】
强烈的反差使得赫拉克勒斯的自尊心受到了伤害。

【语言描写】
表现出忒拉蒙的智慧和他对这段友谊的重视。

特洛伊城很快被攻破，国王拉俄墨冬和他的几个儿子都被赫拉克勒斯用弓箭射死。那个曾被赫拉克勒斯救出的公主赫西俄涅被捉到，赫拉克勒斯将她作为战利品送给了忒拉蒙，让她为忒拉蒙生儿育女。

从特洛伊回去的途中，天后赫拉又从中作梗，让赫拉克勒斯的队伍在海上遇到暴风雨，好使他们葬身大海。天神宙斯出来搭救，才使赫拉的阴谋没有得逞。

【叙述】
经过这么多事件，赫拉对赫拉克勒斯的嫉妒和恨意仍然没有平息。

后来，赫拉克勒斯又对国王奥革阿斯进行了报复，因为当年他忍辱为这个国王清扫牛棚，而最后国王违背了诺言，没有给他应得的报酬，反而给欧利斯特斯一个狡辩的理由，使赫拉克勒斯的这项任务没有算数。赫拉克勒斯轻而易举地攻占了他的国家，并将他和他的儿子全部杀死，让他们得到了报应。

【引出下文】

交代了故事发生的地点和人物，以及事件的缘由。

在希腊北部有一个叫卡吕冬的国家，国王俄纽斯有一个美貌绝伦的女儿，名字叫得伊阿尼拉。她的美丽引得求婚者成群结队。其中，有一个很难缠的求婚者，那就是河神阿刻罗俄斯。他长得奇丑无比，一会儿是牛头人形，一会儿又变成一条长蛇。美丽的公主看到他就会吓得半死，她发誓宁愿死去也不愿嫁给河神。

但阿刻罗俄斯是神的子孙，国王俄纽斯不敢得罪，只得同意将女儿嫁给他。河神紧追不放，每天都来纠缠公主。可怜的公主整天以泪洗面，愁眉不展。

赫拉克勒斯也曾听说过公主的容貌过人，现在得知她被河神纠缠的消息后，深表同情，决心向河神挑战，去向公主求婚。

【行为描写】

显示出河神此时内心的愤怒，他的愤怒已经全部写在脸上了。

河神看到赫拉克勒斯要夺走他的意中人，很是气愤，他瞪着牛眼，竖立起牛角，向赫拉克勒斯发起进攻。国王俄纽斯没有阻拦他们，而是宣布，谁取得了胜利谁就可以娶自己的女儿。

现在，两个求婚者开始了一场激烈的搏斗。这个丑陋的河神还真不好对付，他总能敏捷地避开赫拉克勒斯的攻击，并伺机将对手顶翻在地。最后，两个人手臂绞着手臂、脚绊着脚，死死地缠在一起，谁也不示弱，很难分出胜负。旁边的国王和他的家人观看得入神。公主得伊阿尼拉为赫拉克勒斯捏着一把汗，她多么希望这个英俊潇洒的壮汉能够击败那个丑八怪呀！她已在心里暗暗地爱上了赫拉克勒斯。

经过一段时间的相持，河神有些吃不住了，赫拉克勒斯抓住机会，猛地将他掀倒在地，用双手紧紧地按住他。河神突然变成了一条光滑的长蛇，想趁机溜走，赫拉克勒斯抢上一步，一把捏住蛇头，眼看就要被掐死时，他又变成一头公牛，赫拉克勒斯又奋力抓住一只牛角，将它断成两截。这下河神可慌了，连忙喊饶命。赫拉克勒斯这才放他一条生路。

【细节描写】表现出赫拉克勒斯的英勇，他随机应变制服了河神。

赫拉克勒斯与得伊阿尼拉举行了婚礼。但赫拉克勒斯没有沉溺于儿女情长之中，他时刻牢记“善”的教导，还是像以往一样，四处漫游，不断地去追求、创造，为人类造福。他年轻美丽的妻子非常理解他，伴随着他一起漂泊。不久，他们有了一个可爱的儿子，叫许罗斯。

有一次，赫拉克勒斯带着他的妻子去拜访他的一位朋友，在经过一条急流奔涌的河流时，发现一个半人半马的肯陶洛斯人站在河边。这个人叫涅索斯，他每天用双手抱着来往的人过河，然后索要过河费，据说这是神祇们交给他的工作。

【细节描写】介绍了赫拉克勒斯和涅索斯的相遇，为下文故事的发展埋下了伏笔。

赫拉克勒斯是用不着涅索斯来抱的，他跨入河流中走在前面，而他的妻子得伊阿尼拉由涅索斯抱着走在后面。

得伊阿尼拉简直是太迷人、太漂亮了，她的美色令涅索斯怦然心动。当他抱着得伊阿尼拉走到河中央时，竟忍不住吻了她美丽的额头，并动手动脚。听到妻子的尖叫声，赫拉克勒斯回头发现色胆包天的涅索斯正在污辱他的妻子。他怒火中烧，三步并作两步冲上前去，从涅索斯手中夺过惊恐万状的妻子。涅索斯趁机跑上河岸，赫拉克勒斯抱着妻子追上岸来，抽出弓箭向正在逃跑的涅索斯射去。涅索斯中箭仆地，他挣扎着使出全身的力气向得伊阿尼拉喊道：“喂，美人儿，你给我听着，你是我抱着过河的最后

【叙述】涅索斯的心动从侧面反映出伊阿尼拉的美貌。

【语言描写】
临死之前，涅索斯用言语挑拨赫拉克勒斯夫妻之间的关系，使得伊阿尼拉内心产生了疑惑。

一个人，我为你死无怨无悔，但你应该为我埋葬尸体。这是你的职责。如果你将我身体内流出的最后一滴血保存起来，有一天它会起到神奇的作用。如果你能把它涂在你丈夫的衣服上，能保证他不再爱别的女人，只爱你一个。听我的话吧，我是诚心为你好，我爱你……”

【细节描写】
这一细节为之后两个人之间的感情嫌隙埋下了伏笔。

这个半人半马的怪物涅索斯就这样死在了赫拉克勒斯的箭下。他临终前的这些居心险恶的话，让得伊阿尼拉感到迟疑。虽然她从未对自己丈夫的爱情和忠诚表示过怀疑，但她还是用一个小瓶子将涅索斯的最后一滴血保存了起来。赫拉克勒斯对这件事一无所知。

几年之后，赫拉克勒斯去讨伐俄卡利亚国王欧律托斯。当年他曾经许诺箭术超过他及他儿子的人，可以娶走他美丽的女儿伊俄勒。当赫拉克勒斯获胜时，他又食言了。为此赫拉克勒斯曾在疯狂中将朋友推下城墙，从而承受着巨大的精神痛苦，并用了三年的时间去赎罪。现在报仇的时机终于到了。

赫拉克勒斯召集了一支强大的军队，很快攻破了欧律托斯的城池，将欧律托斯及他的几个儿子全部杀死，并俘虏了年轻美貌的公主伊俄勒——这个差一点儿成了赫拉克勒斯妻子的女人。

【语言描写】
仆人向得伊阿尼拉通报获胜的消息，并向她说明要优待一位战俘。

得伊阿尼拉在家里焦急地等待着丈夫早日得胜归来。突然，屋外传来阵阵欢呼声，接着赫拉克勒斯的仆人利卡斯急匆匆地冲了进来，兴奋地喊道：“夫人，我们胜利了，您的丈夫打了胜仗啦！他正在准备给他的父亲宙斯献祭，得在一座小岛上耽误两天才能回来，先让我们将一批俘虏带回国来。”

得伊阿尼拉走出家门，果然看到战士们押着一群俘虏向她走了过来。利卡斯指着俘虏中一位美貌的少女说：“您丈夫已经取得了胜利，他攻占了城池，杀死了罪有应得的人，他不想再滥杀无辜，所以吩咐我们要善待这些俘虏，特别是这个不幸的女子。”

得伊阿尼拉顺着利卡斯的指点望去，确实看到一位美丽女子，她在人群中很出众，很不一般。得伊阿尼拉将那位女子叫到跟前，打量着问道：“你叫什么名字？你出生于哪个家族？看样子你绝不是平民百姓家的女子。你的父亲是谁？”听到这一连串的问题，年轻的姑娘没有作答，只是长叹一声保持沉默。

【语言描写】得伊阿尼拉看出了伊俄勒的不平凡，所以想要询问她的身世，但是伊俄勒却只字未露。

得伊阿尼拉感到有点纳闷儿，她转过身来又问仆人利卡斯。利卡斯很不自然地回答道：“我怎么会知道呢？但我也觉得这姑娘绝不会出生于俄卡利亚国的小户人家。”说完就走开了。

得伊阿尼拉没有再问下去，她命令人将姑娘先送进内室，好好招待着。这时，赫拉克勒斯身旁的另一位随从走到得伊阿尼拉身旁，轻声地对她说：“夫人，我告诉您吧，这个女人叫伊俄勒，是俄卡利亚国王欧律托斯的女儿，赫拉克勒斯就是因为过去没有得到她才去报复她的父亲的。在没有认识您以前，我们的大英雄已经深深地爱上这个姑娘了，现在终于弄到了手。夫人，您今后的日子恐怕有竞争对手了。”

【语言描写】仆人将关于伊俄勒的事情告诉给了得伊阿尼拉，无疑这些话让她的心里产生了波澜。

“你说的这些都是真的吗？”得伊阿尼拉问。

“一点儿不假，这是利卡斯亲口对我说的，他说赫拉克勒斯就是为了这个姑娘才去征战的。”

得伊阿尼拉听完以后，心口像堵了块石头一样很难受。为了进一步证实，她又派人将利卡斯叫来询问此事是否真实。起初利卡斯死不承认，后来，得伊阿尼拉真诚地说：“说吧，不要害怕，我深信我与赫拉克勒斯之间的爱情坚贞不渝，我只是想了解一下我丈夫的过去。即使我丈夫对我有

【语言描写】显然此时得伊阿尼拉的话是自欺欺人的，她已经开始相信涅索斯死前说的话了。

不忠的地方我也不会责怪他，更不会埋怨这位姑娘，因为她没有伤害过我，我对她只有同情。”

利卡斯见夫人如此通情达理，便承认了夫人所听到的是真话。

阅读笔记

得伊阿尼拉没有发怒，她镇静下来，悄悄地回到了她的卧室，一种危机感涌上她的心头。她忽然想起当年涅索斯临终前说的那些话，想起了她收藏多年的涅索斯的最后一滴血。

她没有多想什么，迅速翻出那滴血，用羊毛蘸着将血抹在赫拉克勒斯的衣服上，她确信这是抓住丈夫爱情和忠心的神秘魔药。她将使用过的羊毛随手扔在地上。然后走出门外将这衣服交给利卡斯，并吩咐道：“请将这件衣服给我丈夫捎去，这是我亲手为他缝制的。除了他以外，任何人不许穿。注意，不要将它放在烈日下和火种旁。你要在他祭祀神祇时给他穿上。为了使他相信这是我的口信，我再交给你一枚戒指作信物。”

【语言描写】表现出得伊阿尼拉对这件衣服的紧张。

利卡斯认真地按照夫人的吩咐去做了。他将衣服送到了赫拉克勒斯手中。赫拉克勒斯很高兴，并在祭祀神灵时将它穿上。可利卡斯万万没有想到神力无敌的赫拉克勒斯最后竟死在这件衣服上。

【叙述】这时读者会好奇赫拉克勒斯是怎么死的，这句话引出下文。

刚穿上这件衣服倒还觉得暖烘烘的很舒服，可没过多长时间，他就觉得浑身发抖、四肢抽搐，豆大的汗珠从脸上淌下来，身上似乎有无数条毒蛇在撕咬着。他大叫一声倒在地上，几乎要昏过去。他马上意识到是衣服的问题，便将利卡斯叫来询问。利卡斯又将夫人的原话说了一遍，疯狂的赫拉克勒斯像抓小鸡一样，将仆人利卡斯抓起来摔死在海滨的岩石上，又将他投入大海，然后躺倒在地上捂着胸口痛苦地呻吟着。

这一切都被前来探望父亲的儿子许罗斯看见，他悲痛万分地跪倒在父亲面前。

赫拉克勒斯一边诅咒着他的妻子得伊阿尼拉，一边对着许罗斯大喊：“儿子，我亲爱的儿子，快拔出宝剑来，对准我的脖子，杀死我吧！我实在忍受不了啦！”

【语言描写】表现出赫拉克勒斯此时所经历的难忍的痛苦。

许罗斯泪流满面地摇着头，他怎么能亲手结束英雄父亲的性命呢！没想到父亲出生入死，一生无所畏惧，经历了千辛万险都没有丧生，最后竟然被自己温柔的母亲设下的陷阱夺去了生命，他真有些不敢相信眼前的事实。

【细节描写】表现出许罗斯内心的纠结，他不忍心亲手杀死父亲，又不想相信母亲是凶手。

“儿子，快，快把我送回家去，我死也要死在我生活过的地方。”赫拉克勒斯在痛苦的呼叫中一次次地昏死过去，生命垂危。

许罗斯马上命人将父亲抬上船，火速向家乡的方向驶去。

再说得伊阿尼拉将涂上毒血的衣服让人捎走之后不久的一天，她偶然发现被她随手扔掉的那绺蘸过魔药的羊毛在阳光下化为灰烬，一种不祥的预感涌上心头。她吓得浑身发软，正坐立不安地等待丈夫的消息时，忽然，儿子许罗斯闯了进来。

儿子一进门就愤怒地对母亲说：“母亲，你的心好狠毒呀！我真不希望你是我的母亲，我真希望这个世界上没有你的存在。”

【语言描写】表现出许罗斯在未明实情的情况下对母亲产生的怨恨。

看见儿子一个人回来，而且劈头盖脸地说了一通充满仇恨的话语，得伊阿尼拉心里已经明白发生了不幸，但她还是忍不住问道：“孩子，这是怎么了，发生了什么事情？”

许罗斯抽泣着回答说：“是你夺去了我父亲的生命，你为什么要这样做？为什么？”

得伊阿尼拉倒吸一口凉气，脸色煞白。她这才相信那个涅索斯阴险毒恶的用心。她追问道：“你父亲他怎么了？

他怎么死的？”

许罗斯将他的所见详细地告诉了母亲，并指责她说：“这都是那件魔鬼的衣服造成的，母亲呀！你谋害了人间的英雄，我伟大的父亲，我为你感到耻辱。”

【叙述】为后文做铺垫。

得伊阿尼拉两眼发直，她没有为自己争辩，而是绝望地走进自己的房间。

有几个得伊阿尼拉身边的仆人走上前来，告诉许罗斯，他们听主人说过涅索斯给她的爱情魔药，她以为那是无害的，只是可以唤回赫拉克勒斯的爱情和忠心的魔药，她是无辜的，他们说许罗斯不应该这样错怪自己的母亲。许罗斯听后赶忙冲进母亲的房间，但是，已经晚了。得伊阿尼拉已直挺挺地躺在床上，死去了。她的胸口插着一把利剑，鲜血染红了衣襟。

【细节描写】表现出许罗斯在得知真相后的痛苦和忏悔。

许罗斯扑到母亲身上放声大哭，他为自己的鲁莽举止和过激言辞而忏悔，他为自己刺伤了母亲的心而痛苦。

这时，已经被抬回家中的赫拉克勒斯还在痛苦地大叫着，生命奄奄一息。

“儿子，快杀死我吧！让我从痛苦中解脱出来，然后再去惩罚你的母亲。”

【语言描写】通过儿子的话，说明得伊阿尼拉并不是故意伤害赫拉克勒斯的。

“父亲，请不要再说了，我的母亲是在无意中伤害了您，她深爱的人就是您。现在，她不能饶恕自己的过失，已经拔剑自尽了。我对不起她，希望您也能原谅她，让她的在天之灵得以安息吧！”

【叙述】赫拉克勒斯压下自己的悲伤，开始冷静地安排后事，表现出他的理智镇定。

看着悲痛万分的儿子，赫拉克勒斯化悲愤为悲哀。他知道自己剩下的时间不多了，于是开始安排后事。

他立即让儿子许罗斯和美丽的伊俄勒结婚。之后执意叫人将他抬到俄塔山的山顶上。因为以前特尔斐的神谕中说，赫拉克勒斯死亡的地方一定是在特拉奇斯的俄塔山上。

在俄塔山的山顶，赫拉克勒斯叫人架起一堆木架，然后将自己放在木柴堆上，让人点火。他的朋友菲罗克忒斯痛苦难忍地将木柴点燃。为了感谢他，赫拉克勒斯将自己战无不胜的弓箭送给了他。

当熊熊的烈火将赫拉克勒斯的身体包裹住的时候，天空中突然划过一道闪电，紧接着是震耳欲聋的雷鸣声。让人奇怪的是，雷电过后，天空中出现一朵祥云，赫拉克勒斯一定是被那隆隆的雷电接到奥林匹斯山上了。

【细节描写】这一细节证明了赫拉克勒斯死后已经升入天神之列，从此过着幸福的生活。

人们在木柴变成灰烬时，去拾捡赫拉克勒斯的遗骨，却什么也没有找到。赫拉克勒斯真的应了神祇的神谕，已从凡人变成了天神。从此，所有的人都向他献祭，尊奉他为神祇。

赫拉克勒斯来到天上，遇到了许多神祇，雅典娜将他列入诸神行列，天神赫拉也不再为难他了，而且把自己的女儿赫柏嫁给了赫拉克勒斯。赫柏是永恒的青春女神，她温柔而美丽，与赫拉克勒斯美满地生活在一起，生了许多可爱的小天使。

【细节描写】介绍了赫拉克勒斯最后的结局，他也位列诸神行列了。

名师点拨

这部分用了很长的篇幅来讲述英雄赫拉克勒斯的故事，从中我们能够看出他是一个勇敢、威猛，但又不失智慧的人，他是注定要做天神的。文章中大量的细节描写和语言描写，以及一些修辞手法的使用，使得整个故事熠熠生辉。

回味思考

1.赫拉克勒斯的母亲是谁？
2.赫拉克勒斯完成了哪十项任务？
3.赫拉克勒斯的结局是怎样的？

好词收藏

泪如泉涌	轻而易举	面无血色	目瞪口呆	一帆风顺
忍无可忍	含情脉脉	从天而降	游手好闲	不劳而获
无所事事	坚定不移	相亲相爱	闷闷不乐	愁眉不展
不可饶恕	威风凛凛	无影无踪	穷追不舍	丰功伟绩

好句积累

◈ 他亲自传授儿子驾驶战车的技术，还请来众多英雄人物教给赫拉克勒斯调教马匹、击剑、射箭、拳击等武艺，并让他熟知各种兵法，学会读书写字、唱歌弹琴。

◈ 他没有盲目蛮干，而是在发现野猪之后穷追不舍，让野猪没有喘息之机。

◈ 当赫拉克勒斯在山顶上出现时，大地之母的脸色吓得苍白，为了保证她的孩子们不受伤害，她急忙开始寻找一种能够躲过灾难的药草。

◈ 在希腊北部有一个叫卡吕冬的国家，国王俄纽斯有一个美貌绝伦的女儿，名字叫得伊阿尼拉。她的美丽引得求婚者成群结队。

◈ 当熊熊的烈火将赫拉克勒斯的身体包裹住的时候，天空中突然划过一道闪电，紧接着是震耳欲聋的雷鸣声。

勇士海森

名师导航

同学们，在这则故事中我们会认识一位真正的勇士，他为了变成世界上最勇敢的勇士，展开一系列的冒险。他都经历了什么呢？他到底是不是最勇敢的勇士呢？

很久很久以前，有一个母亲，生了一个儿子，取名海森。海森力大过人，非常勇敢，人们给他起了个绰号，叫勇士海森。母亲把他看成生命中的骄傲。

海森为自己的绰号而自豪，每天早上醒来，他都要活动肌肉，然后挺起胸膛走到母亲面前问道："妈妈，我是最勇敢的勇士吗？"母亲总是骄傲地回答："你当然是最勇敢的，我的儿子。"

【神态、语言描写】海森的神态和语言表现出他对自己的自信。母亲的神态和语言表现出她内心的骄傲，孩子在自己母亲心中当然是最优秀的。

他的邻居老太婆，没有孩子，她非常嫉妒海森的母亲。一天，她对海森的母亲说："如果明天你的儿子再问你，他是不是最勇敢的勇士，你就说：'夏娃的后代多如牛毛，世界是广大的，我的儿子。'如果你不这样对他说，他就会被骄傲冲昏头脑的。"

海森的母亲听了邻居的话，当海森第二天早晨又向她提出这个问题时，她便回答说："夏娃的后代多如牛毛，世界是广大的，我的儿子。"

"怎么？妈妈，你不相信我是最勇敢的勇士？"海森说，"好吧！我要出去周游世界，如果我发现了比我还要勇敢的

【语言描写】邻居的阴谋得逞了，海森决定离开母亲，出去环游世界。

人，我就永远不再回来了。”

母亲竭力劝阻海森不要出走，可海森的决心是不可动摇的。他带上剑，装了满满一背囊粮食，告别了母亲，骑着马走了。他决心要看看世界上到底有没有比他更勇敢的人。

他走呀走呀，一天，他来到了一个荒凉的地方，发现前边不远处有两个人，一个骑着一头狮子，另一个骑着一只老虎。

【心理描写】
路上偶遇骑着狮子和老虎的两个人，让海森犯了嘀咕，这两个人应该是比自己勇敢的人，表现出他的谦逊。

“啊！”海森勒住了马缰，心想：“他们俩，一人骑狮子，一人骑老虎，我呢，骑的却是一匹马，看来，这两个人确实比我勇敢。”

海森想了想，决定和他们认识一下，以便更多地了解他们。于是，他来到那俩人面前，翻身下马，向他们施礼。那俩人回了礼，也分别从狮子和老虎身上跳了下来，欢迎海森，邀请海森和他们一起休息一会儿，等炎热的中午过去，再继续赶路。海森接受了邀请，就同他们一起坐在枣椰树下乘凉谈天。

【动作描写】
海森主动地跟那两个他以为比自己勇敢的人打招呼，表现出他热情友好的态度。

太阳下山了，海森想，是动身的时候了，就问两个同伴要到什么地方去，那俩人说他们还想在这里住几天，轮流出去打猎和烤面包。他们问海森是否愿意和他们一起住几天。海森正想和他们较量一下力气和胆量，就欣然同意了。

第二天，轮到海森出去打猎，骑老虎的人拾柴，骑狮子的人留下来烤面包。

晚上，海森打猎回来不久，骑老虎的人也拾柴回来了，可是骑狮人却没有为他们准备好烤熟的面包。

“噢？”骑狮人说，“我把面包烤得又热又香，等你们回来吃，可是来了一个饥饿的老头，他向我要面包吃……”

“你做得很对！人嘛，应该互相帮助。”海森高兴地说。那个骑老虎的人却什么都没说。

【铺设伏笔】
为什么面包全部没有了？为什么听到海森的回答，这个人什么都不说呢？设置悬念，引起读者阅读兴趣。

过了一天，轮到海森拾柴，骑狮子的人打猎，骑老虎的人留下烤面包。

和头一天一样，当海森和骑狮子的人回来时，骑老虎的人也没有把面包烤好。

“这回面包又到哪儿去啦？”海森问。

“噢？”骑老虎的人回答：“我把面包烤得又热又香，可是来了一个饥饿的老头，他向我要面包吃。”

“你做得很对，人嘛，应该互相帮助。”海森仍然这样说，可那个骑狮子的人却一言不发。

第三天，轮到海森烤面包，那两个人出去打猎、拾柴。海森计算好了时间，开始做面包，他把面揉得不软不硬，做成面包条，放在噼啪作响的柴火上烤。

不一会儿，荒野上就满是面包的香味。海森闻到面包的香味，直冒口水。“这面包闻着真香，吃起来一定更香。”他一边从火上把烤好的面包拿下来，一边想：“这回呀，那个饥饿的老头连一点面包屑也休想得到。”

其实，根本没有什么饥饿的老头，而是一个大黑怪，他从地下的大黑洞里爬出来，要海森把所有的面包都交给他。

海森打量了一下这个巨人说：“这么说，你就是那个每天都来抢面包的饥饿的老头喽？”

“是的，”巨人说，“你放聪明点，赶快像你的那两个同伴一样乖乖地把面包交给我，要不然的话，那你可是自找麻烦。”

“我喜欢麻烦！”海森高声叫道，“我决不把面包给你！”

“那我只好把你杀死！”巨人说着，就伸出可怕的大手来抓海森。

海森迅速地拔出剑，当巨人还没有碰到他的时候，他就一剑割下了巨人的头。

阅读笔记

【心理描写】

因为前两个人做的面包都没有吃到，海森在做好面包之后想起了那两个人说起的“饥饿的老头”来。

【反问修辞】

看到眼前的巨人，海森恍然大悟，两个同伴所说的“饥饿的老头”，原来是个巨人。

“哈哈！”巨人肩膀上马上又长出了第二个头，他嘲弄地大笑说，“你没想到吧！我还有第二个头。”

“你也不知道我还有第二把剑！”海森麻利地拔出第二把剑，割下巨人的第二个头。

【语言描写】这还能笑得出来！塑造巨人狂妄无知的形象。

“哈哈！”巨人的肩膀上又长出第三个头，他又大笑道，“我还有第三个头。”

“你看，我也还有第三把剑。”海森拔出第三把剑，割下巨人的第三个头。

就这样，海森一连割下了巨人的六个头，最后他割下了第七个头，巨人就像一块沉重的大石头，倒在地上死去了。

【神态、动作描写】海森不仅勇敢地杀死了巨人，还细心地检查巨人身体，发现了一个装有七只绿色小鸟的盒子，他拿出来放在口袋里。这个细心的举动，也挽救了他自己。

海森细心地检查无头尸体，发现巨人的左腿上有一块突出的东西，他用剑在上边划开一个口子，露出一个透明的小盒子，里面有七只绿色小鸟，他把小盒子取出，放在自己的口袋里。

不久，打猎、拾柴的两个人回来了，他们向海森要面包吃。

海森拿出了烤好的面包，那俩人都羞愧地低下了头，他们坐下来一言不发。海森指着巨人的无头尸体，冷冷地说：“每天晚上来向你们要面包吃的那个‘饥饿的老头’已被我杀死了，尸体就在这里。”

【语言、神态描写】两个同伴觉得自己在海森面前丢了面子，所以决定他们要走在海森的前面“抵挡危险”，他们能做到吗？

那两个人低着头，无言以对。海森接着说：“我们到巨人居住的那个世界去看看好吗？我走在前面，抵挡危险。”

那两个人为了掩饰他们的怯懦，就一起叫了起来：“不！不！我们要走在前边抵挡危险。”

“好吧，那我们就轮流走在前边吧。”海森说。他把一根绳子束在骑狮人的腰上，然后把他慢慢地吊进黑洞去，可刚刚放到一半，他就大叫起来：“火！火！快点把我拉上去！”

海森把他拽上来，解下他腰上的绳子系在骑虎人的腰上，然后把他吊进洞去，可是刚放到一半，他也大声喊起来：

“火！火！快把我拽上去！”

海森又把他拽了上来。这回该轮到海森下洞去了，他的两个同伴将绳子系在他的腰上，放他下洞。刚下到一半，他感到有火在燃烧，可是他却大声说：“继续放！继续放！快点！快点！”他终于到达了洞底，发现洞里有一座宫殿般的大厦，泉水不停地喷涌，空气凉爽舒适。

【对比描写】

海森在感觉到有火在燃烧时，丝毫不畏惧，而是继续要求放他下去。这一点和前面两个同伴的做法形成对比，谁是勇士，已经不言而喻。

海森在洞中穿来走去，被这里的景致迷住了，很想知道谁是这座宫殿的主人。

突然海森听见什么地方有人低声哭泣，他顺着声音找去，在一间小屋里，发现了一个年轻美丽的姑娘被捆在床上，动弹不得。

海森走到床边问：“你是人，还是鬼？”

“我是人。”姑娘回答，“一个大黑怪把我抢来，硬逼着我嫁给他，我拒绝了，他就天天打我，把我捆在这里怕我逃跑。”

海森替姑娘松开绳子，告诉她那个黑怪已经被杀死了，再也不会来欺负她了，还说他要把她送回到上面去。

【语言描写】

表现出海森的热心、善良，他想要救助姑娘。

姑娘听了非常高兴，她很感激海森，于是就把黑怪的秘密宝藏告诉了海森。姑娘帮助海森把金子和宝石装进了许多口袋里。海森用绳子把口袋捆好，然后发信号给上面的人，让他们往上拉。运完宝石和金子，海森又将绳子系在姑娘身上，姑娘也被安全地拉了上去。最后，该轮到海森了。可是那两个人看到不但有了这许多金子和宝石，还得到了一位美丽的姑娘，于是他们就起了坏心，把海森拉到一半就松了手，海森一下子掉了下去。

【动作描写】

两个同伴心生歹意，留下海森运送上来的财宝和姑娘，而故意松手把海森扔下去。

由于下落的冲力很大，又砸穿了一层地，海森来到更下一层的世界中。他看到那里的人都在不停地哭泣。海森问他们发生了什么事情。人们告诉他，这里有一个海神，他每年都要娶一个漂亮的姑娘做新娘，现在轮到国王的女儿了，她必须嫁给那个海神。

海森让他们带他去见国王的女儿，他发现国王的女儿正一个人坐在水边呜咽，等着海神来娶她。

【神态、动作描写】面对姑娘好意的警告，海森丝毫不放在心上，甚至还轻松地枕在姑娘的腿上睡起觉来，勇猛无惧的勇士形象更加鲜明起来。

海森坐在她旁边，安慰她。姑娘感谢海森的好意，劝海森马上离开，否则海神会把他杀死的。海森只是大笑。他把头枕在姑娘腿上，告诉她说，如果海神出现，就赶快叫醒他，说完他就睡着了。

过了一会儿，姑娘看到海神从水中出现了，她害怕地哭了起来，泪珠落到海森脸上，海森一下子醒了过来。“你快逃命吧！”姑娘哭着说，“否则海神会杀死你的。”可海森却勇敢地站起身，拔出剑来。

“海森，你快给我滚开，把新娘留下！”海神威胁道。

海森并不答话，他举起剑猛地向海神头上劈去，海神却一动也不动。

“你白费力气，海森。”海神嘲笑说，“我不会像凡人那样死掉，我的生命并不在我身体内。”

【语言描写】海森故意这样说就是为了套出海神的话，表现出海森的机智、聪明。

“这么说，我的命运都捏在你的手心里，我是必定要死的了？你能告诉我，你的生命藏在什么地方吗？我马上就要死了，永远不会走漏秘密的。”

“我的生命藏在七只活着的绿色小鸟中，这些小鸟关在黑色巨人左腿上透明的小盒子里，而这个巨人却活在上面一层的世界中，海森，你的死期到了！”海神狂妄地说。

【前后照应】这个时候，海森想起自己发现的七只小鸟，于是他有了杀死海神的办法。照应前文。

海森听了海神的话，想起他从黑色巨人左腿上取下的那个透明小盒子中活着的七只绿色小鸟。于是，海森请求海神给他一点时间，他好把自己的灵魂还给上帝。海森转过身来，偷偷拿出那个小盒子，一下子用手掐住了那七只小鸟的脖子。只听海神一声怪叫，就掉进海里死了。

那些躲在远处观看的人们涌上前来，他们高兴得又喊又叫，都夸海森真勇敢。他们把海森举起来，送到了国王那里。国王非常感谢海森救了他的女儿，答应把女儿许配给海森，并把财富分给他一半，海森都谢绝了。

"我只有一个要求，"海森对国王说，"请你帮助我，把我送回上面的世界去，我是属于上面那个世界的。"

"我会这样做的。"国王说。他立即召集了全国最有能力的术士和魔术师，命令他们设法满足海森的要求。

术士和魔术师们在那里整整坐了一夜，不停地念诵咒语，天亮时，他们让海森坐在一只魔鹰的翅膀上，这只鹰飞过七层世界，最后终于把海森送到了上面的世界。

【场景描写】 国王召集术士和魔术师们施展法力，护送海森回到地面。

海森上来后，找到了那两个骑狮和骑老虎的人，他们正为独占那个姑娘和全部财宝而互不相让，争吵不休。海森杀死了这两个家伙，带着姑娘和财宝回到了母亲那里，并把全部经过告诉了母亲。

第二天清晨醒来后，海森活动了一下肌肉，挺起他的胸膛，走到母亲面前问："我是最勇敢的勇士吗？"

这一回，母亲毫不犹豫地回答说："你确实是最勇敢的，我的儿子。"

【照应开头】 有了这一番历险之后，海森又如往常一样，清晨起来询问母亲他是不是最勇敢的勇士，母亲当然是肯定的回答。前后呼应，使文章浑然一体。

名师点拨

海森为了证明自己是最勇敢的勇士，而周游世界。在这一过程中，他勇猛无敌，从不畏惧。最后，他不仅证明了自己是最勇敢的勇士，还收获了幸福。

回味思考

1.海森因为什么要周游世界?

2.海森两个同伴的面包都被谁吃掉了?

3.海森用什么方法杀死了海神?

好词收藏

不可动摇　一言不发　无言以对　互不相让　毫不犹豫

好句积累

◈ 第三天,轮到海森烤面包,那两个人出去打猎、拾柴。海森计算好了时间,开始做面包,他把面揉得不软不硬,做成面包条,放在噼啪作响的柴火上烤。

◈ 海森细心地检查无头尸体,发现巨人的左腿上有一块突出的东西,他用剑在上边划开一个口子,露出一个透明的小盒子,里面有七只绿色小鸟,他把小盒子取出,放在自己的口袋里。

◈ 海森只是大笑。他把头枕在姑娘腿上,告诉她说,如果海神出现,就赶快叫醒他,说完他就睡着了。

◈ 刚下到一半,他感到有火在燃烧,可是他却大声说:“继续放!继续放!快点!快点!”他终于到达了洞底,发现洞里有一座宫殿般的大厦,泉水不停地喷涌,空气凉爽舒适。

◈ 术士和魔术师们在那里整整坐了一夜,不停地念诵咒语,天亮时,他们让海森坐在一只魔鹰的翅膀上,这只鹰飞过七层世界,最后终于把海森送到了上面的世界。

柯尔克孜人的由来

名师导航

同学们，每个民族都有自己的美丽传说，下面这个故事讲述了少数民族“柯尔克孜族”的来历。让我们来看看这个民族是怎样来的吧！

传说很久很久以前，有一个叫夏依克满苏尔的圣人，他有一个妹妹，名叫阿纳尔。夏依克满苏尔没有娶过妻子，他的妹妹阿纳尔也一直没有出嫁。当时，有些人私下议论说：“夏依克满苏尔不结婚，他的妹妹也不出嫁，可能他们的关系不正常。”有的人甚至还说：“亲眼看见阿纳尔经常半夜里一个人外出，谁知道她干什么去呢？”

人们的议论渐渐传到夏依克满苏尔的耳朵里。他十分生气，同时也有些怀疑：阿纳尔真的经常半夜一个人外出吗？她会到什么地方去呢？去干什么呢？他决定暗中观察自己妹妹的行踪。

【心理描写】人们的议论勾起了夏依克满苏尔的怀疑心理，他相信自己的妹妹，但还是想知道妹妹到底去做什么。那她到底去做什么了呢？

一天晚上，人们都入睡了，夏依克满苏尔果然发现妹妹一个人走出了自己的房门，就悄悄地跟在她后面。一会儿，阿纳尔走进了一个大山洞，夏依克满苏尔也跟着走了进去。进洞以后，他发现洞里有四十个陌生人。这四十个陌生人见了阿纳尔，立即向她围了上来，同时热情地对她说着什么。夏依克满苏尔看了好一阵，四十个陌生人说的什么听不清楚，但从他们和阿纳尔的神情举止上看，不像是有什么见不得人的事情。夏依克满苏尔放心了，准备出去。这时，

【行为描写】说明妹妹和这些人之间的关系很正常。

阿纳尔发现了哥哥，叫住了他，走到他跟前，说："亲爱的哥哥，我来这里是同隐居深山的四十位圣人说说话，听听他们对我的教导。你做什么来了？"

夏依克满苏尔听了妹妹的话，相信自己的妹妹是纯洁的，就一句话也没说，回去了。可是，不久又传出"夏依克满苏尔和他妹妹结婚了"的谣言。夏依克满苏尔听了谣言，觉得十分可笑，没有理睬。谁知，谣言越传越奇，越传越远，竟然传到国王的耳朵里了。国王听到后大发雷霆，认为夏依克满苏尔兄妹做了伤风败俗的事，不容他们分辩，就下令把夏依克满苏尔处死。

【心理描写】对于人们再次传起的谣言，夏依克满苏尔不再相信，表现出他的睿智和豁达。

夏依克满苏尔死后，从他的尸体里发出一个清晰的声音："阿纳尔是清白的，我也是清白的！"这个声音不仅清晰，而且传得很远，连深居王宫的国王也听得清清楚楚。

国王听了这声音后，更加震怒，下令把夏依克满苏尔的尸体烧毁。谁知，夏依克满苏尔的尸体虽被烧毁了，但从他的骨灰里，依然发出清晰的声音："阿纳尔是清白的，我也是清白的！"这个声音仍像先前一样，不仅清晰，而且传得很远，国王退到后宫，也照样能够听见。

【神态描写】国王的"震怒"表现出他对这件事情的强烈不满，在自己统治的国家中绝对不允许有任何违背他意志的事情发生。

国王又下令把夏依克满苏尔的骨灰撒到河里。河面上立即浮起一个个亮晶晶的水泡。从水泡里又发出清晰的声音："阿纳尔是清白的，我也是清白的！"水泡顺水漂流，这种声音也就顺水流去了。

缓缓的河水托着水泡，经过弯弯曲曲的渠道，流进了国王的花园。这时，正好国王的四十个女儿在花园里游玩。姑娘们听见从渠水上闪亮的水泡里发出"阿纳尔是清白的，我也是清白的"声音，非常好奇，一个个争着把水泡掬上来喝了。

【场景描写】闪亮的水泡还能发出声音来，国王的这些女儿从未见过这样的场面，于是引起她们的好奇，所以她们把水泡都掬起来喝了。

不久，国王四十个女儿的肚子一天天大了起来。国王发现了女儿们身体的变化，十分惊奇，以为得了什么怪病，急忙请医生给她们诊治。谁知道请来无数名医，都说姑娘们是有了身孕，要国王准备抱外孙。国王听说自己的女儿未婚而孕，万分恼怒，立即命令把女儿们全部绞死。幸亏王后和朝臣们苦苦哀求，国王才免去女儿们的死罪，但仍下令把她们赶到荒无人烟的深山里，不给她们衣食，让她们自生自灭。

四十个姑娘在茫茫的深山密林里，无衣无食，饿了靠采摘野果、追捕黄羊充饥，冷了靠搜捡枯枝、积攒树叶取暖。她们睡山洞，盖茅草房，历尽千辛万苦，勉强活了下来。不久，四十个姑娘生下了四十个孩子。这四十个孩子长大以后，又有了自己的孩子。他们的子孙，以后就繁衍成柯尔克孜族。柯尔克孜就是四十个姑娘的意思，也就是说，这个民族是四十个姑娘传下来的。

【动作描写】这一句话写出了四十个姑娘被驱逐到深山之后的艰苦生活，也只有经历艰苦，才能有所收获。

拓展阅读

名师点拨

从这个故事中，我们了解到柯尔克孜族的由来。作为一个多民族聚居的国家，我们不但要了解各民族的文化，还要学会尊重每个民族的文化。

回味思考

1. 夏依克满苏尔的妹妹一个人去了哪里呢？
2. 国王是怎么处置夏依克满苏尔的？
3. 国王的四十个女儿有什么样的遭遇呢？

鲁珀和希娜

名师导航

同学们，下面这则故事讲的是一对相亲相爱的兄妹。有一天，妹妹失踪了，没有人知道她去了哪里。哥哥坚信妹妹依然活着，他要去找她。他找到妹妹了吗？不要着急，我们一起在故事中寻找答案吧。

【总领下文】第一段文字就交代兄妹二人友爱的关系，定下了文章的基调，是一条情感线索。

在一个遥远的国度里，住着一对兄妹，鲁珀和希娜，他们感情非常好，总是在一起过日子，只要一分开就感到不高兴。

一天，妹妹希娜从一块很高的岩石上失足落海。尽管她游泳游得很好，但是不论她如何挣扎，浪涛还是把她卷过峭壁脚下，冲到大海里。她被冲到离她的家、她的朋友们和她亲爱的哥哥很远很远的地方。

眼看她很可能要淹死或被鲨鱼吃掉了，但幸运的是她系着一根魔法腰带。有了这根魔法腰带，不管浪有多大也不会淹死她，任何生物都不能伤害她。就这样，她在海面上漂荡，一直朝海对岸漂去。

【神态描写】妹妹不见了之后，哥哥十分伤心，说明兄妹俩感情深厚。

当她落海时，周围没有一个人。因此，谁也不知道她在哪儿，也没有一只船来搭救她。后来，村里的人们发现她失踪了。大家都去找她，她哥哥也四处寻找，脸上显露出十分悲哀的神情。

她的朋友们为她哭泣，哀悼她。“她死了，大地的花朵。”他们哭着说，“她是她哥哥的心肝。她的声音犹如黎明的鸟叫，但是她死了。夜里的黑女人把她带走了。”

但是希娜的哥哥鲁珀绝对不相信妹妹已经死了。她系着魔法腰带！他喊道：“她不会死。她失踪了，但是我们会找到她的。我要去找她。”

他出发了。他走过一个又一个地方，绕着海岸，在森林、村庄和山洞里四处搜寻，但是哪儿都找不到妹妹。一周周、一月月、一年年都过去了，他还是没找到妹妹。

【细节描写】写出哥哥不辞辛苦到处奔波寻找妹妹的过程，找了这么久，还是没有找到妹妹，她到底在哪里呢？调动读者情绪，让读者跟着担心。

希娜在哪儿呢？她在很远的海上漂着，越漂越远。一天又一天，一周接一周，靠着那根魔法腰带，她逃过了各种各样的死亡威胁，甚至不会饥饿和干渴。

就这样她长时间地躺在这宽阔的海面上，慢慢地漂着，她身上都长上了小水草和藤壶这类贝壳。海浪把她忽高忽低、忽东忽西地抛着，最后一个拍岸浪把她卷到一座小岛的沙滩上。她躺在那里，精疲力竭，动弹不得。

【动作描写】因为魔法腰带的存在，希娜终于从海上漂泊到了陆地，但因为漂泊太久，她已经精疲力竭。

岛上的人们来洗澡时，发现了希娜。她躺在那里，好像睡着了。他们把她抬到村里的一个小山上，替她刮去缠在身上的水草，喂她饭吃。一切都照料得很好。他们的国王听说一个年轻的姑娘被卷到他的岛上，立刻跑来看她。国王非常喜欢她，便把她带回王宫。希娜在那里住了一年，得到很好的照料，但是希娜十分想念她的哥哥鲁珀。

就是在这时候，鲁珀已觉得在人世间难以找到她了。“我要到神仙那里去。”他说，“我要到天上去打听她的消息。在最高的天堂里，住着雷胡安，他是一个通晓一切的神仙。我要到他那里，他也许知道我妹妹在何处。”

【承上启下】始终找不到妹妹，哥哥想到去找天上的神仙——雷胡安。哥哥在他那里能打探到妹妹的消息吗？

他开始念诵咒语，把自己变成一只野鸽子，然后他展开魔翅往上飞，穿过天空，飞上一重天、二重天、三重天，最后来到十重天，一直飞到通晓一切的雷胡安面前。

“我已听说你从海上的小岛飞到我这里来了，”雷胡安说，“有一个人在那里等你。”他用手指着下面远处闪光世界里的一座小岛说。鲁珀好像弹出的一颗石子，直冲这座小岛飞去。在那里，他找到了村庄和国王的家，希娜正坐在国王的屋里。

【比喻】 用弹出的一颗石子做比喻，突出鲁珀的速度之快，表现出他急切的心情。

鲁珀飞到门槛上，停在上面瞧着，等待着希娜看见他。国王的奴仆们看见了他。“哈！”他们说，“一只野鸽子停在门槛上，咱们抓住它，让国王美餐一顿吧！”

一个奴仆拿来一根长矛想刺中这只鸟，可鲁珀用嘴把矛拨到一边，并把矛按在门柱的木头上折断了。另一个奴仆又拿来一个套索，想套住他，可他只转了转头，套索就滑掉了。他们碰不到他。

“我们伤害不了它。”奴仆们互相小声说，“这是一只魔鸟。”

他们跑进屋子，向希娜报告说野鸽子是只魔鸟。“不要伤它，”她说，“把它留下，让我来看看。”

“这是我哥哥！这是鲁珀！”她看了好久，终于大喊起来，“鲁珀，真的是你吗？”

【语言描写】 兄妹之间似乎有心灵感应，妹妹看出这只鸽子就是哥哥！惊喜之情，溢于言表。

“我是你的哥哥鲁珀，不是别人。”鲁珀现出原形。希娜扑到他怀里，他们互相拥抱着，谈论着分别以后的事。

【动作描写】 兄妹二人相认之后，拥抱在一起，倾诉着分别之后的想念。

“国王待我很好，他不会让我离开他的。”她说，“可是我再也不愿和你分开了，我的哥哥。你到哪儿，我就跟到哪儿。”

“那就跟我到最高一层的天上去吧！”鲁珀说，“那是雷胡安的住处。那里一切都是光辉明亮的，我们到那里可以快乐地生活。”

“我去！”希娜高兴地说。

鲁珀念诵了咒语，把他们俩都变成鸽子，一起飞向天空。他们在雷胡安的光明世界幸福地生活。

拓展阅读

名师点拨

亲情是世界上最美好的情感之一，而故事中兄妹二人坚定的信念，使得他们终于再次相聚。希望同学们也珍惜亲情，因为亲情是陪伴我们一生的情感。

回味思考

1.妹妹凭借什么在海上的漂泊中躲过磨难？

2.哥哥到哪里去打探妹妹的消息？

3.哥哥和妹妹最后生活在哪里呢？

好词收藏

遥远　悲哀　搭救　想念　咒语　长矛　精疲力竭

好句积累

◈ 尽管她游泳游得很好，但是不论她如何挣扎，浪涛还是把她卷过峭壁脚下，冲到大海里。她被冲到离她的家、她的朋友们和她亲爱的哥哥很远很远的地方。

◈ 就这样她长时间地躺在这宽阔的海面上，慢慢地漂着，她身上都长上了小水草和藤壶这类贝壳。海浪把她忽高忽低、忽东忽西地抛着，最后一个拍岸浪把她卷到一座小岛的沙滩上。她躺在那里，精疲力竭，动弹不得。

◈ “那就跟我到最高一层的天上去吧！”鲁珀说，“那是雷胡安的住处。那里一切都是光辉明亮的，我们到那里可以快乐地生活。”

长角鹿母

名师导航

伊赛克的土地上生活着许多部落，这些部落之间长年厮杀。一对被灭族的孩子被一头鹿母救下，鹿母相信他们不会忘恩负义。鹿母的想法是好的，可现实又是怎样的呢？

（一）

【叙述】
介绍故事背景，交代地域特征。

很久很久以前，大地上遍布着森林，森林的数量很多，国家的水域面积比陆地面积大得多。这里生活着一个居住在河边的民族，名叫吉尔吉斯族。他们赖以为生的河流名叫艾涅塞河，也就是现在的叶尼塞河。艾涅塞河很长很长，一直流到了西伯利亚境内。关于这条河流，民间流传着一首民歌：

【叙述】
歌谣中包含了人们对这片大地的热爱。

有没有比你更宽的河流，艾涅塞
有没有比你更亲的土地，艾涅塞
有没有比你更深的苦难，艾涅塞
有没有比你更自由的意志，艾涅塞
没有比你更宽的河流，艾涅塞
没有比你更亲的土地，艾涅塞
没有比你更深的苦难，艾涅塞
没有比你更自由的意志，艾涅塞
……

艾涅塞河就是这样一条河流。

为了夺取河流的控制权，艾涅塞河旁居住的各个民族常常针锋相对，经常挑起战争。吉尔吉斯族经常被各种各样的民族包围，他们一边抵御敌人的入侵，一边又为了争夺资源去攻打别的民族。物竞天择，适者生存，生活在一个弱肉强食的年代，人们只能通过互相入侵、互相抢夺维持生活。在那样的年代，人的生命是极其廉价的。到了最后，种庄稼、上山打猎的人越来越少了，因为这样不容易保存自己的劳动成果，还是互相烧杀抢掠资源来得更快一些。可是，只有仇恨是无法解决仇恨的，报复是永无止境的循环。人们越来越丧心病狂，血越流越多，却没有人在乎，也没有人能站出来调和各个民族间的矛盾。以至于最后圣人的标准变成了谁能杀最多的敌人，谁能出其不意地袭击敌人，谁能从敌人手中抢夺最多的财物和牲畜。

【行为描写】

当抢掠形成一股风气后，就没有人傻到替别人种粮食了，因为会被抢！

越来越多的杀戮惹怒了大自然。有一天，森林里出现了一只奇怪的大鸟，它每晚都在森林用人的声音哀怨地吟唱："大难临头了！大难临头了！"它边跳边唱，森林里的人们都听见了。

【铺垫】

大鸟的话预示着灾难即将到来，为下文做铺垫。

可怕的一天真的来了。这一天，吉尔吉斯族的全部族人正在艾涅塞河边送别自己的老首领。老首领库里奇曾经是吉尔吉斯族最勇猛的统帅，他带领着吉尔吉斯族南征北战，出生入死，取得了很多胜利，可是他最终还是敌不过生老病死的自然规律，离开了人世。全体吉尔吉斯族族人为他哀悼了两天，决定在第三天帮助老首领入土为安。

住在艾涅塞河旁的民族有一个约定俗成的规矩，就是部族之间不论有多么大的深仇大恨，都要避免在送别首领的一天与邻族交战。可是，狡诈的敌人这一次没有遵守约定，在吉尔吉斯族族人放松警惕、手无寸铁地送别老首领

【叙述】

这个规定反映出各部落对首领人物绝对的尊敬。

时，敌人包围了他们，进行了空前的大屠杀。吉尔吉斯族族人谁都没来得及拿起武器，就被埋伏好的敌人残忍地杀害了。敌人就是要把所有勇猛的吉尔吉斯族人杀光，一个不留。这样就没有人能够复仇。时间会冲淡一切血迹，让一切屠杀的暴行变成过眼云烟。

【对比】对比一个人的成长和死亡，突出战争的残酷。

一个人从婴儿长大成人需要很多年的时间，可是挥动屠刀杀死一个人只要片刻的工夫。在敌人发起进攻的短短几分钟后，大半吉尔吉斯族人已经倒在了血泊之中，即便有幸运的人躲避了刀剑和长枪，却也逃不过艾涅塞河的滚滚波涛。敌人沿着河岸燃起了大火，吉尔吉斯族人的领地全部毁于灰烬。大火持续燃烧，无人能够幸免于难。所有吉尔吉斯族族人存在过的证据都从这片土地上被抹去了。残暴的敌人为胜利而欣喜若狂："所有的这些，曾经属于吉尔吉斯人，现在都是我们的了。"

（二）

【埋伏笔】漏掉了两个孩子，为下文埋下伏笔。

残暴的敌人打扫完战场，扬长而去，却没有注意森林深处走过来一男一女两个小孩。这两个小孩本是吉尔吉斯族人，由于顽皮，独自跑到了附近的森林里采摘树皮。他们越走越远，远离了营地。他们回来的时候听见了敌人屠杀的喧嚣声，可当他们赶回吉尔吉斯族的营地时，一切都已经无法挽回了。他们的所有亲人都化成了灰烬。

出门前两个孩子还有牵挂，可是现在，只有他们俩相依为命了。他们看到远处尘土飞扬，那正是敌人把本属于吉尔吉斯族的牲畜赶往自己的领地。

【动作描写】此刻孩子的内心只有愤怒，表现出孩子们的无知无畏。

巨大的愤怒充斥着两个孩子的头脑，他们奋力向敌人的方向奔去。也许只有孩子才会这么做，赤手空拳，自不量力地追赶着成群的敌人。他们边哭边喊着向前跑去，小小的拳头也紧紧地攥着。可是，在牲畜和敌人的一片喧嚣中，没有人发现这两个自不量力的小家伙。

男孩和女孩手拉着手走了很久，最后筋疲力尽，瘫倒在地上。面对陌生的大森林，他们非常害怕，只得紧紧地依偎在一起，一动也不敢动，不知不觉间，他们睡着了。

俗话说："苦难能够磨炼意志。"这句话一点没错。相依为命的两个孤儿平安地度过了一夜，没有凶猛的野兽，也没有怪物打扰他们。当他们再次睁开眼睛时，天空已经大亮，林中的枝头上站满了叽叽喳喳的鸟儿。小男孩和小女孩手拉着手，沿着牲畜的脚印继续前行。饿了他们就采摘路旁的野果，困了他们就倚靠在树桩旁休息。他们一直走一直走，三天三夜后，他们走到了一座山的半山坡。他们从山上向山下望去，发现山下的坡地里驻扎着数不清的帐篷，帐篷间有星星点点的篝火冉冉升起，时不时还传出人们吆喝的声音。原来山下正在举行宴会，姑娘们正围着篝火载歌载舞，男人们正互相摔跤，这是敌人们正在庆祝胜利。

【行为描写】

表现出两个孩子报仇雪恨的决心。

男孩和女孩站在山上眼睁睁地看着这一切，他们很想跑到篝火旁，因为那里有诱人的面包和烤肉正散发出香气，可是他们不敢向敌人走去。

【叙述】

已经冷静下来的两个孩子有了畏惧之心，不会再冲动行事了。

一路上靠野果和树皮充饥的孩子们无法忍受美食的诱惑，走下山去。人们看到两个陌生的孩子，感觉非常诧异，他们把两个孩子团团围住，说："你们是谁家的孩子？从哪里来？"

"我们只是路过，请给我们点食物吧。"两个孩子回答说。

【语言描写】

两个孩子天真地以为他们的谎言能骗过大人！

两个孩子的口音过于明显，以至于他们开口说第一个字的时候，这些人已经察觉出他们是吉尔吉斯族人的后代。人们议论纷纷，讨论是把这两个敌人遗留下来的孩子杀死，还是把他们送到大汗那里去。当人们争论不休时，一个善良的女人给了两个小孩两片马肉。最后，人们决定把两个小孩送到大汗那里。在去往大汗那里的路上，两个孩子一直吃着善良的女人给的马肉。到达大汗的营地后，士兵把他们带进了大汗的高大红色帐篷里。大汗的帐篷门前站着一排拿着银色斧头的士兵。大汗的营地来了两个吉尔吉斯族人的孩子的消息很快传遍了整个营地，大家都想知道大汗会怎样处置这两个孩子，于是纷纷来到了大汗的帐篷前。

阅读笔记

两个小孩被送进帐中时，大汗正和自己的将领坐在雪白的毡毯上，他们一边听着赞歌，一边喝蜂蜜调的马奶酒。当大汗得知来人的意思时，不禁大发雷霆："这不是很简单的事情吗？吉尔吉斯族人和我们有不共戴天之仇，我们一定要把吉尔吉斯族人斩尽杀绝。我会让我们成为艾涅塞河上永远的统治者，因此，记住，永远也不要胆怯。麻脸瘸婆婆，你把这两个孩子带到森林里杀死，让吉尔吉斯族人永远从这个世界上消失。去吧，麻脸瘸婆婆，按照我的命令，斩草除根。"

【语言描写】可见大汗心狠手辣、行事果决！

（三）

【动作描写】表现出麻脸瘸婆婆沉重的心情。

麻脸瘸婆婆听从了大汗的号令，默默地牵起两个小孩的手走了出去。走了很久很久，他们来到了森林的深处，最终来到了艾涅塞河边一处陡峭的悬崖边。麻脸瘸婆婆让两个小孩并肩站在一起，对他们说："伟大的艾涅塞河啊，如果把一座山扔进河水，那么山就像一块石头一样销声匿迹；如果把一棵千年老树抛进河水，那么河水也不会泛起涟漪。现在，这两个孩子遇到了困难，人世间不允许他们生存，那么就请你收下自己的两粒小沙子——这两个小孩子吧。艾涅塞河，如果星星都变成人，那么天空就会拥挤不堪了；如果鱼儿都变成了人，那么河水和海洋就会拥挤不堪。不用我多说了，艾涅塞河，把他们带走吧。趁他们的心灵还没有受到污浊的荼毒，趁他们还天真，让他们远离这罪恶的世界吧……我恳请你收下他们……伟大的艾涅塞河……”

男孩和女孩听完麻脸老婆婆的话，相拥而泣。悬崖下面是滚滚波涛，令人不寒而栗。

【动作描写】聪明的孩子理解了麻脸瘸婆婆的话，知道他们要死了。

“我的孩子们，请你们不要记恨我，我也是实在没有办法，你们拥抱最后一次，互相告别吧。”麻脸瘸婆婆说着便卷起了自己的袖口，她又说：“孩子们，我只能说你们的命不好，虽然我很不情愿做这种伤天害理之事，但是我这也是为了你们好。”

【语言描写】说明麻脸瘸婆婆很同情孩子，但她不敢违逆大汗的命令。

麻脸瘸婆婆话音刚落，旁边突然传来一阵声音：“请你等一等，老婆婆，请你不要伤害无辜的孩子。”

按理说这里不会有第四个人的。老婆婆诧异地回头一看，有一头母鹿正站在她的身后。刚刚就是它对老婆婆说话的。它的眸子里充满着忧伤和责备的神情。母鹿生得十分标致：它浑身长满了母亲的奶水般雪白的毛发，只有肚子那里有一簇褐色小茸毛。它头上的角好像秋天的树枝，它洁净而光滑的乳房就好像女人正在哺乳的乳房一般。

麻脸老婆婆震惊地问道：“你是谁？怎么会说人话？”

“我是鹿母。其实我会说很多种语言，只是人话你能听懂而已。”鹿母答道。

【语言描写】表现出鹿母语气中的平静和谦逊。

“那你要我怎么样？”

“把这两个无辜的孩子放了吧，麻脸老婆婆。我请你把他们交给我抚养。”

“人类的孩子，你要来有什么用呢？”

“人们害死了我的双胞胎小鹿，我正在给自己寻找孩子。”

“可是他们是人类的孩子啊，鹿母，你知道，人类生性

【语言描写】反映出麻脸瘸婆婆残酷的生活环境。

凶残，如果你打算抚养他们，要做好万全的准备。要知道，他们长大后，是会杀害小鹿的。”

阅读笔记

“我不会让这样的事情发生的。”鹿母回答道：“我是他们的母亲，那么我的孩子也都是他们的兄弟姐妹。难道他们要杀害自己的兄弟姐妹们吗？”

麻脸老婆婆摇摇头：“别提了。鹿母，我想你是实在不了解人类。他们生性凶残，最喜欢自相残杀，从不会怜惜自己的同类，把这两个孩子给你实在容易。但是就算你把他们抚养成人，人们最终还会把他们杀死的，你这又是何苦呢。”

【语言描写】表现出鹿母充满善意的母性。

“这个你放心，我会把他们带到远离你们的地方，一个人迹罕至的地方，我会把他们抚养成人。麻脸老婆婆，请你放了他们吧。我的乳房很胀，奶水正为孩子们流淌。我会成为一个好母亲的。”

“既然这样，那你就把这两个孩子带到遥远的地方吧！越远越好！但是，你既然接受他们做你的孩子，你也将要承担失去他们的痛苦。要是他们在茫茫路途中死去，或者被路上的野兽、强盗掳去，你都只能怪罪自己。”麻脸老婆婆说。

鹿母向麻脸老婆婆道谢，然后对男孩和女孩说：“从今以后，你们就是我的孩子，我就是你们的妈妈。我会带你们到一个遥远的地方。在一片白雪皑皑的雪山中间有一个巨大的湖——伊塞克湖。”

（四）

【动作描写】表现出两个孩子劫后余生的欣喜之情。

男孩和女孩有了新的归属，欣喜若狂。他们激动地跟在鹿母的后面，又蹦又跳。没过多久，他们就累了，没有力气赶路。可是路途很遥远，他们才刚刚出发。鹿母用自己奶水给他们充饥，用自己的身躯给他们温暖。他们越走越远，一直往远离艾涅塞河的方向走去，他们走过了无数森林、草原，穿越了无数河流和山岭。一路上，遇到凶猛的狼群追赶他们，鹿母就把他们驮在背上，躲避猛兽的袭击，也遇到了残暴的猎人，猎人们一边骑着马追赶，一边喊着：“鹿抢走了人类的孩子！把它抓住！”他们还拉满弓射箭，企图把鹿母射倒。鹿母再次驮着孩子飞奔，躲避了箭雨和猎人们的追击。它边跑边安慰孩子们：“不怕，不怕。我的孩子们，抱紧我。”

【语言描写】鹿母将两个人类的孩子当成了自己的孩子，并真心地疼爱他们。

历经了千辛万苦，鹿母终于带着自己的孩子们来到了伊塞克。孩子们站在山上感觉非常吃惊：在群山都被白雪覆盖之时，有一片森林却还是青翠欲滴，在这片森林间，有一片湖水。湖水在一望无际的蔚蓝湖面上泛起滚滚浪花。风儿轻轻吹起，一会儿把浪花推向远方，一会儿又把浪花从远方卷过来。谁都不知道伊塞克哪里是头，哪里是尾。东边太阳已经升起，可西边却还是茫茫黑夜。人们根本不知道伊塞克有多少座雪山，也根本不知道伊塞克的雪山后面还有多少雪山。

【环境描写】描写伊塞克的环境，展现这里的美好与宁静。

“孩子们。这就是你们的新家园了。从今往后，你们就在这里学习种田、捕鱼、养牲口。你们世世代代就在这里繁衍生息，和睦相处。你们的后代会传承你们的语言和思想，就让他们尽情地用自己的语言说话和唱歌吧！我会永远和你们以及你们的子孙后代在一起。”

就这样，男孩和女孩就在这片美丽富饶的土地——伊塞克的一角永远地定居了。他们在这里建立了家园。

时光荏苒，岁月如梭，男孩长成了一个健壮的男人，女孩长成了成熟的女人。他们结为了夫妻。长角鹿母也一直生活在这片美丽的土地上。

【过渡】由幼年转向成年，引出下文。

一天清晨，平静的伊塞克湖突然变得汹涌澎湃，喧闹不安，似乎暗示着会有事情发生。果然，女人要临产了，她非常痛苦。男人看到妻子痛苦的神情十分担心，于是跑到山崖上呼喊鹿母："鹿母！鹿母！你听到了伊塞克湖的喧嚣吗？你的女儿马上要生孩子了，你赶快来帮帮我们，鹿母……"

远处传来了一阵清脆的铃声。铃声越来越近，鹿母出现在晨光中。鹿母跑了过来，用自己美丽的角挂着一个摇篮。这个摇篮叫作希克，是鹿母用上好的白桦木做成的。在摇篮上还挂着一只叮当作响的小铃铛。

【叙述】为伊塞克的文化习俗赋予神话色彩。

时间过去了很久，这个小铃铛还挂在伊塞克一带的别希克上叮当作响。母亲们摇动着摇篮，摇篮上的铃铛便叮当作响，孩子们听了就如同鹿母从远方赶来，角上挂着白桦木做成的摇篮一般。

【语言描写】表达出了鹿母对两人的衷心祝愿。

鹿母刚刚赶到，孩子便呱呱坠地了。鹿母欣喜地说："你们会有很多很多孩子。一共有十四个孩子，七个女儿，七个儿子。"

孩子的父母十分欣喜，为了纪念鹿母，他们给自己的第一个孩子取名为布谷拜。布谷拜长大成人后，娶了基普恰克族的一位美丽女子为妻。布谷族也就是鹿母族，从此兴旺发达起来。

（五）

【行为描写】表现出布谷族对鹿母的尊敬和感激。

兴旺发达后的布谷族很快成为伊塞克地区非常强大的一族。他们为了纪念鹿母的恩情，将鹿母奉为圣母，并且把鹿角的标志绣在了每一顶帐篷的出入口。远远地都能看出帐篷的归属。

每当布谷人击退敌军的侵犯或者给自己打气时，都会大声喊"布谷"来提升自己的士气。这样布谷人往往都会因为士气大振而取得胜利。在伊塞克的森林里，随处可见披着雪白皮毛的长角鹿。它们便是鹿母的后代。布谷人遇到它们都十分尊敬，从来不敢怠慢和懈怠。在布谷人的歌谣里，长角鹿比星星还美丽。如果你要赞颂一位布谷族的女子，你可以称赞她像雪白的长角鹿一样美丽。

这样安静、和谐的生活一直持续到一个家财万贯的布谷人死去之前。这个声名显赫的布谷人拥有成千上万头牲畜，周围的布谷人都是为他打工的牧人。当他去世后，他的儿子为他举行了盛大的葬礼。他们从世界各地邀请了很多有名望的人来参加葬礼后的丧宴。

在美丽的伊塞克湖畔，儿子们正在准备丧宴，为了招待客人，他们支起了数不清的帐篷，宰了数不清的牲畜，准备了数以万计的马奶酒和蜂蜜。富人的儿子们觉得非常自豪：人们一定会知道，父亲曾经富甲一方；人们也会知道，父亲的继承者们继承了他的慷慨与富有，并且十分孝顺地为他准备了盛大的葬礼。

【铺垫】
儿子们不知收敛，为下文引来灾难做铺垫。

可是风中似乎传来了亡灵的叹息：“我的儿子们啊，财富可不能用来炫耀！只有知识和智慧才是炫耀的资本。”

歌手们穿着死者儿子赠予的华衣，骑着死者儿子赠予的骏马，用歌声唱出内心的骄傲。他们颐指气使地向人们炫耀：“全天下找不到比这更幸福的生活，找不到比这更豪华的丧宴！”第一个歌手吟唱道。

【语言描写】
歌手的赞美反映出主人家的虚荣心。

第二个歌手随声附和：“从来不曾有过！不管是过去，还是未来！”

“自从开天辟地以来都没有，只有我们这里才有如此孝敬父母的子女，才会追忆父母的荣耀，敬重他们神圣的名字。”第三个歌手唱道。

【夸张】
以夸张的说法称赞主人家的富有。

“你们这些歌手，为何如此吵嚷？难道世界上能有一种语言,能有一种歌词表达出如此的恩惠和荣耀吗?”第四个歌手唱道。

就这样,四个歌手夜以继日地放声歌唱,极尽炫耀。

风中传来了亡灵的叹息:“哎,哎,我的儿子们啊。当歌手开始虚荣,当唱歌变成了互相吹捧,那可坏了!”

这场盛大的丧宴持续了数日之久。富人的儿子们仍觉得意犹未尽,他们想要举办一场前无古人后无来者的纪念仪式,好凌驾于世人,让他们的名号被世人赞颂。他们又想出了一个点子,就是把一对鹿角放在父亲的坟墓前,让大家看看,这是出生于长角鹿母族最尊贵的祖先的坟墓。

【行为描写】儿子们已经开始得意忘形了!引出下文。

风中传来了亡灵的叹息:“哎,哎,我的儿子们啊。俗话说,财富令人傲慢,傲慢令人狂妄。”

富人的儿子们想通过这种前所未有的方式纪念自己的父亲,以显示父亲的身份尊贵。由于他们家势力过于庞大,以至于没有人可以阻止他们。

他们派出了一队猎人,猎人们在森林中狩猎,捕获了一头长角鹿。他们杀死了长角鹿,并把鹿角砍下。鹿角很美丽,约一俄丈(2.134米)高,好似雄鹰的翅膀。鹿角有十八个枝丫,说明这头鹿已经十八岁了。富人的儿子们对鹿角很满意,他们吩咐仆人把鹿角安放在坟墓上。

【行为描写】可见富豪的儿子们已经抛弃了祖训,妄自尊大。

族里的老人非常愤怒:“你们怎么敢把鹿打死?从来没有人敢对长角鹿母的后代动手!”

富人的继承者们回答说:“鹿是在我们自己的领地上杀死的,与任何人无关。凡是在我们领地上的东西,不管是水里游的,还是天上飞的、地上跑的,统统都是我们的。我们有权力处置自己的东西。你们这些无关人等,都滚开!”

【语言描写】表现出继承者们的狂妄自大。

富人的儿子们让仆人把这些老人赶了出去,对还在指责他们的老人，就用鞭子抽、让他们倒骑马等方式羞辱他们。

从这一刻起，长角鹿母的后代陷入了无尽的灾难。有了富人们的开头，布谷人争先恐后地到森林里猎杀长角鹿母的后代，把鹿角放到自己祖先的坟墓上成为一种习俗。久而久之，随着最后一批敬仰长角鹿母的老人的去世，猎杀长角鹿，获得鹿角似乎成了一种善举，成为对亡灵最好的敬重。没有获得鹿角的人反而被认为是无能的人。一时间，人们开始买卖、储存鹿角。长角鹿母族中也出现了一批以买卖鹿角为生的人。

【叙述】可见没有什么信念能够永恒不变地传承下去，都会随着时代改变。

风中传来了亡灵的叹息："哎，哎，我的儿子们啊。如果金钱主宰了一切，那么善良和美都会不复存在。"

伊塞克的森林变成了长角鹿的地狱。不管身在何处，哪怕躲到了悬崖峭壁上，人们都会想方设法地捕杀它们。人们还驯养了一批凶猛的猎狗，用来驱赶长角鹿。

长时间的捕杀导致伊塞克森林里的鹿越来越少。长角鹿没有了，山里再也听不到鹿鸣。无论是在森林里还是草地上，再也看不到成群结队的长角鹿，年轻的孩子们根本不知道鹿是怎么吃草的，是怎么把长角仰到背后疾驰的，是怎样迈着轻盈的步伐穿过山谷的。很多人甚至一生都没有见过真正的鹿，只是在童话和传说中听到过鹿的故事，看过祖先坟墓上的鹿角。

【叙述】刻画出布谷族人贪婪、残忍的形象。

那长角鹿母怎么样了呢？

它对人类的屠杀非常愤怒。听人们说，在被人类的猎狗和猎枪追杀到走投无路之时，长角鹿母登上了高高的山顶，带着自己仅存的几个孩子，穿越了一个很大的山口，逃离了伊塞克，去往了别的地方。

拓展阅读

名师点拨

两个从劫难中逃生的孩子深感鹿母的恩情，他们确确实实对鹿母满怀感激和尊敬之心；然而，这仅仅是他们及他们近几代的后人这样想。时间抹去了布谷族后人的信仰，蒸蒸日上的好日子让他们变得狂妄自大起来。

回味思考

1.鹿母要带着两个孩子前往哪里？

2.是什么人带头开始猎杀长角鹿的？

好词收藏

针锋相对　弱肉强食　丧心病狂　颐指气使　前所未有

好句积累

◈ 湖水在一望无际的蔚蓝湖面上泛起滚滚浪花。风儿轻轻吹起，一会儿把浪花推向远方，一会儿又把浪花从远方卷过来。谁都不知道伊塞克哪里是头，哪里是尾。

◈ 时间过去了很久，这个小铃铛还挂在伊塞克一带的别希克上叮当作响。母亲们摇动着摇篮，摇篮上的铃铛便叮当作响，孩子们听了就如同鹿母从远方赶来，角上挂着白桦木做成的摇篮一般。

◈ 小男孩和小女孩手拉着手，沿着牲畜的脚印继续前行。饿了他们就采摘路旁的野果，困了他们就倚靠在树桩旁休息。他们一直走一直走，三天三夜后，他们走到了一座山的半山坡。

皮拉和丢卡利翁

名师导航

同学们，从下面这则故事中，我们将了解到在希腊神话传说中人类是怎样形成的，它和我们中国的女娲造人有什么不同呢？来读故事吧。

在青铜人类的世纪，世界的统治者宙斯听到人类所做的坏事，他决定降临到人间查看。但无论他到什么地方，都发现事实比传闻要严重得多。

一晚，快到深夜的时候，他来到并不喜欢客人的阿耳卡狄亚国王吕卡翁的大客厅里。他是以粗野著称的人。宙斯以神异的先兆和表征证明了自己神圣的来历。人们都跪下向他膜拜，但吕卡翁嘲笑他们虔诚的祈祷。“让我们看吧，”他说，“究竟我们的这个客人是一位神祇还是一个凡人！”于是他暗自决定在半夜当宙斯熟睡的时候将他杀害。

【对比描写】所有人都跪下膜拜天神宙斯，唯独吕卡翁嘲笑着不相信。很显然，他的行为必然会引起宙斯的不满。

最初他杀死摩罗西亚人——送给他的一个可怜的人质，把一部分还温热的肉体扔在滚水里，一部分烧烤在火上，并以此为晚餐献给客人。宙斯看出了他的目的，从餐桌上跳起来，投掷复仇的火焰于这不义的国王宫殿。吕卡翁战栗着逃到宫外去，但他第一声绝望的呼喊就变成了号叫。他的皮肤成为粗糙多毛的皮，他的手臂变成前腿。他被变成一只喝血的狼。

【动作描写】宙斯愤怒异常，“从餐桌上跳起来”，“投掷复仇的火焰”燃烧宫殿，表现出宙斯对人类的彻底失望。

此后，宙斯回到俄林波斯圣山，和诸神商议，决定除掉整个可耻的人类种族。他正想用闪电鞭挞整个大地，却又及时住手，因为恐怕天国会被殃及，还会烧毁宇宙的枢轴。所以，他放下库克罗普斯为他所炼铸的雷电，决心以暴雨降落地上，用洪水淹没人类。即刻，北风和一切可使天空明净的风都锁闭在埃俄罗斯的岩洞里，只有南风被放出来。于是南风隐藏在漆黑的夜里，扇动湿淋淋的翅膀飞到地上，雾霭遮盖着他的前额，大水从他的胸脯涌出。他升到天上，将浓云捞在他的大手里，然后把它们挤出来。雷霆轰击，大雨从天而降。风雨的狂暴蹂躏了庄稼，粉碎了农民的希望。一年的辛苦都白费了。

【场景描写】这些场景的铺陈，表现出南风的破坏力度之大。

宙斯的兄弟，海神波塞冬也帮着一起破坏。他把河川都召集来说道："泛滥你们的洪流！吞没房舍和冲破堤坝吧！"河川都听从他的命令。同时，他也用三叉戟撞击大地，摇动地层，为洪流开路。河川汹涌在空旷的草原，泛滥在田地，并冲倒小树、庙堂和家宅。如果哪里仍然隐隐地出现着少数宫殿，巨浪也随时升到屋顶，并将最高的楼塔卷入漩涡。顷刻间，水陆莫辨，一切都是大海，无边无际。

【场景描写】南风肆虐，河川也被海神波塞冬召集起来，整个人间都是灾难。

人类尽所有的力量来救自己。有些人爬到高山上，有的人划着船航行在淹没的屋顶上，越过自己的葡萄园，让葡萄藤扫着船底。鱼在树枝间挣扎，逃遁的牡鹿和野猪则被涛浪所淹没。所有的人都被冲走。那些幸免的人也饿死在仅仅生长着杂草和苔藓的荒芜的山上。

在福喀斯的陆地上，仍然有着一座山，它的山峰高于洪水之上。那是帕耳那索斯山。丢卡利翁由于受到他的父亲普罗米修斯关于洪水的警告，并为他造下一只小船，现在他和他的妻子皮拉乘船划到这座山下。被创造的男人和女人再没有比他们还善良和信神的。当宙斯从天上俯视，看见大地已成为无边的海洋，千千万万的人中只有两个善良并

【对比描写】宙斯饶过丢卡利翁和皮拉，是因为他们善良和虔诚，而这两种品质也确实是需要传扬的。

敬畏神祇的人剩了下来。所以，他让北风驱逐黑云并分散雾霭，再一次让大地看见苍天，让苍天看见大地。同时，统领海洋的波塞冬也放下三叉戟使涛浪退去。大海现出海岸，河川回到河床。沾满泥污的树梢开始从深水里伸出。逐渐出现群山，最后平原扩展开来，开阔而干燥，大地复原。

丢卡利翁看看四周，陆地荒废而死寂，如同坟墓一样。他不禁落下泪来，他对皮拉说：

【动作、神态描写】

虽然自己躲过了灾难，但是看到荒废死寂的人间，丢卡利翁还是伤心地落下泪来。人类该以一种怎样的姿态来进行拯救呢？

“我唯一挚爱的伴侣哟，极目所至，我看不见一个活物。我们两人是大地上仅仅残留下来的人类，其余的都淹没在洪水里了。而我们，也还不能确保生命。每一片云影都使我发抖。即使一切的危险都已过去，仅仅两个孤独的人在荒凉的世界上能做什么呢？啊，我多么希望我的父亲普罗米修斯将创造人类和吹圣灵于泥人的技术都教给我呀！”

他这么说着，心情寂寞，夫妻二人不由得哭泣起来。于是他们在正义女神忒弥斯的半荒废的圣坛前跪下，向着永生的女神祈祷：“女神呀，告诉我们，我们如何再创造被消灭了的人类种族。啊，帮助世界重生吧！”

阅读笔记

“从我的圣坛离开，”一个声音回答，“蒙着你们的头，解开你们身上的衣服，把你们母亲的骨骼投掷到你们的后面。”

他们沉思着。皮拉最先打破沉默。“饶恕我，伟大的女神。”她说，“如果我战栗着不服从你，因为我踌躇着，不想以投掷母亲的骨骼来冒犯她的阴魂！”

【心理描写】

丢卡利翁明白了女神的旨意，他想到了挽救人类的方法，所以心中有了“一线光明”。

但丢卡利翁的心忽然明亮了，好像闪过一线光明。他安慰着他的妻子。“除非我的理解有错误，神祇的命令永远不会叫我做错事的。”他说，“大地便是我的母亲，她的骨骼便是石头。皮拉哟，要投掷到我们身后去的正是石头呀！”

对忒弥斯的神谕这样解释他们还十分怀疑，但他们又想，试一试也无妨。于是他们走到一旁，如前面所说的那样

【动作描写】 丢卡利翁和皮拉按照女神的指示来做，再次表现出他们对神祇的虔诚和信任。

【点明主旨】 人类终于再次获得生命，但同样也吸取了教训，从此之后要勤劳刻苦。

蒙着自己的头，解开自己的衣服，并从肩头上向身后投掷石头。奇迹突然出现了：石头不再坚硬易碎。它们变得柔软、巨大、成形。人类的形体显现出来了，起初还不十分清楚，只是颇像艺术家用大理石雕琢出的粗略的轮廓。石头上泥质润湿的部分变成肌肉，结实坚硬的部分变成骨骼，而纹理则变成人类的筋脉。就这样，在短时间内，由于神祇的相助，男人投掷的石头变成了男人，女人投掷的石头变成了女人。

人类并不否认他们的起源。这是一群勤劳刻苦的人们。他们永远不会忘记造就他们的品质是什么。

拓展阅读

名师点拨

这是希腊神话中关于人类起源的一个传说，因为传说中的男人和女人都是石头变成的，所以，他们勤劳勇敢，有着百折不挠的石头般的品性。

回味思考

1.天神宙斯到谁的宫殿里去进行试探？

2.谁命令河川淹毁人间？

3.丢卡利翁用什么方式再次创造了人类？

好词收藏

膜拜　虔诚　鞭挞　殃及　蹂躏　漩涡　从天而降

好句积累

◈ 河川汹涌在空旷的草原，泛滥在田地，并冲倒小树、庙堂和家宅。

阿波罗和月桂树

名师导航

阿波罗不小心惹到了爱洛斯，爱洛斯为了惩罚他，让他爱上了一个厌恶爱情的女子，而女子为了躲避他变成了一棵月桂树。

太阳神阿波罗是天神宙斯和勒托的儿子。他主宰着光明、文艺、学术和医药。他的神箭百发百中，无人能及。

【叙述】简要交代了阿波罗的出身、能力和职责。

大洪水过后，地上留下了一条庞大的毒龙，它张开山洞似的巨口，吞食着人畜。它所到之处，身上发出的热气，立即将房屋、庄稼、树木烧焦。人们纷纷向阿波罗祈祷，除掉这个巨大的祸害。阿波罗答应了，他从高高的奥林匹斯山下来，用神箭射中毒龙心脏，把它杀死了。

阿波罗射死毒龙后，很是高兴。他手执银弓，肩挎箭袋，愉快地返回奥林匹斯山。路上，碰见了爱与美之神维纳斯的儿子——背生双翅的小爱神爱洛斯（爱洛斯是希腊神话中的小爱神，在罗马神话中，他的名字叫丘比特），见爱洛斯正站在路旁，摆弄着他那轻巧的小弓箭。阿波罗便停住脚步，招呼爱洛斯道："喂，小朋友，你拿着这么小的弓箭做什么用啊！你这只是小孩子的玩意儿。你看我这弓，银光闪闪，搭上箭，无论是射杀敌人，还是毒蛇猛兽，总是百发百中。刚才我就射死了一条毒龙。它那凶狠庞大的样子，你见了一定会吓得发抖。我说，你还是收起你那小玩意儿吧。虽然我听说你会用这小弓箭煽起情人们胸中的爱

【叙述】介绍丘比特的身份，刻画人物形象，铺垫下文。

【语言描写】突出了阿波罗爱炫耀的性格。

火，不过，我怕那是夸张。”

爱洛斯见阿波罗一副扬扬得意、瞧不起人的样子，便顽皮地回答道：“阿波罗，你说你的箭百发百中，以杀死毒龙自夸，可是我的箭却要射中你。咱们走着瞧，看看到底谁的箭更利害。”说罢，他张开了银色的双翼，悄然地飞到帕耳那索斯山峰上，笑嘻嘻地从箭袋中取出两支不同的箭：一支是金子做的，金光闪闪的，似有火焰发出，这是燃起爱情的箭；一支是铅做的，颜色灰暗，冰冷，这是熄灭爱情之火的箭。爱洛斯张开了弓，先是搭上一支铅箭，向四面张望一下，见河神珀纽斯的女儿、可爱的水泽仙女达佛涅正在林边玩耍，就把铅箭对着她射去。达佛涅只觉心中一阵颤抖，对爱情莫名其妙地厌恶起来。爱洛斯又搭上了金箭，对准阿波罗，射中了他的心窝，阿波罗胸中立即燃起热烈的爱火。小爱洛斯看了看被他不同的箭射中的两个青年男女之神，笑嘻嘻地张开翅膀飞走了。

【叙述】介绍了爱洛斯的箭的作用。

【神态描写】让两人拥有相反的情感，表现了小爱洛斯顽皮的一面。

阿波罗一眼看见正在林中玩耍的达佛涅，立即热烈而疯狂地爱上了她。他痴痴地看着她，看见她那披散在肩上的长发就想着：“这头发随便披着就如此迷人，要是梳理起来，不知有多美呢！”他凝望着她的双眼，觉得比星星还明亮。他望着她那微启的樱口，产生了一种强烈的渴望。他望着她那雪白的肌肤想着：“要是能抚摸一下，该是多么柔嫩可爱啊！”他正呆呆地想着，达佛涅一眼瞥见他，立即像旋风一样逃跑了。阿波罗放开脚步紧追上去。

【行为描写】体现出达佛涅不喜欢阿波罗。

达佛涅逃跑的姿态也是那样令人迷醉。阿波罗一面追，一面恳求道：“美丽的女郎，请你不要害怕，不要这样跑着躲避我。羊在狼前逃跑，鹿在狮子面前奔突，鸽子鼓着双翅急急地躲开鸷鹰的利爪，都是因为惧怕要吞食它们的敌人。可我是为了爱你呀！我怕你的嫩足被荆棘刺伤，我怕你失足跌在崎岖不平的石头上，你跑慢一点吧，我也慢慢地追。你知道爱你的人是谁吗？我不是乡野村民，也不是看守牛羊的牧人，宙斯是我的父亲，我是太阳神阿波罗，许多地方的人们崇敬我。唉，我能给世人以神谕，对自己的爱情的前途却不知；我的箭百发百中，可却被一支更加厉害的箭射伤；我掌管医药，熟知百草的疗效，可是却没有一样药能治愈我的病痛。”

【语言描写】阿波罗承认爱洛斯的箭比较厉害。

不顾他絮絮叨叨地说着情话，达佛涅跑得更快了。如今她愈加显得可爱，疾风吹起她的长袍，如一朵冉冉白云；金色的长发高高飘扬，闪着耀眼的金光。她逃跑的美姿更加吸引阿波罗，他的脚步也加快了。一个踏着的是恐惧之轮，一个插上的是爱情之翼，神祇阿波罗和仙女达佛涅就这样一前一后追逐着。

现在，达佛涅听见了阿波罗在她身后的脚步声，感受到他温暖的呼吸吹散了她的金发。仙女再也没有逃跑的力气了，她两腿发软，脸色苍白，呼吸急促，喘得透不过气来。她跑到了一条大河边，珀纽斯就是这条河的神。达佛涅向河神呼救：“父亲，快帮帮我，让大地裂开把我吞进去吧；或者改变我身体的形状，避开阿波罗可怕的爱。”

【语言描写】体现了达佛涅对阿波罗的爱避之不及。

她的话刚说完，全身骨节就开始硬化发僵。顷刻间，她的身体变成一株树干，头发变成茂密的树叶，两条手臂变成树杈，脸变成了树冠，两脚钉在地上，成了扎入地下的树根。她完全失去了人形，成为一棵树，但优美的仪态仍然存在。

面对这突如其来的变化，阿波罗惊愕不已，他急忙去拉达佛涅，摸着的却是新长出来的嫩树皮，感到隐藏在这嫩树皮下的肌肉还在瑟瑟颤抖。他双手紧紧抱住树干，不断地亲吻着这棵新树的枝叶，枝叶似也留着少女的羞怯，不断地

【动作描写】表现出阿波罗对爱情热情似火的追求态度。

闪躲着他的嘴唇。

“虽然你不能成为我的妻子，”阿波罗一边亲吻着树枝，一边喃喃地说：“但你将成为我的圣树。我的青春常在，你也将四季常青，枝叶永不凋零。”

【叙述】体现阿波罗对达佛涅不渝的爱。

仙女现在已是一棵月桂树了。阿波罗为了表示他对达佛涅的深情，采摘了一些月桂树的枝叶，编成一顶花环，戴在头上，在他的琴和箭袋上也缀上月桂树的枝叶，以表示对他爱的人的纪念。

从此以后，月桂树编成的花环——桂冠，便成为胜利的象征。人们为建立功勋、获得殊荣的人献上桂冠；也称有成就的诗人为“桂冠诗人”，以表示对他们的嘉奖和尊敬。

名师点拨

阿波罗没能娶到达佛涅为妻，但他仍然给变成月桂树的达佛涅很多的祝福，所以受了祝福的月桂树四季常青。我们也要多给别人表扬和祝福。

回味思考

1.阿波罗擅长什么？

2.达佛涅为什么变成了月桂树？

3.阿波罗给了达佛涅哪些祝福？

好词收藏

百发百中　扬扬得意　崎岖不平　絮絮叨叨　突如其来

特洛伊战争——内部的争吵

名师导航

阿伽门农和阿喀琉斯因为一个战俘而起了冲突，导致了战争的失败，这是怎么回事呢？

特洛伊战争进行了九年，还没有结束。接着发生了一件差点儿让希腊人失败的事：阿喀琉斯和阿伽门农发生了争执。

事情是这样开始的——希腊人虽然没有攻下特洛伊城，却占领了邻近的和特洛伊结盟的一些城市，在分配战利品的时候，阿伽门农得到了一个女战俘，她是阿波罗的祭司的女儿克律赛伊斯。

【叙述】介绍了事情发生的原因。

克律赛伊斯的父亲来到了希腊兵营，恳求阿伽门农放了他的女儿，但是阿伽门农却不同意。结果，老祭司很生气，就向阿波罗祷告，请求阿波罗惩罚希腊军队，放了他女儿。天神听到祷告后，就让希腊的士兵们得了瘟疫。

阿喀琉斯勇敢地站出来指责阿伽门农，认为阿伽门农不愿意放弃女战俘所以让整个军队都受到灾难。阿伽门农听了后非常恼火，但别人都看着他，他也不好怎么样。最后，他只好同意放弃克律赛伊斯，但是提出阿喀琉斯应该把他分到的女战俘让给他作为补偿。阿喀琉斯无奈之下只好同意了，但他很郁闷，就说再也不愿意参加战争了，还说他准备回希腊老家去。

【行为描写】可见人们对神灵绝对敬畏的心理，不敢质疑阿波罗，只得将矛头转向阿伽门农。

【叙述】
阐述了希腊人失败的原因。

阿喀琉斯的母亲对儿子的遭遇也很不满，她要让希腊人为这件事情感到后悔。于是她向天帝请求，要他帮忙使特洛伊的军队获胜。天帝答应了。于是，接下来的战争，特洛伊大获全胜，希腊人被赶出了战场，躲到了船里。

阿伽门农急了，马上召开了会议，有人建议他派人去请阿喀琉斯回来，又劝阿伽门农把那个女战俘还给阿喀琉斯，并准备礼物去弥补他做的错事。阿伽门农同意并照做了，但是阿喀琉斯不能原谅他，坚持要回希腊去。

【叙述】
以问句结尾，引起读者的思考。

战争形势非常紧迫，特洛伊在天帝的帮助下一直打胜仗，战争的结果会怎么样？特洛伊最终会取得胜利吗？

名师点拨

团结就是力量。我们做事的时候，不能只想着自己，也要考虑到大家，否则会误了大事的！

回味思考

1.阿喀琉斯和阿伽门农为什么争吵？
2.克律赛伊斯是谁的女儿？

好词收藏

恳求　惩罚　恼火　补偿　郁闷　遭遇　弥补

好句积累

◇ 阿喀琉斯勇敢地站出来指责阿伽门农，认为阿伽门农不愿意放弃女战俘所以让整个军队都受到灾难。

《世界经典神话与传说》读后感

最近我读了一本很精彩的故事书《世界经典神话与传说》,读后感触很深。

《世界经典神话与传说》写了太阳神阿波罗、众神之主宙斯、大力神赫拉克勒斯等众神的故事。这些故事都非常吸引人,犹如清澈的淙淙泉水,让我深深地陶醉其中。书中的故事情节生动,人物个性鲜明,具有可读性。

其中,我最喜欢赫拉克勒斯的故事。他为了自己的英雄理想,选择了一条艰辛的生活之路,并坚定不移的勇敢向前。为了摆脱他的哥哥欧利斯特斯的统治,成为一个伟大的神灵,他接受并完成了十项艰巨任务。他的这种不畏艰险、迎难而上的精神值得我学习。当读到赫拉克勒斯因为穿上了妻子特意为他准备的衣服而不幸去世时,我悲痛欲绝,这样一位伟大的战神就这样死去了?……

这本书给了我很多启示,最重要的是它让我明白了人生就像一个鸡蛋,打碎了就没有了,没有再来一次的机会。因此,我们要更加珍惜生命。

一、填空题

1.赫拉克勒斯抓住金鹿后,____________女神前来阻止他。

2.欧律托斯一再推脱婚事,是因为赫拉克勒斯有杀害__________的罪孽。

3.当熊熊烈火吞噬赫拉克勒斯时,天空中降下了一道______。

4.骑狮子的人说他的面包送给了一个饥饿的__________。

二、选择题

1.巴巴穆斯塔是个贪财的小人,让他帮忙需要(　　)。

A.守礼貌　B.请求他　C.威胁他　D.送金币

2.珀耳塞福涅临走前,哈得斯骗她吃下了(　　)。

A.毒药　B.石榴　C.红苹果　D.金梨

3.奥丁的父亲是(　　)。

A.布利　B.维　C.威利　D.包尔

4.摩奴是(　　)的儿子。

A.火神　B.酒神　C.太阳神　D.月亮神

三、判断题

1.赫拉克勒斯实在想不到好办法了,于是去找雅典娜帮忙。(　　)

2.地狱中的看门狗长着三个脑袋、一条虎尾。(　　)

3.赫拉克勒斯死在了儿子的毒计之下。(　　)

4.宙斯为了惩罚人类的罪行,于是亲自降下洪水。(　　)

5.伊敦恩最后不愿意将自己的苹果给洛基吃。(　　)

四、问答题

1.匪徒们为了找阿里巴巴报仇,想到了什么办法进城?

2.国王欧利斯特斯为什么想要除掉弟弟?

3.西芙的头发是怎么回来的？

一、填空题

1.狩猎　2.自己孩子　3.闪电　4.老头

二、选择题

1.D　2.B　3.D　4.C

三、判断题

1.√　2.√　3.×　4.×　5.×

四、问答题

1.匪徒们按照匪首的办法打扮成卖油商。

2.因为弟弟的才能让他嫉妒，他担心弟弟抢走自己的王位。

3.洛基找侏儒用金子制成和头发一样的细丝，将其交给西芙，成为西芙的头发。

图书在版编目（CIP）数据

世界经典神话与传说 / 廉东星 编. —北京：东方出版社，2021.9
（世界经典文学名著）
ISBN 978-7-5207-2320-6

Ⅰ. ①世… Ⅱ. ①廉… Ⅲ. ①神话—作品集—世界②民间故事—作品集—世界 Ⅳ. ①I17

中国版本图书馆 CIP 数据核字（2021）第 147906 号

世界经典神话与传说
（SHIJIE JINGDIAN SHENHUA YU CHUANSHUO）

编　　者：廉东星
责任编辑：刘　军
出　　版：东方出版社
发　　行：人民东方出版传媒有限公司
地　　址：北京市西城区北三环中路 6 号
邮　　编：100120
印　　刷：湖北画中画印刷有限公司
版　　次：2021 年 9 月第 1 版
印　　次：2021 年 9 月第 1 次印刷
开　　本：715 毫米 × 1020 毫米　1/16
印　　张：14.625
字　　数：176 千字
书　　号：ISBN 978-7-5207-2320-6
定　　价：25.80 元
发行电话：（010）85924663　85924644　85924641